Meurtre et séduction

M.C. BEATON

Les enquêtes de LADY ROSE

1

Meurtre et séduction

roman

Traduit de l'anglais (Grande-Bretagne)
par Amélie Juste-Thomas

ALBIN MICHEL

Ce livre est un ouvrage de fiction. Les noms, les personnages et les événements relatés sont le fruit de l'imagination de l'auteur ou sont utilisés à des fins de fiction.

Édition originale anglaise parue sous le titre :
SNOBBERY WITH VIOLENCE

Pour mon mari, Harry
et mon fils, Charlie
Avec amour

« Sapper, Buchan, Dornford Yates, praticiens de cette école de snobisme empreint de violence qui, tel un tweed de haute classe, est le fil de trame de la littérature du XXe siècle. »

Alan Bennet

1

« Dans le monde entier, je soutiendrai les masses contre les classes. »

William Ewart Gladstone

Contrairement au White's ou au Brook's, on l'appelait simplement le Club. Il était niché dans une bâtisse georgienne, au bout de St. James's Street, à un jet de pierre de St. James's Palace. Ses membres étaient pour la plupart de jeunes aristocrates, qui le voyaient comme un endroit plus gai que les clubs de gentlemen habituellement collet monté de Londres.

Certains d'entre eux avaient le sentiment qu'accepter le capitaine Harry Cathcart au Club avait été une grave erreur. Lorsqu'il était parti pour la guerre des Boers, le capitaine était un homme séduisant et facile à vivre. Réformé pour raisons médicales, il en était revenu amer, sombre et taciturne, et il semblait incapable de s'exprimer autrement que par des lieux communs et des grognements.

Par une chaude journée de printemps, tandis qu'un soleil tendre dorait les bâtisses noires de suie et que les premières feuilles tremblantes faisaient leur apparition sur les platanes qui bordaient le Mall, Freddy Pomfret et Tristram Baker-Willis entrèrent au Club et considérèrent avec une moue désapprobatrice la longue silhouette du capitaine avachie dans un fauteuil.

« Regarde-moi cette mine sinistre », dit Freddy, sans prendre la peine de baisser la voix. « À vous retourner l'estomac, pas vrai ?

– Les faveurs d'une délurée, voilà ce qu'il lui faudrait, lança Tristram. Hein, Harry. C'est bien trouvé ça, non ? Les faveurs d'une délurée ? »

Pour toute réponse, le capitaine prit le *Times* et se barricada derrière. Il avait besoin de tranquillité pour réfléchir à ce qu'il pourrait faire de sa vie. Il ne baissa son journal qu'une fois certain que ses persécuteurs étaient partis. Sur le mur en face de lui, un grand miroir lui renvoyait son reflet. Il s'examina un moment et soupira. Il n'avait que vingt-huit ans et pourtant, le visage qu'il contemplait était dépourvu du moindre signe de jeunesse. Ses épais cheveux noirs laissaient paraître une trace de gris aux tempes. Il avait un visage dur, quoique agréable, et des yeux noirs aux lourdes paupières qui ne trahissaient rien. Il étendit sa jambe.

Sa vieille blessure le faisait souffrir les mauvais jours, et aujourd'hui en était un.

Fils cadet du baron Derrington, Harry Cathcart vivait de sa pension militaire et d'un petit revenu tiré du fidéicommis familial. Sa vie sociale était on ne peut plus limitée. À son retour de la guerre, il avait été convié à plusieurs dîners et quelques bals, mais les invitations s'étaient vite réduites comme peau de chagrin et on ne le voyait plus que comme un maudit raseur qui ouvrait rarement la bouche et ne savait pas s'y prendre avec les femmes.

Il reposa le *Times* et, ce faisant, aperçut un exemplaire du *Daily Mail* qui traînait sur la table. Quelqu'un avait dû l'apporter : jamais le Club n'aurait proposé un journal populaire. En couverture, figurait la photographie d'un défilé de suffragettes à Trafalgar Square accompagnée d'un macaron représentant une jolie jeune fille avec la légende « Lady Rose, fille du comte de Hadshire, s'est jointe aux manifestantes ».

Elle est bien courageuse, pensa le capitaine. Sa vie sociale est fichue. Il reposa le journal et n'y pensa plus.

Cependant, lady Rose possédait une beauté exceptionnelle et une dot conséquente, de sorte qu'un mois plus tard, ses parents ne voyaient plus son soutien aux suffragettes comme un obstacle dans la quête d'un bon parti. Après tout, l'idée même d'accorder le droit de vote aux femmes était une plaisanterie, ils ne s'étaient d'ailleurs pas privés de le lui dire. Ils s'étaient installés en ville, dans leur demeure d'Eaton Square, et lui avaient fait la leçon quotidiennement, la rappelant à ses obligations sans mâcher leurs mots. La saison mondaine représentait une dépense considérable et l'Angleterre attendait de chaque jeune fille qu'elle s'acquitte de son devoir et conquière un mari.

D'ordinaire, lady Rose, très indépendante d'esprit, aurait rué dans les brancards. Elle avait d'abord refusé de participer à la saison – ce vulgaire marché aux bestiaux – puis, au grand bonheur de ses parents, elle céda subitement.

Si lady Rose avait changé d'avis, c'est parce qu'elle avait fait la rencontre de sir Geoffrey Blandon lors d'une soirée d'avant-saison, et qu'elle était tombée amoureuse – un premier amour, passionné et dévorant.

Le jeune homme semblait partager son attachement. Il était riche comme Crésus et beau comme un dieu. Lady Rose était bien plus instruite que les autres jeunes femmes de sa classe sociale et le mépris ostensible qu'elle affichait pour ses pairs lui valait le surnom de Reine de Glace. Mais au grand soulagement de ses parents, sir Geoffrey semblait être tombé sous le charme de leur brillante fille. Assurément, avec son épaisse chevelure brune, sa silhouette parfaite, son teint de porcelaine et ses grands yeux bleus, Rose avait suffisamment d'atouts pour ensorceler n'importe quel homme.

Cependant, son soutien aux suffragettes avait terni l'image de la jeune femme aux yeux de la bonne société et sir Geoffroy était seul en lice. Le ressentiment envers Rose grandissait dans les clubs de gentlemen et autour du porto, après le dîner, lorsque les dames s'étaient retirées au salon, comme le voulait la coutume. Les suffragettes n'étaient rien d'autre que des femmes qui haïssaient les hommes. Une leçon, voilà ce qu'il leur fallait. « Ce dont cette fille a besoin, avait persiflé Freddy Pomfret, c'est d'une bonne partie de jambes en l'air. »

La saison débuta, avec sa succession de soirées mondaines, et le comte commença à s'inquiéter : sir Geoffrey ne s'était pas encore déclaré.

Un jour, à son club, il rencontra un vieil ami, le général de brigade Bill Handy et, autour d'un carafon de porto, après un déjeuner copieux, il se confia. « Je donnerais n'importe quoi pour savoir si sir Geoffrey a l'intention de faire sa demande. »

Le général de brigade l'examina un long moment. « Je pense que vous devriez faire preuve de prudence dans cette affaire. Voyons voir… Vous connaissez le capitaine Cathcart ?

– J'ai vaguement entendu parler de lui. Un drôle de pistolet qui n'ouvre jamais la bouche ?

– C'est lui. Il a mené à bien quelques missions clandestines derrière les lignes ennemies pendant la guerre. Gardez ça pour vous.

– Je serai muet comme une tombe.

– Bien. Voilà ce que vous allez faire. Je vais vous donner son adresse. Passez le voir et demandez-lui de se renseigner sur Blandon. Ça en vaut la peine. Rose est votre fille unique. On dit que c'est une véritable encyclopédie. Je n'aurais pas cru que cela séduirait Blandon. Comment avez-vous pu commettre pareille erreur ?

– Ce n'est pas ma faute, répliqua le comte avec humeur. Ma femme lui a trouvé une gouvernante et lui a laissé le soin de l'instruire.

– Pour couronner le tout, j'ai ouï dire que lady Rose faisait partie de ce groupe de femmes hystériques qui réclament le droit de vote.

– Plus maintenant. Cela étant, je pense que la seule raison pour laquelle elle a perdu tout intérêt pour ce mouvement, c'est Blandon.

– Eh bien, l'amour a peut-être du bon finalement, même si ce n'est pas quelque chose que j'encourage. Une jeune fille devrait épouser un milieu et de l'argent. Ils durent, contrairement aux sentiments. » Handy sortit une carte de visite, griffonna une adresse au verso et la remit au comte.

Celui-ci chaussa son monocle et l'examina. « Eh bien, mon vieux. Chelsea ? Ce n'est pas un quartier pour un gentleman.

– Si le capitaine Cathcart était un gentleman, il n'envisagerait pas un instant de fourrer son nez dans les affaires des autres. Vous serez entre de bonnes mains. »

Au même moment, livrée aux bons soins de sa femme de chambre, lady Rose se faisait du mauvais sang. Ayant quitté le mouvement des suffragettes – mais seulement pour un temps, se disait-elle –, elle se soumettait une fois de plus au code vestimentaire débilitant de la haute société édouardienne. Quand elle manifestait, elle ne portait qu'une simple jupe, un chemisier et un chapeau de paille. Désormais, elle disparaissait sous plusieurs épaisseurs de tissu : des sous-vêtements en soie, des jupons amidonnés et une robe recherchée ornée de cascades de dentelle. Sa silhouette était trop longiligne pour la beauté sensuelle et plantureuse qui était à la mode. Une belle femme se devait d'avoir une poitrine avantageuse, un postérieur proéminent et une taille de guêpe, aussi Rose devait-elle user de divers stratagèmes pour obtenir la fameuse silhouette en forme de sablier. Elle fut sanglée dans un long corset, puis sa taille enserrée dans une ceinture qui donnait l'impression qu'elle était constamment sur le point de basculer en avant. Son derrière était rembourré, tout comme sa poitrine. Une fois que sa femme de chambre eut passé un collier de perles autour de son cou et orné de broches le corsage de sa robe, la jeune femme eut le sentiment de ressembler à un présentoir dans une vitrine de bijoutier.

Si Geoffrey ne manquait jamais de la complimenter sur son apparence, il avait toutefois laissé entendre qu'une fois mariée, elle serait libre de porter des vêtements plus confortables. Rose regardait fixement le miroir tandis que sa femme de chambre ajustait les rats, ces coussinets sur lesquels ses longs cheveux seraient ramenés et coiffés à la Pompadour. Certes, à aucun moment sir Geoffrey n'avait dit « quand *nous* serons mariés », mais récemment, il lui avait volé un baiser, derrière une colonne de la salle de bal des Jessington. Un baiser volé, c'était comme une demande en mariage, non ?

Le capitaine Cathcart habitait une étroite maison blanche située dans Water Street, près de King's Road. Le comte espérait ardemment que ce n'était pas un de ces bons à rien qui arboraient un chapeau melon, un mouchoir de couleur dans leur poche de poitrine ou – horreur des horreurs – des souliers marron avec un costume noir. Il ne l'avait jamais rencontré, mais des bruits de couloir circulaient dans son club à son sujet.

Il descendit avec raideur de sa calèche et patienta pendant que son valet de pied sonnait, soulagé de voir que la porte était ouverte par un majordome à la mine grave. Celui-ci prit le bristol du comte, dûment corné pour indiquer que le visiteur se présentait en personne, le posa sur un plateau en argent et se retira dans la maison.

Le comte fronça les sourcils. Son titre aurait dû suffire à lui octroyer une admission immédiate.

Le majordome revint au bout d'un instant seulement et parla au valet, qui dévala les marches pour informer le comte que le capitaine serait heureux de le recevoir.

Le visiteur fut introduit dans une pièce du rez-de-chaussée. Il fut annoncé et un homme de haute taille à l'air saturnien, assis dans un fauteuil près de la fenêtre, se leva et vint à sa rencontre.

« Puis-je vous offrir quelque chose à boire ? s'enquit le capitaine Cathcart. Un sherry ?

– Bien, bien », marmonna le comte, dérouté par le nombre de livres qui tapissaient les murs. Sa majesté le roi Édouard n'ouvrait pas un livre de l'année. Pourquoi tout le monde ne pouvait-il suivre un si bel exemple ?

« Sherry, Becket », dit le capitaine à son domestique. Puis au visiteur : « Je vous en prie, asseyez-vous, monsieur. Je vois que le soleil se montre enfin.

– Oui, effectivement, répondit le comte, qui n'avait rien remarqué. C'est une affaire délicate qui m'amène. » Il tendit la carte du général de brigade.

« De quoi s'agit-il ?

– Eh bien, voyez-vous… » Le comte s'interrompit lorsque le majordome revint dans la pièce, portant un plateau sur lequel étaient posés un carafon et des verres. Il remplit deux verres et en tendit un au capitaine et un au comte.

« Ce sera tout », dit le capitaine, sur quoi Becket se retira sans bruit.

Il darda son regard sombre et insondable sur le comte, se demandant quelle était la raison de sa venue. C'était un petit homme replet vêtu d'une redingote et d'un pantalon gris. Il avait un visage rond, rubicond, et des yeux bleus qui avaient quelque chose d'enfantin.

« Eh bien voilà, commença le comte, se sentant gauche et embarrassé. J'ai une fille, Rose…

– Ah, la suffragette.

– J'espérais que personne ne se souvenait de cet épisode. Quoi qu'il en soit, Rose est courtisée par sir Geoffrey Blandon. Ce n'est pas un intrigant. Bonne famille. Rien à lui reprocher

– Alors, quel est le problème ?

– Il ne s'est toujours pas déclaré. Rose est ma seule enfant. J'aimerais qu'un type discret se renseigne sur lui. Pour vérifier qu'il est sincère. Découvrir s'il a une maîtresse qui pourrait devenir gênante, par exemple. Ce genre de choses. »

Ayant vidé son sac, le petit comte devint écarlate d'embarras et prit une lampée de sherry.

« Je ne fréquente pas beaucoup le beau monde ces temps-ci, dit le capitaine, mais sachant à quelle vitesse les commérages se répandent, j'imagine que s'il y avait quoi que ce soit de douteux concernant cet homme, cela vous serait revenu aux oreilles.

– Blandon a passé ces quatre dernières années en Amérique, il est rentré juste à temps pour la saison. Il y a peut-être anguille sous roche. D'après Handy, il joue. »

Le capitaine Cathcart scruta le visiteur un long moment puis lâcha : « Mille livres.

– Quoi ? Comment ?

– Ce sont mes honoraires. Ils couvrent mes recherches et ma discrétion. »

Le comte était scandalisé. Ce capitaine était fils de baron et pourtant il venait de lui réclamer de l'argent, comme un vulgaire boutiquier. Mais pourquoi diable Blandon n'avait-il pas encore déclaré ses intentions ? Il gâchait les chances de Rose de trouver un autre prétendant.

Le capitaine laissa le silence s'installer. Dans la rue, un cab passa en bringuebalant sur les pavés. Un modeste feu crépitait dans l'âtre. Une pendule égrenait les minutes sur le manteau de la cheminée.

« Très bien, céda le comte avec un regard froid.

– Payables d'avance », ajouta doucement le capitaine.

Le comte ouvrit des yeux ronds. « Vous avez ma parole. »

Le capitaine sourit et ne répondit pas.

Le comte capitula. « Je vais vous rédiger une lettre de change à tirer sur ma banque.

– Mon bureau est à votre disposition. »

Le comte traversa la pièce jusqu'à une table de travail près de la fenêtre et griffonna énergiquement. Il donna la lettre de change au capitaine et dit avec colère : « S'il n'a rien à se reprocher, ce sera de l'argent jeté par les fenêtres.

– J'imagine qu'être rassuré au sujet de votre fille unique n'a pas de prix. »

Le comte grogna, offusqué : « Je m'en vais.

Faites-moi votre rapport aussi rapidement que possible. »

Le capitaine attendit que Becket ait raccompagné le visiteur puis déclara en souriant : « Mon manteau et mon chapeau. Je vais à la banque. J'aurai vos gages en souffrance à mon retour.

– Voilà qui est extrêmement satisfaisant, Monsieur. »

Au même moment, Rose prenait le thé chez une amie de sa mère, Mrs Cummings, à Belgravia Square. Elle fixait d'un air lugubre une petite tache de beurre sur l'un de ses gants en chevreau et, pour ce qui lui sembla être la centième fois, maudit les règles absurdes de la haute société, dont celle selon laquelle une lady ne devait pas retirer ses gants pour prendre le thé. Bien que le petit pain ait été soigneusement beurré, une minuscule moucheture avait souillé l'un de ses gants. La plupart des femmes contournaient tout bonnement le problème en s'abstenant de manger. Quelle insanité, pensa Rose avec amertume. Elle avait un solide appétit et le festin qui s'offrait à ses yeux était, comme à chaque fois, pantagruélique. Outre le pain beurré, il y avait des sandwichs au jambon, à la langue, aux anchois, aux œufs et au cresson, au foie gras, des croquettes de poulet et des canapés aux huîtres. Suivaient les gâteaux : biscuit de Savoie, Madeira cake, Victoria cake et cake aux fruits confits, ainsi que des pâtisseries françaises, accompagnés de petits-fours sucrés, de crème à la banane, de crème au chocolat et de glace à la fraise. Et tous ces mets restaient pour la plupart intacts, car ces dames ne voulaient pas tacher leurs gants.

Était-elle la seule à remarquer les pauvres dans les rues de Londres ? Une fois de plus, elle éprouva le désagréable sentiment d'isolement qui la gagnait lorsqu'elle se rendait compte qu'elle était probablement la seule personne de son milieu à les voir. Geoffrey, ce cher Geoffrey, lui, se doutait de quelque chose. Il lui avait raconté que récemment, alors qu'il visitait une vente de charité avec son agent, le duc de Devonshire s'était arrêté devant un éventaire de ronds de serviette et avait demandé de quoi il s'agissait.

« On appelle ça des ronds de serviette, monsieur, avait répondu l'agent. Les personnes de la classe moyenne y rangent leur serviette de table entre les repas. »

Le duc avait été abasourdi : « Vous voulez dire que les gens glissent leur serviette de table dans ce petit morceau de bois et la réutilisent lors d'un autre repas ?

– Tout à fait, monsieur. »

Le duc avait manqué s'étouffer. « Bon sang ! s'exclama-t-il d'une voix pantelante. Je n'aurais jamais cru qu'une telle pauvreté existait. »

Geoffrey avait éclaté de rire devant tant de bêtise. Si seulement il lui demandait sa main ! Elle savait que ses parents commençaient à se faire du souci.

Elle jeta un coup d'œil à sa mère, qui bavardait aimablement avec leur hôtesse. Avant de se mettre en route pour le thé, la comtesse avait maugréé qu'elle n'aurait jamais dû laisser cette « épouvantable » gouvernante pousser trop loin l'instruction de sa fille. Quel était ce monde dans lequel on considérait l'intelligence comme suspecte ? Pauvre Miss Tremp. Une si bonne gouvernante. Elle avait retrouvé une situation auprès d'une autre famille. Quand je me marierai, je l'arracherai à la servitude et je ferai d'elle ma dame de compagnie, pensa Rose. Oui, je me marierai. Le bal du duc de Freemount, la réception la plus grandiose de la saison, devait avoir lieu la semaine suivante et Geoffrey lui avait soufflé qu'il avait une question à lui poser et qu'il le ferait à cette occasion. De quoi pouvait-il s'agir d'autre ? Cependant, pourquoi n'avait-il pas encore demandé à son père la permission de lui faire la cour ?

Harry Cathcart décida de se mettre au travail sur-le-champ. En répétant à qui voulait l'entendre qu'il avait perdu de l'argent auprès de quelqu'un dans une partie de cartes et qu'il pensait que ce quelqu'un pouvait être Blandon, il parvint à se procurer son adresse et sa description. L'appartement de Blandon se situait à St. James's Square. Harry loua un cab fermé et s'installa de l'autre côté de la place pour guetter sa proie. Au bout d'un long moment, Blandon fit son apparition. Malgré sa silhouette élégante, Harry le prit en grippe au premier coup d'œil. Il avait un regard insolent, l'air entendu de celui qui sait tout et une bouche lippue. Il avait assurément une tête de joueur.

Harry se rendit au Club et examina le registre des paris. Rien. Il fronça les sourcils. Les jours suivants, il fila sir Geoffrey et découvrit que le jeune homme entretenait une femme à Pimlico, mais en cette époque de légèreté des mœurs, qui verrait l'existence d'une maîtresse comme un scandale ? Peut-être sir Geoffrey n'était-il pas aussi riche qu'on le disait. Peut-être courait-il après lady Rose pour son argent.

Harry avait tout juste les moyens de payer sa carte de membre du Club. Ne pouvant se permettre d'appartenir à d'autres clubs londoniens, il n'y avait pas accès.

Il rentra chez lui et demanda à Becket de lui apporter son équipement de photographie, un passe-temps récent. Il lui enjoignit ensuite de préparer son costume le plus élimé et, après l'avoir enfilé avec son aide, il s'assit à sa table de toilette et étudia son visage dans le miroir. Il plaça des tampons d'ouate à l'intérieur de ses joues pour les rendre plus rebondies puis, à l'aide d'un blaireau et d'un tube de colle à postiche, il se fabriqua une fausse moustache. Après s'être vissé un vieux chapeau sur la tête, il prit son équipement photographique et loua un cab pour se rendre au Brooks's, où il demanda à voir le secrétaire du club.

La voix déformée par les bourres d'ouate, Harry expliqua qu'il était photographe, envoyé par le duc de Freemount qui voulait monter, lors de sa fête annuelle, une exposition de clichés des clubs londoniens. L'autorisation lui fut donnée de prendre des photographies. Il veilla à laisser quelques éléments de son équipement dans le bureau du secrétaire.

Lorsqu'il vit avec soulagement qu'un vieux tromblon harponnait le secrétaire, il murmura qu'il lui fallait plus de poudre de magnésium pour son flash et retourna dans le bureau. Il fureta à droite et à gauche jusqu'à ce qu'il trouve le registre des paris. En le feuilletant, il découvrit que sir Geoffrey Blandon avait parié qu'il pourrait obtenir les faveurs de lady Rose avant la fin de la saison. Harry savait de quel genre de « faveurs » il s'agissait. La cote était à quarante contre un.

« Le sale type », grommela-t-il, et, sortant un canif, il découpa la page. Il avait d'abord eu l'intention de la photographier, mais s'était aperçu que cela prendrait trop de temps, sans compter qu'utiliser une chambre photographique avec une lumière insuffisante ne produirait peut-être aucun résultat – et qu'un flash au magnésium échapperait difficilement au secrétaire.

Il rejoignit ce dernier et photographia plusieurs autres salons du club avant de battre en retraite.

Harry aurait dû se réjouir du succès de l'opération, mais il regrettait d'avoir à annoncer une telle nouvelle au comte. Lady Rose avait effectivement compromis sa réputation parce qu'elle avait été photographiée aux côtés des suffragettes. Elle était devenue l'objet d'un vulgaire pari.

Ce fut la veille du bal que Harry Cathcart se présenta chez le comte.

Il patienta dans le hall tandis que le majordome prenait sa carte. Alors qu'il attendait, lady Rose descendit l'escalier. Elle arborait une toilette d'après-midi recherchée, mais portait ses longs cheveux lâchés dans le dos. Son visage rayonnait de bonheur, telle une lanterne dans l'obscurité. Sans un regard pour Harry, un inconnu qui ne lui avait pas été présenté, elle passa devant lui et disparut par une porte latérale.

Oh, mon Dieu, pensa Harry. Elle est amoureuse, ça ne fait aucun doute.

Le majordome descendit l'escalier et pria Harry de le suivre.

Dans la bibliothèque, Rose prit un livre et monta à son tour à l'étage. Elle se demandait qui était ce visiteur. Son père était un peu sourd et il parlait fort. Comme elle passait devant le salon, elle l'entendit dire : « Ce sera tout, Brum. Laissez-nous. » Tandis que le majordome réapparaissait et s'apprêtait à refermer la porte à deux battants, Rose entendit distinctement le comte demander : « Eh bien, avez-vous découvert quoi que ce soit sur Blandon ? »

Puis le visiteur répondit à voix basse et son père

cria, outré : « Cet homme mériterait le fouet ! Ma fille est perdue. » Répondant aux coups de sonnette frénétiques du comte, un valet monta les marches quatre à quatre, ne semblant même pas voir Rose qui se tenait là.

« Allez chercher Madame. Appelez lady Polly », rugit le comte.

Rose entra dans le salon. « Que se passe-t-il, papa ? »

Le comte brandit une feuille de papier d'une main tremblante. « Attends que ta mère arrive. »

Lady Polly, petite et ronde comme son mari, entra dans la pièce. « Qu'y a-t-il, très cher ?

– Asseyez-vous toutes les deux. » Toute sa rage et sa fureur s'étaient évaporées. « Une déplorable affaire. Une très déplorable affaire. Mesdames, permettez-moi de vous présenter le capitaine Cathcart. »

Le capitaine, qui s'était levé lorsque Rose était entrée, s'inclina. « Capitaine, voici ma femme, lady Polly, et ma fille, lady Rose. Asseyons-nous. As-tu tes sels, Rose ?

– Je n'en utilise jamais.

– Crois-moi, tu pourrais en avoir besoin. Allez-y, Cathcart, dites-leur ce que vous avez trouvé. »

Se sentant plutôt méprisable, regrettant de ne pouvoir s'échapper et laisser au comte le soin d'annoncer la nouvelle, Harry expliqua ce qu'il avait découvert. « Blandon entretient une maîtresse à Pimlico, une fille du nom de Maisie Lewis », commença-t-il.

Il vit la surprise et la consternation dans les yeux de Rose, suivies d'une colère pleine de défi. Il sut alors qu'elle venait de décider que la relation avec Maisie était de l'histoire ancienne.

« Cette liaison est toujours d'actualité, précisa-t-il. Comme Blandon me donnait l'impression de souffrir de la passion du jeu, j'ai décidé de vérifier les registres des paris des clubs dont il est membre. Figurez-vous qu'il a parié qu'il parviendrait à séduire lady Rose avant la fin de la saison. »

La comtesse laissa échapper un petit cri et porta son mouchoir à ses lèvres.

Le comte tendit la page du registre à Rose. Elle la lut avec attention puis dit : « Je vous prie de m'excuser. J'ai à faire.

– Nous ne pouvons pas aller au bal dans ces circonstances ! gémit lady Polly.

– Sir Geoffrey ignore que nous savons, dit Rose. Ne lui donnons pas cette satisfaction. »

Elle se leva et quitta la pièce, droite comme un « i ». Tout l'amour qui illuminait son visage s'était envolé.

Sa mère se précipita derrière elle, laissant Harry et le comte seuls.

« Merci, fit le comte d'un ton bourru. Si vous voulez bien me laisser maintenant. »

Harry se leva, quitta la pièce et descendit rapidement l'escalier. La joie que lui avait procurée le succès de son travail de détective s'était évanouie. Il était hanté par le regard déterminé, froid et désespéré qu'il avait vu dans les yeux de Rose.

Le lendemain soir, Rose fit son entrée dans la salle de bal de la demeure du duc de Freemount, au milieu du staccato typique des voix de la haute société et des accords enjoués d'une valse. Elle avait des fleurs artificielles dans les cheveux et sa robe de satin blanc ornée de dentelle blanche sur plusieurs jupons de soie froufroutait quand elle marchait.

Elle se sentait vide, comme morte, mais permit à sir Geoffrey d'inscrire son nom dans son carnet de bal. Il ne sembla pas noter la moindre différence dans son attitude.

Une chaleur étouffante avait beau régner dans la pièce, Rose frissonnait dans les bras de Geoffrey tandis qu'il l'emportait dans une valse. Des valets ouvrirent les hautes portes-fenêtres qui donnaient sur Green Park et une agréable brise entra. Geoffrey l'entraîna sur la terrasse.

« Je voudrais vous demander quelque chose, mon amour », murmura-t-il.

Une pointe d'espoir surgit dans le cœur de Rose : tout cela n'était qu'une regrettable méprise, par obtenir ses « faveurs », il fallait entendre « obtenir sa main ».

« Oui, sir Geoffrey ?

– Tarrant organise une partie de campagne

dans deux semaines », chuchota-t-il d'un ton pressant. Par les fenêtres ouvertes, il voyait la mère de Rose chercher sa fille dans la salle de bal. « Je vous ai obtenu une invitation. Nous pourrons être ensemble. »

Rose se dégagea de son étreinte, recula d'un pas et lui fit face.

« Ensemble ? Que voulez-vous dire ?

– Eh bien, vous êtes toujours chaperonnée...

– On ne me permettrait pas d'accepter une telle invitation sans chaperon.

– Justement. Une amie à moi se fera passer pour ma tante.

– Miss Maisie Lewis, par exemple ? »

Il devint cramoisi et marmotta : « Jamais entendu parler. »

Rose tourna les talons, regagna la salle de bal d'un pas décidé, marcha droit jusqu'au chef de musique et lui glissa quelque chose à l'oreille. Il eut l'air surpris, mais fit taire les musiciens.

Les danseurs s'arrêtèrent brusquement de virevolter et les visages se tournèrent vers Rose. L'éclairage électrique récemment installé se reflétait sur les monocles et les faces-à-main.

« J'ai une annonce à faire, dit-elle d'une voix forte. Sir Geoffrey Blandon est un mufle. Il a parié qu'il pourrait me séduire avant la fin de la saison. En voici la preuve. » Elle sortit la page du registre des paris et la tendit depuis l'estrade à l'homme le plus proche d'elle. « Faites passer », dit-elle.

Tous les yeux la fixaient, stupéfaits, une multitude d'yeux.

Elle descendit le petit escalier de l'estrade et se planta devant sa mère, qui était livide. « J'ai mal à la tête, lança-t-elle distinctement. Je voudrais rentrer à la maison. »

Alors qu'ils patientaient sur les marches, attendant que leur attelage soit avancé, le comte dit sombrement : « Eh bien ça y est, ma fille, tu es perdue. Je pensais que nous nous étions mis d'accord pour faire comme si de rien n'était. Pourquoi donc crois-tu que je me suis retenu de mettre Blandon face à ses actes ?

– Moi, déshonorée ? C'est sir Geoffrey qui l'est, sans aucun doute !

– C'est un homme, il survivra. On le pensera seulement un peu canaille. Quand il t'a fait des avances, tu aurais dû venir me voir aussitôt. J'y aurais mis le holà. Mais aller te jucher sur l'estrade et haranguer la foule comme une poissonnière, quel scandale ! »

Rose ravala ses larmes.

« Cela étant, le capitaine Cathcart a rempli sa mission. Tu ferais mieux de te retirer une ou deux saisons et ensuite, nous réessaierons. »

2

« Les classes moyennes ou inférieures écossaises ne sont pas, en général, enclines à la plaisanterie, si ce n'est par leurs remarques pince-sans-rire et sentencieuses, et elles comprennent rarement ce que l'on appelle communément la "taquinerie". Mieux vaut le garder à l'esprit, car cela explique pour beaucoup des manières qui peuvent sembler revêches ou des réponses apparemment bourrues. »

John Murray, *Guide de l'Écosse* (1898)

Rose n'avait que dix-neuf ans et, hormis son incursion parmi les suffragettes, elle avait été protégée du monde extérieur, comme toutes les jeunes filles de son rang, par l'amour et l'indulgence de ses parents qui l'avaient purement et simplement tenue à l'écart des réalités de la vie ordinaire.

Elle fut donc surprise et blessée que ce soit sur elle que s'abatte l'opprobre, et non sur le perfide sir Geoffrey. Tandis que les domestiques préparaient les malles en prévision du départ à la campagne, elle se cacha dans la bibliothèque, habituellement peu fréquentée, et tenta de trouver du réconfort dans les livres. Avant de tomber amoureuse de Geoffrey, elle voyait cette maudite saison comme un vulgaire marché aux bestiaux. Mais elle était jeune, et la pensée que, là-dehors, derrière les murs décorés de stucs de la maison, un vaste monde d'amusement et de plaisir poursuivait sa marche sans elle l'exaspérait.

Elle ne s'était liée d'amitié avec aucune des autres débutantes, méprisant leurs bavardages futiles, mais maintenant elle regrettait l'arrogance dont elle avait fait preuve.

Elle jeta son livre. Il fallait qu'elle voie Miss Tremp. Son ancienne gouvernante travaillait désormais pour la famille Barrington-Bruce, dont la maison se situait à Kensington.

Elle ne sonna pas sa femme de chambre, mais enfila une robe simple et ajustée, adaptée à la marche, et se coiffa d'un chapeau muni d'un voile.

Ensuite, elle se glissa hors de la maison et héla un cab. Elle donna l'adresse au cocher, mais se rendit compte que, son déshonneur étant connu de tous, la gouvernante ne serait peut-être pas autorisée à la recevoir. Elle souleva donc la trappe ménagée dans le toit et cria au cocher de la conduire à Kensington Gardens.

C'était une belle journée, et elle savait que les

nurses et les gouvernantes d'enfants plus âgés se promenaient souvent dans le parc.

Elle paya le cocher et prit lentement la direction du Round Pond, regardant à droite et à gauche. Des femmes en robe de soie empesée arpentaient les allées, aussi majestueuses que des galions. Des parterres de fleurs tirés au cordeau flamboyaient de mille couleurs et une légère brise portait jusqu'aux oreilles de Rose les notes joyeuses d'une fanfare. Le ciel bleu était traversé de fins rubans de nuages. Un petit garçon qui faisait rouler un cerceau de fer passa devant elle en courant, lui rappelant des souvenirs d'enfance, lorsqu'elle pouvait s'élancer librement, sans l'entrave d'un corset et d'une tournure. Rose commençait à se dire qu'elle avait été stupide de s'attendre à tomber sur Miss Tremp, lorsqu'elle la repéra assise sur un banc au bord du bassin.

Elle pressa le pas et s'assit à côté de la gouvernante. « Bonté divine ! Si ce n'est pas Miss Rose que voilà ! s'exclama celle-ci, la surprise marquant plus qu'à l'ordinaire les voyelles écossaises de son élocution habituellement parfaite.

– J'ai besoin de votre aide, dit Rose. Où sont les enfants ?

– Il y en a deux, des garçons. Ils font voguer leur bateau dans le bassin, Mademoiselle, ça les occupera un moment. J'ai entendu parler de votre triste mésaventure. Les journaux en ont fait leurs choux gras. »

Rose baissa la tête. On l'avait empêchée de lire la presse, mais elle aurait dû savoir que les chroniques mondaines ne manqueraient pas d'en parler.

« Tout cela est tellement injuste ! s'écria Rose. C'est sir Geoffrey qui mériterait d'être cloué au pilori.

– Ce ne sont jamais les gentlemen que l'on blâme dans ce genre de situation. Vous devriez le savoir.

– Miss Tremp, vous m'avez donné de l'instruction, et je vous en serai éternellement reconnaissante, mais quelques leçons sur la façon dont tourne le monde auraient pu m'être utiles.

– Voyons, Mademoiselle, je vous ai dit que j'étais en faveur du vote des femmes. Je ne vous ai pas dit de vous abaisser à prendre part à une manifestation. Quant aux artifices de la société, c'était à votre mère de vous les enseigner. »

Rose sentait la colère monter en elle.

« C'est un monde injuste pour les femmes, poursuivit Miss Tremp. Mais vous faites partie des privilégiées. C'est votre devoir envers vos parents de faire un beau mariage et envers votre mari par la suite de porter ses enfants.

– Vous affirmiez que les femmes ont droit à leur indépendance, qu'elles n'ont pas à être traitées comme de simples meubles par leur mari ! »

Miss Tremp sentit rosir le bout de son long nez écossais.

« Je suis sûre de ne jamais avoir affirmé une telle chose. »

Rose secoua la tête, perplexe. « Que vais-je faire ?

– La prochaine étape sera sans doute de vous envoyer aux Indes. C'est la procédure pour les jeunes ladies qui n'ont pas réussi leur saison.

– JE N'IRAI PAS AUX INDES ! » hurla Rose.

Les nurses alentour les dévisagèrent.

« Chut ! l'admonesta Miss Tremp. Une jeune femme comme il faut n'élève jamais la voix.

– Vous vous révélez soudain une mine d'informations sur ce que doit ou ne doit pas faire une lady.

– Vous feriez mieux d'obéir à vos parents. Et s'il vous plaît, abaissez votre voile. Je ne voudrais pas perdre ma place.

– Vous voulez dire que je vous fais honte ?

– Contrairement à vous, Mademoiselle, je dois gagner mon pain. J'ai toujours été d'avis que vous étiez un peu trop gâtée.

– Pourquoi ne pas l'avoir dit ?

– Ce n'était pas mon rôle.

– Ce n'était pas non plus votre rôle de me fourrer dans la tête de grandes idées sur l'indépendance des femmes alors que vous saviez qu'on ne me laisserait jamais les mettre en pratique.

– Le jour viendra où vous me serez reconnaissante de vous avoir donné une instruction solide pour enrichir votre esprit. »

Rose se leva. Elle ouvrit la bouche pour lâcher

une dernière récrimination, au lieu de quoi ses épaules s'affaissèrent, elle hocha la tête, tourna les talons et s'éloigna.

Elle qui avait espéré de Miss Tremp des paroles rassurantes, du réconfort et une indignation partagée contre les iniquités de la société !

La gouvernante regarda s'éloigner la silhouette délicate de son ancienne élève et fit la moue. Typique des Anglais. Rien dans le ventre.

L'inspecteur divisionnaire Alfred Kerridge savourait une pinte de bière avant de rentrer chez lui retrouver sa femme, Mabel, et leurs deux enfants, Albert et Daisy. Il avait grimpé l'un après l'autre les échelons de la police à force d'un travail assidu mâtiné d'extraordinaires élans d'imagination.

Chez lui, tout était gris : ses cheveux, ses yeux, sa grosse moustache. Il sentit qu'on le tirait par la manche et se retrouva nez à nez avec le visage patibulaire de l'un de ses informateurs, Posh Cyril.

Posh Cyril était second valet de pied chez les Blessington-Bruce. Il avait un casier judiciaire, pour cambriolage, dont ses employeurs ignoraient totalement l'existence. Après avoir renoncé à sa vie de monte-en-l'air, il était devenu informateur. Il était très utile à Kerridge pour débusquer les escrocs, car il était capable de reconnaître ses pairs parmi les domestiques des foyers aristocratiques.

« J'ai quelque chose pour vous », chuchota-t-il.

Kerridge hocha la tête, lui offrit une pinte, puis

le mena à une table située dans un coin. « De quoi s'agit-il ?

– Vous avez lu dans les journaux le scandale impliquant lady Rose, la fille du comte de Hadshire ?

– Ma femme a insisté pour me lire les articles. Ce n'est pas vraiment un crime.

– Et si je vous disais que sir Geoffrey Blandon est contraint de quitter le pays ?

– Tiens donc, je n'aurais pas cru qu'il serait obligé de faire une telle chose. Je pensais que tous les coups étaient permis pour ce genre de type, y compris ruiner la réputation d'une jeune fille. »

Kerridge haïssait la haute société de toutes les fibres de son âme de travailleur acharné issu des classes laborieuses. Il était sûr qu'un jour, la révolution arriverait. Il rêvait d'un monde dans lequel les rôles seraient inversés et où on retirerait leur argent aux aristocrates pour le distribuer aux pauvres.

« Voilà l'histoire. » Posh Cyril se pencha pardessus la table. « C'était ma nuit de repos et je tapais le carton dans la cuisine, chez Blandon. On sonne. Le valet de pied va répondre. On entend des cris et des jurons. Je grimpe l'escalier en vitesse et j'entrouvre la porte capitonnée. Et là, il y a un grand zigue aux cheveux noirs qui bourre Blandon de coups de poing. Il le fiche par terre et il beugle : "Quittez le pays d'ici demain ou je jure devant Dieu que la prochaine fois, je vous tue."

– Je n'ai eu vent d'aucun dépôt de plainte.

– Pourtant, Blandon est persuadé que le comte a embauché quelqu'un pour le rosser. Ça, c'est un délit, souligna Posh Cyril.

– L'agresseur était-il un voyou engagé pour l'occasion ?

– Non, il parlait comme un monsieur. Et il avait des nippes de monsieur.

– Ces gens-là se font justice eux-mêmes. Ça ne m'intéresse pas.

– Les journaux pourraient cracher au bassinet. »

Kerridge soupira. Il savait que si la presse mettait la main sur cette histoire, il devrait enquêter, au moins pour la forme. Et puis, cela finirait par venir aux oreilles de quelque grosse légume et on lui ordonnerait d'abandonner l'affaire.

« Boucle-la, intima-t-il, ou je m'assurerai que tes employeurs connaissent ton passé. Tiens, voilà une demi-couronne. Va-t'en, maintenant. »

« Qu'y a-t-il, Brum ? interrogea le comte le lendemain après-midi. Tout est prêt pour notre départ ?

– Oui, Monsieur. Une personne souhaiterait vous voir.

– Je ne reçois pas sans introduction.

– Cette personne est de la police. » Brum tendit un petit plateau en argent sur lequel reposait une carte de visite.

« "Inspecteur divisionnaire Alfred Kerridge". Mon Dieu. Je ferais mieux de le recevoir. Où est-il ?

– Dans l'antichambre.

– Faites-le entrer. »

Quoi encore ? se demanda le comte. Aurions-nous engagé un criminel par erreur ? Il y a bien le nouveau commis, comment s'appelle-t-il, déjà ?

Les portes s'ouvrirent et Kerridge fut introduit dans la pièce, son chapeau melon et ses gants à la main.

« Asseyez-vous », lui intima le comte.

L'inspecteur à la silhouette trapue prit place avec précaution sur une chaise à l'aspect délicat, qui craqua de manière alarmante sous son poids.

« Loin de moi l'idée de vous tourmenter, monsieur, en évoquant le conflit de votre fille avec un certain sir Geoffrey Blandon…

– Alors, abstenez-vous.

– Il a toutefois été porté à mon attention, poursuivit Kerridge, que sir Geoffrey a été roué de coups et sommé de quitter le pays. »

Un sourire se dessina lentement sur le visage du comte. « Parbleu, ça alors ! Vraiment ?

– Oui, vraiment, monsieur. Vous n'auriez pas, par le plus grand des hasards, engagé l'agresseur ? D'après mon rapport, il s'exprimait comme un gentleman. Il est grand et a les cheveux noirs. »

Cathcart, pensa le comte, avec un soudain accès de gratitude. « Non, rétorqua-t-il avec froideur. Engager des voyous n'est pas dans mes habitudes. Et je dois vous prévenir… »

Nous y voilà, pensa Kerridge.

« … que je compte le Premier ministre parmi mes relations.

– Comment lady Rose s'est-elle retrouvée en possession de cette page du registre des paris d'un club de gentlemen ?

– Je n'en ai aucune idée.

– Peut-être lady Rose pourrait-elle me l'apprendre ? »

Le comte sonna. « Vous dépassez la mesure. Nous n'avons rien à voir avec l'agression de Blandon et si vous persistez, je m'entretiendrai avec vos supérieurs, sans parler du…

– Premier ministre », coupa Kerridge.

Le majordome fit son entrée. « Raccompagnez ce monsieur. »

Je m'y attendais, pensa l'inspecteur. Peut-être que cette visite persuadera le comte qu'il n'est pas au-dessus des lois. Mais il comprit que le comte venait précisément de lui prouver le contraire.

Le comte ne se considérait pas comme un adepte des commérages et il n'avait que mépris pour les indiscrets. Mais lorsqu'il arriva à son club une heure plus tard et aperçut le général de brigade Bill Handy assis près de la cheminée, la tentation fut trop forte.

« Eh bien, commença le général. J'ai entendu dire que vous quittiez la ville. Sale affaire. Cathcart a rempli sa mission ? »

Le comte s'assit et se pencha vers lui. « Il a fait

plus que ça. Il a mérité chaque penny des mille livres qu'il m'a demandées. N'en soufflez mot à personne : il a mis une raclée à ce butor de Blandon. Je vous suis extrêmement reconnaissant.

– Et votre fille ? Faire une telle scène n'avait aucun sens. Comment a-t-elle pu se comporter d'une manière aussi scandaleuse ?

– Pour dire la vérité, répondit le comte avec tristesse, je ne connais pas ma propre enfant. Elle avait ce qui semblait être une excellente gouvernante. Rose voulait avoir de l'instruction. J'aurais dû savoir combien c'est dangereux. Les hommes détestent les femmes à la cervelle bien remplie. Ce n'est pas mon cas, bien sûr, mais il faut dire que je suis moi-même particulièrement intelligent et sensible.

– Vous m'ôtez les mots de la bouche, répondit le général, observant avec amusement le visage candide du comte.

– Quand Rose a participé à cette manifestation, nous pensions qu'elle rendait visite au pasteur. En réalité, elle avait pris le train pour Londres. Ce n'était pas la faute de la gouvernante. Elle avait déjà quitté ses fonctions.

– Et les Indes ? Voilà ce qui lui faut. Pléthore d'officiers. Au fait, vous avez dit que Cathcart vous avait fait payer mille livres ?

– Je sais. Scandaleux. Je ne m'attendais pas à ce que ce type se comporte comme un boutiquier, mais il a fait du bon travail. Pour les Indes, nous réfléchirons. Quant à Cathcart, n'en dites rien à personne.

– Ça ne me serait pas venu à l'idée. »

Le jour suivant, alors qu'il flânait dans Piccadilly, le général de brigade s'arrêta pour contempler la vitrine de la librairie Hatchard's. Une haute silhouette pleine de majesté émergea de la boutique. « Lady Glensheil ! » s'exclama le général, ôtant son chapeau de soie. C'était la fille de l'un de ses plus vieux amis. « Comment allez-vous ?

– Très bien, je vous remercie. Et vous ?

– Splendide. Splendide. Oh, eh bien ! » s'écria-t-il en voyant une grosse larme creuser un sillon humide dans l'épaisse couche de poudre de riz qui recouvrait les joues de lady Glensheil.

« Ce n'est rien », dit-elle. Sa bonne s'avança et lui tendit un mouchoir. Elle se tamponna le visage.

« Non, visiblement, ce n'est pas rien, insista le général. Marchons un peu et racontez-moi tout. »

Il lui offrit son bras, sur lequel elle posa le bout de ses doigts, et ils marchèrent lentement le long de Piccadilly.

« Je suis ruinée, lâcha lady Glensheil.

– L'argent ?

– Juste ciel, non ! » L'idée même qu'une femme bien née puisse ne serait-ce qu'évoquer un sujet aussi sordide était choquante.

« Je suis là pour vous aider, dit galamment le général.

– Il faut que je parle à quelqu'un ou je vais devenir folle, gémit-elle. Mais pas ici. » D'un coup d'œil, elle désigna sa bonne et son valet, qui les suivaient à quelques pas.

« Entrons dans Green Park. Renvoyez vos domestiques quand nous y serons. »

Elle acquiesça d'un signe de tête. Le général de brigade lui jetait de petits regards anxieux tandis qu'ils continuaient leur chemin. Il était d'avis que lady Glensheil était une belle femme. D'aucuns pouvaient penser qu'elle avait un visage taillé à coups de serpe, mais le général considérait ses traits comme éminemment aristocratiques. Sa lourde robe de soie était abondamment garnie de dentelle fine. Son chapeau de paille s'ornait de tout un jardin de fleurs artificielles.

Une fois au parc, lady Glensheil ordonna à ses domestiques de s'éloigner, puis s'assit sur un banc au côté du général.

« Alors, interrogea-t-il, qu'entendez-vous par “ruinée” ?

– C'est tout simplement terrible. Glensheil est dans le Nord. Il déteste la saison. Je suis ici pour l'entrée dans le monde de Fiona, ma cadette.

– Et ?

– J'ai commandé un portrait de moi à Freddy Hecker.

– Qui est-ce ?

– Un artiste en vogue. Nous sommes devenus proches – trop proches.

– Ah !

– Maintenant il me fait chanter.

– Ce scélérat mérite le fouet !

– Si je ne lui verse pas cent guinées par mois, il racontera tout à Glensheil.

– Niez !

– Je lui ai écrit des lettres.

– Oh, mon Dieu.

– Je ne sais que faire. Je suis au désespoir ! »

Le général garda le silence. Il avait promis à Hadshire de ne pas mentionner Cathcart. Cependant, il ne pouvait supporter de voir une femme souffrir ainsi.

« Je pense connaître une personne qui pourrait vous aider. Il… règle les situations délicates.

– Je vous en prie, donnez-moi son nom.

– Il n'y a qu'un problème. La facture sera probablement salée, environ mille livres.

– Je dispose de mon propre argent. Si je n'ai pas consenti à payer Hecker, c'est parce que je savais qu'il me saignerait à blanc.

– C'était donc bien un problème d'argent finalement.

– Certainement pas. Vous n'ignorez pas que nous n'abordons jamais ce sujet. »

Le général réprima un sourire. Il sortit son porte-cartes, en tira un bristol et inscrivit au verso le nom et l'adresse du capitaine Cathcart. « C'est le gaillard en question. Allez le voir. Seule.

– Je ne sais comment vous remercier.
– Vous me remercierez s'il résout votre problème. »

« Une dame pour vous, Monsieur, annonça le majordome du capitaine.
– De qui s'agit-il ?
– La dame est lourdement voilée et ne souhaite pas donner sa carte. »
Curieusement, Harry se figura Rose, le visage illuminé par la joie – une joie qui ferait long feu.
« Faites-la entrer. »
Il ressentit une pointe de déception, car la silhouette qui fut introduite dans son bureau n'était à l'évidence pas celle de lady Rose. La visiteuse était visiblement d'âge mûr et habillée en conséquence.
« Asseyez-vous, je vous en prie, dit Harry. Puis-je vous proposer quelque chose à boire ?
– Rien, je vous remercie.
– Que me vaut le plaisir de votre visite ?
– Je ne m'attendais pas à ce que vous soyez un gentleman. Je vous prie instamment de faire preuve de discrétion.
– Vous pouvez compter sur moi. »
Elle releva son voile. « Je suis lady Glensheil. »
Elle scruta le visage du capitaine, mais ce dernier n'exprima aucune surprise et se contenta de la fixer d'un air interrogateur. « Asseyez-vous et racontez-moi la raison de votre venue. »
Elle prit place en face de lui, puis regarda nerveusement la fenêtre. Il faisait encore jour.

« Seriez-vous assez aimable pour tirer les rideaux ? Un passant pourrait me voir depuis la rue.

– Certainement. » Le capitaine actionna une sonnette près de son fauteuil. « Becket, dit-il, quand son domestique entra, fermez les rideaux et éclairez la pièce. »

Ils patientèrent en silence tandis que le majordome s'exécutait.

« Ce sera tout. Alors, lady Glensheil… »

Elle ouvrit un imposant réticule, fouilla longuement dedans, en sortit le bristol du général de brigade et le tendit à Harry.

Je sais faire preuve de discrétion, pensa celui-ci, mais on ne peut pas en dire autant du général.

« Qu'attendez-vous de moi ?

– On me fait chanter », dit lady Glensheil.

Elle se mit à pleurer. Harry sonna et demanda du cognac. Il attendit patiemment pendant que les larmes de lady Glensheil emportaient une quantité abondante de céruse et de rouge. Il sortit un grand mouchoir et le lui tendit.

Elle se reprit et but une gorgée de cognac.

« Tout cela est terrible, absolument terrible, gémit-elle avant de faire à Harry le récit de sa mésaventure avec l'artiste maître-chanteur.

« Je vois, dit Harry quand elle eut terminé. Je suppose que la première chose à faire sera de récupérer les lettres. »

Une lueur d'espoir fou brilla dans les yeux de la visiteuse. « Vous pourriez le faire ?

– J'essaierai en tout cas. Je ferai de mon mieux pour m'assurer qu'il ne vous importunera plus.

– Oh, merci ! » Elle rouvrit son réticule. Cette fois, elle en tira une liasse de billets et la tendit au capitaine.

« J'ai pensé qu'il serait plus discret de vous régler en liquide. »

Harry hésita. C'était une chose de prendre de l'argent au comte, c'en était une autre d'en prendre à une dame en détresse. Mais cet argent lui apporterait une certaine aisance. Il pourrait même louer un attelage. Et donner une partie de ses gains à des œuvres de bienfaisance pour soulager sa conscience. « Merci. Voulez-vous un reçu ?

– Non, s'il vous plaît, aucune trace écrite. Cette histoire ne doit pas s'ébruiter.

– Personne ne risque de l'apprendre par moi. Je sors très peu en société.

– Je ne comprends pas pourquoi. Vous devez absolument venir à l'une de mes soirées.

– Trop aimable. Mais mon absence de vie sociale est en grande partie un choix. Laissez-moi m'occuper de cette affaire, je vous donnerai bientôt de mes nouvelles. J'aurais besoin de l'adresse de ce Freddy Hecker. »

Une fois encore, lady Glensheil ouvrit son réticule et extirpa de ses entrailles un petit carnet auquel était attaché un portemine en argent. Elle écrivit l'adresse, déchira la page et la tendit à Harry.

Elle se leva pour prendre congé. « Vous êtes venue dans votre propre calèche ? s'enquit le capitaine.

– Bien sûr que non. J'ai loué un cab.

– Alors, Becket vous en trouvera un pour vous ramener chez vous. Comment prendrai-je contact avec vous ? Vous rendre visite à votre domicile est exclu, je risquerais de tomber sur votre mari.

– Glensheil est en Écosse. Attendez, voici ma carte. Venez me voir dès que vous aurez quelque chose. »

Tandis qu'elle fouillait dans ses affaires à la recherche de son porte-cartes, le capitaine sonna et demanda à Becket d'aller chercher un cab.

Bientôt, la silhouette majestueuse, de nouveau lourdement voilée, avait quitté la pièce, ne laissant derrière elle qu'un léger parfum de patchouli et une épaisse liasse de billets.

3

« Lorsque l'on quitte la ville, il est d'usage d'envoyer à tous ses amis des bristols portant dans un coin la mention P.P.C. (*pour prendre congé**[1]). Cela obvie à la nécessité de prendre congé de manière formelle. »

Flora Klickman, *Les Bonnes Manières*

Le confortable attelage du comte les emmena à la campagne. C'était une journée parfaite, sans un nuage dans le ciel. Les stores rayés des boutiques et des maisons donnaient un air festif à la ville qu'ils laissaient derrière eux.

Assise dans un coin de la calèche, Rose essayait de lire pour échapper au sentiment que, même si sir Geoffrey l'avait dupée, elle avait une part de responsabilité dans sa propre disgrâce.

1. Les mots et expressions en italique suivis d'un astérisque sont en français dans le texte original. (*Toutes les notes sont de la traductrice.*)

Si seulement elle avait cultivé l'amitié des autres débutantes, se répéta-t-elle pour la centième fois, elle aurait pu glaner quelques potins utiles sur la saison en général et sir Geoffrey en particulier.

Le fait est que, pour combattre sa timidité naturelle, elle avait fini par se forger une carapace. Elle avait cru que son instruction lui donnait l'avantage sur les autres filles, plus écervelées les unes que les autres. Pourtant, c'était elle qui se retrouvait mise au ban de la bonne société londonienne.

Elle éprouvait également un ressentiment ardent pour le capitaine Harry Cathcart. Il n'avait pas besoin de produire des preuves aussi spectaculaires. S'il n'avait pas mis son grain de sel, Geoffrey lui aurait fait des propositions malhonnêtes et elle aurait ouvert les yeux sur le genre d'homme qu'il était.

Si le capitaine venait de nouveau à croiser son chemin, elle espérait bien trouver un moyen de l'humilier.

Le matin suivant la visite de lady Glensheil, Harry flânait sur King's Road. Il s'installa dans un pub en face de l'atelier de Freddy Hecker. Il commanda une demi-pinte d'ale, s'assit à une table près de la baie vitrée et commença sa surveillance.

Au bout d'une heure, une bonne ouvrit la porte et donna à un homme son chapeau et sa canne. C'est lui, songea Harry.

Une fois que l'artiste se fut éloigné, le capitaine quitta le pub, traversa la rue et frappa à la porte. La domestique, plantureuse et jolie, ouvrit.

« Hecker est là ? demanda le capitaine avec indolence.

– Je crains que le maître ne soit sorti, Monsieur.

– Quand rentrera-t-il ?

– Dans une heure à peu près.

– Bien, j'attendrai. »

La domestique hésita : « Vous ne préféreriez pas laisser votre carte et revenir plus tard ?

– Non, ma fille, je ne préférerais pas. Ce misérable est censé peindre mon portrait. » Il la dominait de toute sa taille et, impressionnée, elle fit un pas de côté. « Où se trouve l'atelier ?

– À l'étage, Monsieur, mais...

– Je trouverai mon chemin. »

Harry monta un escalier étroit. Sur le palier, une porte était ouverte, révélant l'atelier, une vaste pièce faite de la réunion de deux étages.

« Puis-je vous apporter quelque chose à boire, Monsieur ? demanda la domestique derrière lui.

– Rien, je vous remercie. Allez-vous-en maintenant. Je dois réfléchir à mon meilleur profil. »

Il ferma la porte derrière elle et balaya la pièce du regard. Où ce malotru avait-il caché les lettres ?

Tandis qu'il furetait derrière les chevalets appuyés contre les murs et dans les cartons d'étoffes que les artistes utilisaient comme décor, Harry se fit la réflexion que c'était là qu'il travaillait, mais pas là qu'il vivait.

Il ouvrit la porte et redescendit l'escalier. La domestique l'attendait au bas des marches.

« J'ai commis une effroyable erreur. C'est chez lui que je dois retrouver ce vieux Freddy. Il doit m'attendre là-bas. J'ai perdu son adresse. Rappelez-la-moi.

– Vingt-deux, Pont Street, Monsieur. Puis-je avoir votre carte ?

– Écoutez, je n'ai pas envie que Freddy sache que j'ai pu être aussi bête. Ne lui dites pas que je suis d'abord passé ici. »

Harry sortit un souverain et le tint en l'air. « Promis ? »

La domestique prit la pièce et fit la révérence. « Oh, certainement, Monsieur. Merci bien, votre grâce », ajouta-t-elle, l'élevant d'un coup au rang de duc.

Harry héla un cab dans King's Road et guida le cocher vers Pont Street. Il consulta sa montre de gousset. Si Freddy était rentré chez lui et comptait réellement être de retour à l'atelier une heure plus tard, il devait être sur le point de partir.

Il acheta un journal dans un kiosque puis revint en flânant dans Pont Street, s'arrêtant de temps à autre pour examiner son journal, comme s'il venait d'aviser une nouvelle fascinante. Enfin, sa patience fut récompensée et il vit le jeune artiste quitter la maison. Il était indubitablement très bel homme, avec ses cheveux blonds bouclés et son visage angélique.

Le capitaine attendit que Freddy ait disparu au bout de la rue, gagna la porte et sonna. Un domestique imposant lui ouvrit. Il doit bien gagner sa vie, pensa Harry. Il subit une fois de plus la tyrannie des bristols et regretta de ne pas avoir pensé à faire imprimer de fausses cartes de visite.

Le majordome inclina la tête quand Harry présenta gaiement sa carte et déclara qu'il venait de croiser Mr Hecker et que celui-ci lui avait demandé de l'attendre.

Il fut conduit dans un salon au premier étage. Il refusa le rafraîchissement qui lui fut proposé et dit qu'il patienterait en lisant son journal. Une fois le majordome parti, il observa la pièce. Les meubles et les bibelots étaient de prix. Harry commença à se demander si lady Glensheil était l'unique victime du chantage de l'artiste.

Il n'y avait pas de table de travail. S'il y avait un bureau, il se trouvait sans doute au rez-de-chaussée.

Harry se glissa avec précaution hors du salon et marqua une pause sur le palier. La maison était plongée dans le silence. Il descendit l'escalier sur la pointe des pieds et prêta à nouveau l'oreille. Des murmures lui parvenaient du sous-sol. Il ouvrit plusieurs portes, jusqu'à tomber sur un bureau. Il se dirigea vers la table de travail, placée près d'une fenêtre, et en ouvrit les tiroirs l'un après l'autre. Le tiroir en bas à gauche était fermé à clef.

Il sortit un robuste couteau suisse et, à l'aide de l'outil, conçu pour retirer les pierres des sabots des chevaux, força le tiroir. Il y trouva plusieurs paquets de lettres. Harry chercha des yeux un moyen de les transporter, finit par les entasser dans une corbeille à papier, quitta la pièce, se dirigea vers la porte d'entrée et, après avoir repris sa carte de visite, gagna la rue.

Une fois en sécurité chez lui, il tria les papiers et les classa en piles soignées sur son bureau. Outre celles provenant de lady Glensheil, il y avait des lettres de six autres membres de la haute société.

Il releva les six noms et demanda à Becket de lui trouver les adresses. Lorsque son domestique revint avec l'information, il se mit en route. Il passa d'abord voir lady Glensheil, qui pleura – de gratitude cette fois –, puis se rendit chez les six autres femmes, s'assurant à chaque fois de les rencontrer en personne et sans leur mari. Il semblait injuste que ces femmes profitent de ses services gratuitement, alors que lady Glensheil avait dû payer, mais il craignait, s'il leur demandait de l'argent, qu'elles le prennent lui aussi pour un maître-chanteur.

De retour chez lui, dans la soirée, il trouva devant sa porte Hecker, furieux. Son domestique s'était souvenu du nom de Harry. « Je vais prévenir la police, hurla l'artiste. Vous avez fracturé mon bureau et volé des biens m'appartenant.

– Vous avez un sacré culot, rétorqua le capitaine. Je serais ravi de vous accompagner à Scotland Yard sur-le-champ. Bien sûr, il ressortira de cette affaire que vous êtes un maître-chanteur et vous serez déshonoré. »

La colère de Hecker se volatilisa. « N'allons pas jusque-là. Mais je vous préviens…

– Oh que non, c'est moi qui vous préviens. Vous allez discrètement restituer à ces femmes chacun des pennies que vous leur avez extorqués. Dans quelques jours, je vérifierai que vous vous êtes exécuté. Ce serait un grand plaisir pour moi de vous traîner dans la boue, mais ce faisant, je ruinerais également la réputation de vos victimes. » Il se pencha et lui sourit en pleine face. « Et si vous n'obéissez pas, je vous règle votre compte.

– Vous ne pouvez pas faire ça ! s'écria Hecker, livide. Nous sommes en Angleterre.

– Un pays merveilleux, vous en conviendrez. Maintenant, cessez d'obstruer le pas de ma porte et de crier comme un putois, et débarrassez le plancher. »

Harry mit la main sur le visage de l'artiste et le poussa violemment, l'envoyant valdinguer au bas des marches jusque sur le trottoir. Puis il ouvrit lui-même la porte avec sa clef. Il n'entendrait vraisemblablement plus parler de Hecker.

L'été battait son plein. La haute société était à Biarritz et à Deauville et ne reviendrait qu'en août pour chasser la grouse en Écosse. Lady Rose lisait, se promenait et parfois pensait qu'elle pourrait mourir d'ennui et de solitude.

Alors qu'août tirait vers septembre, le comte reçut la visite du baron Dryfield, propriétaire des domaines voisins. Le petit comte fut heureux de le recevoir. Depuis la disgrâce de Rose, il se sentait comme frappé d'ostracisme. Le baron était un homme imposant et jovial, un grand favori du roi Édouard.

« Il faut que je vous parle en privé », déclara Dryfield. Lady Polly, qui se trouvait dans le salon avec son mari, se leva et quitta la pièce.

« Que se passe-t-il ? s'enquit le comte, inquiet. Qu'est-ce que ma femme ne peut pas entendre ?

– Vous recevrez bientôt des nouvelles du Palais. Sa Majesté va vous faire la faveur d'une visite en septembre.

– Mais c'est merveilleux. C'est une occasion d'enterrer le scandale. À grands frais, bien sûr.

– La mauvaise nouvelle, c'est que le bruit court que notre roi veut tenter sa chance auprès de Rose. Elle est devenue une espèce de défi, vous voyez. On l'appelle la Reine de Glace.

– Oh non, que faire ? gémit le comte. Comment protéger Rose ? S'il demande à se promener en tête à tête avec elle, je pourrai difficilement refuser.

– Bon sang, je n'en ai aucune idée. Mais je pensais qu'il était de mon devoir de vous avertir. »

Le capitaine Harry Cathcart avait été occupé tout l'été. L'écho de ses talents s'était répandu comme une traînée de poudre et, dans une société où les scandales allaient bon train, ses services étaient très demandés. Il n'y avait rien de très spectaculaire, pour l'essentiel des affaires triviales qui pouvaient être résolues par des conseils avisés, mais son compte en banque était bien garni et il disposait désormais d'un attelage à deux chevaux.

Il fut surpris de constater qu'il était également très demandé en société. Ses manières taciturnes, naguère jugées ennuyeuses, étaient maintenant vues comme byroniennes. Cependant, il acceptait peu d'invitations. Son expérience de la guerre avait laissé une tache sombre et aigre au fond de lui.

Un matin, il reçut un télégramme du comte de Hadshire lui demandant de se présenter de toute urgence à son domaine de Stacey Court.

Le capitaine fit sa valise et se mit en route avec son majordome. Ils prirent un cab jusqu'à la gare de Paddington puis le Great Western Railway train jusqu'à Oxford, où ils avaient prévu de changer pour le train local, qui les emmènerait à la gare la plus proche du domaine du comte, Stacey Magna, où l'on viendrait les chercher.

À mi-chemin d'Oxford, Becket sombra dans les bras de Morphée, et Harry en profita pour étudier le visage de son majordome. Après sa libération de l'armée, Harry avait pris l'habitude de se promener dans les rues de Londres pour faire travailler sa jambe blessée. Tôt, un matin, il s'était rendu au marché de Covent Garden pour observer les livreurs portant leurs grands paniers de légumes, quand l'un d'eux s'effondra, répandant sur les pavés le contenu de son panier de pommes de terre.

« Quelle chiffe molle ! railla un des livreurs. Laisse-le sur carreau, Bert. C'est tout ce qu'il mérite. »

Harry avait remis Becket debout, l'avait aidé à marcher jusqu'au pub le plus proche et lui avait offert un cognac. Puis, voyant à sa silhouette émaciée qu'il mourait de faim, il lui avait commandé un petit déjeuner. Becket s'était jeté avec désespoir sur la nourriture.

Moi aussi j'ai connu la faim, pensa Harry avec compassion, se revoyant gisant sous le soleil brûlant du veld africain.

Lorsque l'homme eut fini son repas, Harry lui posa des questions. Becket avait également été soldat et, après avoir quitté l'armée, il avait eu du mal à trouver du travail. Il avait un visage blême, fin et sensible, des cheveux bruns peignés en arrière avec sévérité, des yeux gris clair et une bouche étroite. Il ajouta qu'il était entré dans l'armée tout jeune, mais ne donna aucune indication sur ses origines.

Sans réfléchir, Harry lui expliqua qu'il était lui aussi revenu de la guerre depuis peu et qu'il n'avait pas beaucoup d'argent, mais que s'il voulait le suivre chez lui, il lui trouverait du travail.

C'est ainsi que Becket avait fini dans le rôle de majordome. Il savait lire et écrire, et étudia dans les livres la façon d'incarner le factotum parfait. Il ne parlait que lorsqu'on lui adressait la parole et ne se plaignait jamais, même quand ses gages lui étaient payés avec retard.

Harry, qui n'aimait pas qu'on lui pose des questions, en particulier sur la guerre des Boers, respectait le silence de son domestique.

Bien qu'il mangeât la même chose que son maître, Becket était resté maigre et blême mais, à part cela, il semblait en bonne santé et solide.

Harry, resplendissant en jaquette et haut-de-forme de soie tout neufs, finit par atteindre Stacey Magna, où il fut accueilli par le cocher du comte et deux valets qui les conduisirent, lui et son domestique, dans une calèche confortable jusqu'au domaine.

Stacey Court était une belle demeure d'époque Tudor en briques rouges et dotée de nombreuses fenêtres à meneaux qui réfléchissaient le soleil estival tandis que la calèche remontait à toute allure la longue allée bordée de tilleuls. Surpris, Harry s'efforça d'imaginer lady Rose dans un décor aussi ancien. Il se l'était plutôt représentée dans une majestueuse demeure d'époque georgienne, dotée d'un portique et de hautes fenêtres palladiennes.

Brum, le majordome, les attendait en haut des marches. Les valets le suivirent avec les bagages, Harry et Becket sur les talons, en haut d'un vieil escalier de chêne, puis le long d'un corridor qui semblait constitué d'une succession de marches tantôt ascendantes, tantôt descendantes. Les poutres du plafond étaient dangereusement basses, si basses que, par endroits, le capitaine devait baisser la tête.

La chambre dans laquelle Harry fut introduit s'enorgueillissait d'un magnifique lit à baldaquin. Une petite pièce adjacente avait été assignée à Becket. Harry fut heureux qu'il soit à portée de main plutôt que confiné dans les quartiers des domestiques, même si le majordome devrait de toute façon prendre ses repas dans la salle qui leur était réservée. On annonça à Harry que le comte l'attendait dans son bureau dès qu'il aurait fait un brin de toilette. Il y avait une tache de suie sur le plastron de sa chemise. Becket lui fit passer une chemise propre et se pencha pour donner un coup de chiffon sur les chaussures de son maître.

« Qu'allez-vous faire ? s'enquit Harry après avoir sonné pour être conduit au bureau du comte.

– Descendre à l'office, Monsieur.

– Vous vous débrouillerez ? C'est la première fois que vous vous trouverez face à d'autres domestiques.

– Je suis sûr que je réussirai à m'en tirer. »

Harry le regarda, sceptique, se demandant comment son majordome s'en sortirait avec la hiérarchie rigide qui régissait les relations des domestiques des grandes maisons.

Un valet fit son apparition. Harry le suivit dans le corridor, puis redescendit l'escalier sous l'œil scrutateur des portraits de famille qui ornaient les murs. Brum, qui l'attendait dans le hall, l'introduisit dans le bureau, situé au rez-de-chaussée.

« Ah, vous revoilà, dit sombrement le comte. Je suis dans le pétrin. Asseyez-vous. Servez-vous un sherry. Vous avez déjeuné ?

« J'ai pris une collation dans le train. Venons-en au fait.

– Bien. Sa Majesté risque de nous rendre visite.

– De grosses dépenses en perspective.

– Ce n'est pas la question. C'est Rose qui m'inquiète. Il semblerait que Sa Majesté veuille tenter sa chance avec elle.

– Donc vous voulez empêcher sa venue.

– Comment faire ?

– Je m'en occupe. »

Le comte et lady Polly avaient eu l'intention de garder secrète la visite du capitaine Cathcart. Mais deux jours plus tard, Rose, qui pendant ses promenades était accompagnée par sa femme de chambre, Yardley, et un valet, flânait sur un chemin de campagne, fut vaguement consciente que son escorte discutait à voix basse. Soudain, elle entendit le nom de Cathcart et fit volte-face.

« Quoi, Cathcart ? interrogea-t-elle.

– Je disais que nous ne recevions que rarement des visiteurs, répondit Yardley, et John me faisait la remarque que le dernier en date était un certain capitaine Cathcart.

– Rentrons », intima Rose avant de se mettre en route à grands pas. À peine arrivée, elle fit irruption dans le bureau de son père. Le comte était assoupi dans un fauteuil près de la fenêtre, un journal sur le visage. « Papa ! Réveillez-vous ! cria Rose en arrachant le journal.

– Hein, quoi ? » Le comte se réveilla péniblement et leva les yeux vers le visage furibond de sa fille.

« Que faisait cet homme ici ?

– Quel homme ?

– Cathcart.

– Oh, lui. Juste une visite de courtoisie.

– Je ne vous crois pas.

– Je t'interdis de me contredire, jeune fille ! Je l'ai invité à passer s'il se trouvait dans la région et c'est ce qu'il a fait, un point c'est tout. Ouste, laisse-moi, maintenant. »

Quelques jours plus tard, tandis que Yardley l'habillait pour le dîner, Rose entendit arriver un attelage. Elle alla à la fenêtre. Sa bouche se pinça. Le capitaine Cathcart émergea de la calèche, puis aida une femme à en descendre. Il lui donna le bras et ils furent bientôt hors de vue, en haut des marches qui menaient à la porte principale.

« Dépêchez-vous ! aboya Rose à sa femme de chambre. Nous avons des visiteurs. » Elle attendit avec impatience que la domestique finisse de la sangler dans un long corset, lui enfile ses bas et les attache aux longues jarretelles. Vinrent ensuite les culottes longues, plusieurs jupons et une robe du soir en taffetas. Ses cheveux étaient coiffés à la Pompadour. Rose attrapa ses gants de soirée et les enfila tout en sortant de la pièce.

Elle descendit au salon, mais n'y trouva que sa

mère. « Nous dînerons un peu plus tard que prévu, annonça lady Polly. Ton père a des détails à régler.

– De quoi s'agit-il ?

– Je crains de ne pas le savoir. Je ne me mêle jamais de ses affaires.

– Ça a quelque chose à voir avec moi. Je le sais. » Rose se mit à faire les cent pas.

« Le monde ne tourne pas autour de toi, lui asséna la comtesse d'un ton grave. Assieds-toi. »

Mais Rose continua à arpenter la pièce.

Soudain les portes s'ouvrirent sur le comte, suivi de Harry et d'une fille habillée de vêtements bon marché et trop fardée. Elle portait une robe près du corps en crêpe de Chine bleu lavande, dont le décolleté plongeant était retenu par deux bretelles de perles. Ses cheveux étaient d'une improbable nuance de blond. Rose pensa qu'elle avait dû voyager en robe du soir, parce qu'elle n'avait certainement pas eu le temps de se changer.

« Le capitaine Cathcart, que tu connais, annonça le comte. Et je te présente Miss Daisy Levine.

– Mes respects, Mademoiselle », dit celle-ci, exécutant une profonde révérence. Elle avait le visage couvert de céruse, deux ronds rouges ornaient ses joues et ses longs cils étaient alourdis de noir de fumée. Ses grands yeux verts étaient légèrement globuleux.

Lady Polly fixa son mari d'un air outré.

« J'ai demandé à Brum de dresser deux couverts supplémentaires pour le dîner, fit le comte. Nous avons un quart d'heure. Je voulais éviter que tu sois au courant, Rose, mais le capitaine est d'avis que, pour des raisons de sécurité, tu dois savoir ce qui se passe, tout comme les domestiques. »

Rose se laissa tomber dans le fauteuil le plus proche, ses jambes cédant soudain. La stupeur qu'elle lisait sur le visage de sa mère la convainquit que lady Polly était, elle aussi, mise devant le fait accompli.

« Je vous laisse le soin d'expliquer la situation, capitaine », dit le comte.

Avec courtoisie, Harry aida Daisy à prendre place dans un fauteuil, puis s'assit à son tour.

« Sa Majesté a prévu de vous rendre visite, commença-t-il.

– Mais c'est merveilleux, s'écria lady Polly. Cela signifie que la réputation de notre chère Rose est rétablie.

– Je crains que non, tempéra Harry. Il semblerait que Sa Majesté soit déterminée à tenter sa chance auprès de lady Rose. »

Un ange passa. Le silence abasourdi fut finalement rompu par un gloussement de Daisy. « Eh ben, j'aimerais bien qu'il essaie avec moi. Je serais établie à vie.

– Il faut le décourager de venir, mais sans froisser sa susceptibilité, poursuivit Harry. Miss Levine est actrice. Elle jouera le rôle d'une bonne qui a contracté la typhoïde.

– Est-ce vraiment nécessaire ? demanda Rose, qui

avait fini par retrouver sa voix. Ne peut-on se contenter de prétendre qu'un des domestiques en est atteint ?

– Je pense qu'un membre de la Maison royale sera envoyé pour confirmer les faits. Nous devons nous y préparer. Un télégramme partira demain.

– Il faudra informer l'ensemble de la domesticité du subterfuge. N'aurait-il pas été plus aisé de faire semblant d'engager Miss Levine ? Ensuite, elle aurait fait mine d'avoir attrapé la typhoïde. De cette manière, aucun de nos domestiques n'aurait eu à être mis dans la confidence.

– Miss Levine sera excellente dans le rôle d'une mourante. En revanche, je doute qu'elle fasse illusion ne serait-ce qu'une journée dans la peau d'une femme de chambre. Elle serait immédiatement renvoyée. De toute façon, nous n'avons pas le temps de lui trouver de fausses références.

– J'suis une excellente actrice », marmonna Daisy, qui commençait à se sentir intimidée par le regard glacial que la comtesse lui jetait.

« Le dîner est servi », psalmodia Brum depuis l'embrasure de la porte.

Le comte et la comtesse ouvrirent la voie. Harry offrit son bras à Rose. Elle l'ignora et marcha seule derrière ses parents. Alors, il proposa son bras à Daisy.

Le dîner fut un cauchemar pour Rose. Elle haïssait Harry. Elle était convaincue qu'il faisait fausse route.

En homme bienveillant et courtois, le comte posa à Daisy des questions sur sa carrière théâtrale. La jeune femme, échauffée par le vin et l'attention qu'on lui portait, révéla qu'elle était une Gibson Girl et qu'elle faisait partie d'une troupe de music-hall. Elle raconta plusieurs histoires amusantes, auxquelles le comte et Harry rirent de bon cœur, tandis que Rose et sa mère touchaient à peine à leur assiette.

Lady Polly finit par se lever, signifiant ainsi à ces dames de la suivre au salon. Rose prétexta un mal de tête et monta dans sa chambre.

Elle laissa Yardley l'aider à enlever sa robe et délacer son corset, puis la congédia, lui disant qu'elle s'occuperait du reste elle-même. Ces jours-ci, Rose éprouvait un besoin impérieux de solitude. Elle s'était mise à sortir furtivement le soir, après que tout le monde s'était retiré, se laissant glisser le long de l'arbre qui se trouvait devant sa fenêtre pour aller se promener dans le parc, de manière à ce que, lorsqu'elle se mettait enfin au lit, elle soit suffisamment fatiguée pour ne pas ressasser des heures durant l'humiliation qu'elle avait subie.

Quand la maison fut enfin plongée dans le silence, elle enfila une jupe-culotte et une veste, ouvrit la fenêtre et se laissa glisser le long du tronc.

La chambre de Harry offrait une vue dégagée sur la roseraie baignée de rayons de lune. Il aperçut une silhouette sombre la traverser et disparaître par une arche au bout du jardin.

Il quitta sa chambre et descendit l'escalier. Il

ne voulait pas prendre la peine de déverrouiller la grande porte d'entrée. Il se faufila donc dans le bureau du comte, ouvrit une porte-fenêtre et sortit sur la terrasse.

Sans un bruit, il gagna l'arrière de la maison, où se trouvait la roseraie, la traversa et passa à son tour sous l'arche.

Il se retrouva dans un jardin aux motifs compliqués, où de basses haies de buis protégeaient des parterres de fleurs conçus selon les plans originaux de l'époque Tudor.

La lune avait disparu derrière les nuages et il discerna vaguement une silhouette assise sur un banc de pierre.

Il s'avança sans bruit. La lune réapparut soudain et il reconnut Rose. Elle avait la tête penchée et semblait pleurer.

Il allait s'éloigner sur la pointe des pieds quand elle leva les yeux et l'aperçut. « Pourquoi me suivez-vous ? interrogea-t-elle avec dureté.

– J'ai aperçu une silhouette dans le jardin, j'ai décidé d'enquêter. Votre désarroi tient-il à la visite de Sa Majesté ?

– Bien sûr. Allez-vous-en, s'il vous plaît. Je vous hais.

– Mais pourquoi ? Vous auriez préféré que Blandon vous séduise ?

– Si vous ne vous en étiez pas mêlé, il m'aurait fait des avances, j'aurais refusé, et ça en serait resté là.

– Mais j'ai cru comprendre que c'est précisément ce qu'il a fait, vous avez effectivement refusé, mais ça ne vous a pas empêchée de faire une scène et de porter l'affaire à l'attention de toute la bonne société ! »

Elle eut un petit haussement d'épaules pitoyable. « Je m'en moque de toute façon. La saison mondaine est une farce. Je suis bien mieux sans mari. Maintenant, je vous prierais de me laisser tranquille. »

Harry s'inclina et s'en alla, bouillant de rage. Quelle sale petite ingrate !

Le lendemain matin, un télégramme fut envoyé pour informer le roi qu'une bonne était malade. Daisy fut confinée dans une chambre de domestique de l'aile ouest.

Malgré ce que lui inspirait cette histoire, Rose se surprit à s'intéresser à la jeune femme. Être une Gibson Girl et se produire au Gaiety Theatre était synonyme de beauté et d'élégance. Rose avait vu des cartes postales de ces filles en vente à la boutique du village.

La curiosité finit par l'emporter et, un matin, elle lui rendit visite. La meneuse de revue reposait mollement dans le lit, fixant le plafond.

« Je vous ai apporté des livres et des magazines, dit Rose. Vous devez vous ennuyer à mourir. »

Daisy bâilla et s'étira. Sans maquillage, elle n'était guère plus qu'une enfant. Elle voulut sortir du lit, mais Rose l'arrêta d'un signe de la main. « Nous sommes tous de mèche dans cette supercherie, vous n'avez pas besoin de vous lever pour moi. Jetez un œil à ces livres. Je ne lis pas beaucoup de fiction, mais il y a quelques romans. »

Daisy se redressa et prit un des ouvrages. « Celui-là a pas l'air mal », dit-elle après avoir balayé une page du regard.

– Vous le tenez à l'envers, fit observer Rose avec douceur. Vous ne savez ni lire ni écrire, n'est-ce pas ?

– Non, Madame.

– Et vous ne vous produisez pas non plus au Gaiety Theatre, je me trompe ? »

Daisy secoua tristement la tête. « J'ai demandé au capitaine de me laisser prétendre que j'en étais une, cet endroit est si majestueux. Il m'a trouvée chez Butler's. » Rose afficha un air perplexe. « C'est un music-hall dans l'East End. Et c'est pas de la tarte. »

Rose approcha une chaise du lit, une lueur militante dans les yeux. « Si vous le souhaitez, je peux vous apprendre à lire et à écrire. Vous pourriez vous élever. Améliorer votre condition. Réfléchissez-y. Le temps passerait plus vite. Vous n'êtes pas obligée de rester allongée ici. Nous pourrions utiliser mon ancienne salle de classe.

– Du moment que je peux sortir d'ici, Madame.

– J'attendrai dehors pendant que vous vous habillez », conclut Rose avec fermeté.

Le roi Édouard n'était pas commun en cela qu'il aimait être roi. Il n'était pas enclin à l'introspection ni aux idées abstraites. Pour cette raison peut-être, il s'ennuyait facilement. Ce soir-là, il était assis à la table de la duchesse de Freemount, laquelle percevait avec inquiétude les signaux d'alarme émanant de Sa Majesté. Ses lourdes paupières se fermaient, sa voix devenait plus grave, son débit ralentissait et ses doigts boudinés tambourinaient sur l'accoudoir de son fauteuil.

« J'ai cru comprendre que vous n'irez pas chez les Hadshire finalement, dit la duchesse.

– Une bonne a attrapé la typhoïde. Toute la maisonnée est en quarantaine.

– Eh bien ! Cette pauvre lady Rose doit beaucoup s'ennuyer. Bannie de la société et maintenant en quarantaine. Votre visite l'aurait remise d'aplomb. Une telle beauté. Je suis surprise qu'ils ne se soient pas dépêchés d'envoyer la pauvre fille à l'hôpital et de fumiger l'endroit pour pouvoir vous recevoir. »

Une étincelle d'intérêt brilla dans les yeux du roi. Il examina la duchesse un long moment. « Vous croyez que Hadshire nous dupe ?

– Loin de moi cette pensée, sire. » La duchesse lui lança un regard pétillant et lui adressa un petit sourire entendu.

Deux jours plus tard, la leçon de lecture fut interrompue par un valet qui fit irruption dans la salle de classe en criant : « Sir Andrew Fairchild, pour le roi. Il est là ! »

Rose et Daisy se ruèrent dans l'aile ouest. Rose aida Daisy à retirer ses vêtements et à enfiler une chemise de nuit et Daisy s'appliqua en hâte une couche de céruse sur le visage. « Je ne crois pas que nous devions nous inquiéter, chuchota Rose. Il n'osera pas risquer l'infection. Mais s'il vient jusqu'ici, jouez votre rôle du mieux possible. »

Elle sortit en trombe de la chambre et, entendant des pas dans l'escalier, se précipita dans la pièce voisine et colla l'oreille à la porte.

Elle entendit son père protester : « Si vous attrapez cette affreuse infection, je ne me le pardonnerai jamais. »

Ils passèrent devant la chambre où elle se cachait. « Par ici, dit le comte. Si vous n'y voyez pas d'inconvénient, je vous attendrai en bas. Le valet vous ramènera quand vous aurez fini. »

Rose attendit que son père soit parti et se glissa dans le couloir. John, le valet, la vit et elle mit un doigt devant sa bouche pour lui intimer le silence.

Ils entendirent Daisy gémir d'une voix faible : « Les anges viennent me chercher. J'entends le battement de leurs ailes. C'est une lumière que je vois dans le ciel ? C'est toi, maman ? »

Oh, Seigneur ! pensa Rose avec aigreur. Elle en fait trop. Elle plaça un mouchoir sur son visage, passa devant le valet et entra dans la chambre. « Allons, allons, ça suffit ma fille, dit-elle avec autorité. Vous ne devez pas vous fatiguer. Dormez maintenant. » Elle adressa un regard d'avertissement à Daisy, qui se retrancha dans le silence.

« Suivez-moi, sir Andrew, ordonna Rose. Il est dangereux de rester si près d'une malade.

– Ça n'a pas l'air de vous tracasser.

– C'est mon devoir de chrétienne de faire ce que je peux. Votre bras, monsieur. »

Il lui offrit son bras à contrecœur et Rose l'entraîna dans le couloir.

Une semaine plus tard, le comte reçut un télégramme : le roi lui rendrait visite le mois suivant. « Je vais envoyer cette maudite actrice faire ses bagages. C'est sa faute si la ruse n'a pas fonctionné, ragea le comte en surgissant dans la salle de classe.

– Un mot dehors, papa, si vous voulez bien. »

Le père et la fille sortirent et s'éloignèrent dans le couloir. « Papa, attaqua Rose d'un ton résolu. Je ne veux pas que Daisy parte avant que je lui aie appris à lire et à écrire.

– Balivernes ! Ça ne t'a pas réussi, à toi !

– Je vous en prie, laissez-la rester. Je n'ai rien d'autre à faire pour m'occuper. À moins, bien sûr, que je ne travaille pour le mouvement des suffragettes.

– J'aimerais voir ça ! hurla le comte. Oh, tu peux garder ton joujou. J'envoie un télégramme à Cathcart. »

4

> « En règle générale, les domestiques des grandes maisons s'attendent à des largesses. Ces gratifications éprouvent diablement la bourse des convives ; et la question de savoir si l'on accepte une invitation est souvent décidée par la négative à l'idée des dépenses qu'elle engendrera, non par les billets de train ou les cabs, mais par les valets de pied et les femmes de chambre. »
>
> Lady Colin Campbell,
> *L'Étiquette dans la bonne société* (1911)

« Je me demande ce qui a pu mettre la puce à l'oreille du roi, dit Harry à son majordome après avoir lu le télégramme du comte.

– Peut-être l'un des domestiques a-t-il parlé.

– On m'a garanti qu'ils étaient tous d'une loyauté exemplaire.

– Une visite royale est synonyme d'importants

pourboires, sans parler du prestige d'avoir servi Sa Majesté. Ils peuvent s'être sentis lésés et amers qu'une telle visite ait été empêchée.

– Il faudra faire avec, de toute façon. Vous vous y connaissez en dynamite ?

– Pas le moins du monde, Monsieur.

– Où pourrais-je trouver des informations ?

– J'ai lu quelque part, Monsieur, que l'on creusait à coups d'explosifs un nouveau tunnel ferroviaire à la gare de Liverpool Street. Peut-être l'un des ouvriers serait-il à même de vous fournir de la dynamite et des instructions sur la manière d'en faire usage, pourvu qu'il soit discrètement soudoyé.

– Décidément, vous êtes toujours de bon conseil, Becket. »

Déguisé avec des vêtements dénichés dans une boutique d'occasion, Harry se rendit en fin d'après-midi à la gare de Liverpool Street. Il trouva le site du nouveau tunnel, repéra la sortie des ouvriers et attendit patiemment. À sept heures, des hommes épuisés couverts de poussière sortirent en file indienne. Appuyé contre une palissade, Harry étudia leurs visages. Il finit par jeter son dévolu sur un homme plus âgé que les autres. Il avait la face couperosée et le nez bulbeux, signes trahissant un penchant pour la bouteille. Harry lui emboîta le pas à bonne distance. Sa mauvaise jambe le faisait souffrir, il se sentait très fatigué et commençait à craindre que l'homme ne vive au bout du monde, quand il finit par pousser la porte d'un pub dans

Limehouse. Harry attendit quelques minutes et entra à son tour.

L'air était saturé d'une odeur de pipe et de cigarettes bon marché. La fumée s'élevait en volutes dans le pub miteux, qui était éclairé par des lampes à gaz aux flammes vacillantes.

Les effluves des corps des travailleurs le frappèrent de plein fouet. Il gagna le bar, commanda une pinte de bière brune et balaya la salle du regard. L'homme qu'il avait pris en filature emportait une pleine chope de bière à une table située dans une encoignure. Harry prit son verre et le rejoignit.

« Je voudrais vous parler, annonça-t-il.

– De quoi ? » L'homme but une lampée de bière. « Qui vous êtes, d'abord ? » grogna-t-il. Une prostituée à l'air mauvais, aux seins pendants et aux dents noires se pencha sur l'épaule de Harry. « Y veut passer un bon moment, l'patron ?

– Fichez le camp. »

Une fois la femme partie, Harry reprit : « Je m'appelle Bill Sykes.

– Z'avez lu Dickens, pas vrai ? » ricana son compagnon.

Harry se maudit. Il aurait dû deviner qu'un alcoolique, comme beaucoup de gens de son espèce, serait un homme déchu.

« Effectivement, ma mère l'a lu. Votre nom ?

– Pat Brian.

– Mr Brian, j'ai une offre à vous faire. Que diriez-vous de gagner deux cents guinées ?

– Nan, je vous crois pas.

– Pourtant, je suis sérieux.

– Vous voulez quoi en échange ?

– De la dynamite, suffisamment pour faire sauter un pont et un bâtiment par exemple, et les instructions sur la façon de s'y prendre.

– Comment vous savez que je suis ouvrier boutefeu ? Qui a craché le morceau ?

– Personne. J'ai deviné. » Quel amateur je fais ! pensa Harry. Il aurait pu n'être qu'un manœuvre. « Deux cents guinées.

– Oui, pour que vous me fournissiez le matériel et les instructions, et que vous la boucliez.

– Bon sang, deux cents guinées ! » Pat fixa sa bière, puis but une longue gorgée. « Je pourrais quitter ce boulot. Rentrer en Irlande. Acheter un lopin de terre, pour sûr.

– Quand pourriez-vous obtenir la marchandise ? »

Pat termina sa bière. « Venez avec moi. On retourne à Liverpool Street.

– Vous avez la clef du site ?

– Pas b'soin, patron. Je connais un chemin. Comment je sais que vous paierez ? »

Harry sortit un sac en peau de chamois de sa poche et le lui tendit sous la table. « Regardez là-dedans. »

Pat tâtonna. Ses yeux s'écarquillèrent. Il fourra le sac dans la poche de sa veste. « Merci, dit-il d'un ton railleur. Vous feriez mieux de foutre le camp. Il suffit que je crie que vous êtes de la rousse et ils vous tuent. »

Harry soupira. Il fouilla dans son autre poche puis dit calmement : « J'ai un pistolet pointé sur vos parties intimes. Rendez-moi l'argent ou c'est votre virilité que je fais sauter. »

Pat jeta un œil sous la table puis se redressa. Il haussa les épaules. « Ça valait le coup d'essayer, pas vrai ? Vous pouvez pas m'en vouloir, hein patron ?

– Debout maintenant. Sortez, je vous suis. Vous en savez trop, si vous tentez de fuir, je vous abats.

– Vous allez me forcer à vous dégoter la marchandise pour rien, gémit Pat, dans un curieux mélange d'accents irlandais et cockney. Jésus, Marie, Joseph. J'ai jamais de veine, moi, jamais.

– Cessez-donc de geindre, vous l'aurez votre argent. Allez, en route ! »

« Cet individu est encore là, se plaignit Rose.

– Si tu veux parler du capitaine Cathcart, oui, il est encore là, grommela son père. À ce propos, pourquoi cette créature, Daisy, n'a-t-elle pas encore fait ses bagages ?

– Je te l'ai déjà dit, je lui apprends à lire et à écrire, papa. Quand elle maîtrisera ces enseignements, elle trouvera une bonne place, peut-être même comme employée de bureau. D'ailleurs, j'aurais besoin d'une machine à écrire. »

Deux raisons poussèrent le comte à capituler devant les exigences de sa fille. Occupée par sa protégée, Rose serait moins susceptible de s'attirer des ennuis, sans compter que les machines à écrire étaient parfaitement adaptées aux femmes, avec leurs élégantes dorures sur fond noir.

Rose alla immédiatement trouver le secrétaire du comte, Matthew Jarvis, pour lui donner l'ordre de commander une machine à écrire et de la faire livrer aussi vite que possible. Matthew acquiesça d'un signe de tête et assura qu'il s'en occupait immédiatement. C'était un homme dodu, dont les vêtements semblaient toujours étriqués. Il avait un visage rond et rubicond, une grosse moustache et de petits yeux marron.

Daisy l'ayant régalée d'histoires de sa jeunesse, parfois assez horrifiques, dans l'East End de Londres, Rose avait commencé à se poser des questions sur la maisonnée, prenant conscience que les domestiques avaient des vies et des pensées dont elle n'avait jusqu'ici rien su.

« Êtes-vous heureux ici, Mr Jarvis ?

– Oui, Madame.

– Cela fait cinq ans que vous travaillez pour mon père. Vous arrive-t-il de trouver fastidieuses les tâches qu'il vous confie ? »

Matthew eut l'air stupéfait. « Pas le moins du monde, Madame.

– Et votre famille ? Vous lui rendez visite ?

– Oui, Madame. Si vous voulez bien m'excuser, j'ai du travail. Je vais pouvoir commander la machine à écrire par téléphone, monsieur votre père ayant récemment fait installer cet appareil extrêmement utile.

– Très bien. Oh, Mr Jarvis ?

– Madame ?

– Il me semble que le capitaine Cathcart est parmi nous, mais je ne l'ai pas encore vu. Où se trouve-t-il ?

– À ma connaissance, il travaille dans l'une des pièces du rez-de-chaussée de l'aile est.

– À quoi ?

– Je crains de ne pouvoir le dire. »

La curiosité poussa Rose à explorer l'aile est. Cette partie avait été ajoutée sous le règne de la reine Anne au bâtiment principal. C'était là que les invités étaient habituellement hébergés lorsque le comte et la comtesse recevaient.

Elle trouva le capitaine dans une pièce rarement utilisée située au bout d'un couloir du rez-de-chaussée.

« Ça vous arrive de frapper ? rouspéta-t-il quand elle entra.

– Vous oubliez que je suis ici chez moi. Je n'ai pas besoin de frapper. Je vois que vous avez des bâtons de dynamite. Vous comptez faire exploser le roi ?

– Non, une gare et un pont. J'ai déjà envoyé plusieurs lettres anonymes aux journaux les avertissant d'un complot bolchevique contre Sa Majesté.

– Les bolcheviques ne prônent pas la violence.

– Ça ne les a pas empêchés d'assassiner le tsar Alexandre II.

– Au siècle dernier. C'étaient les nihilistes. Les bolcheviques ont rejeté le terrorisme dans leur nouveau manifeste.

– Eh bien, selon moi, ce n'est pas le cas. Si vous n'avez pas d'autre…

– Juste une chose. Vous devriez porter des gants.

– Je ne savais pas qu'il y avait des règles d'étiquette pour le maniement de la dynamite.

– Vous devez faire attention à la transpiration.

– Petite dinde, je suis d'un calme olympien, d'un sang-froid à toute épreuve.

– Je ne parlais pas de vous, mais de la dynamite. La transpiration est un vrai problème avec la nitroglycérine. Si votre peau l'absorbe, vous aurez mal au crâne. »

Harry, qui était agenouillé sur le sol, derrière les caisses de dynamite et les amorces fulminantes, se releva. « Il ne vous a jamais traversé l'esprit, lady Rose, que votre savoir est fort peu approprié pour une femme ?

– Jamais. Je constate que vous êtes aussi stupide et vieux jeu que les autres hommes de la bonne société. Vous vous sentiriez plus à l'aise si ma conversation se limitait au dernier chapeau à la Nell Gwyn, à la coiffure de Camille Clifford ou aux chaussures de Billie Burke. Je vous souhaite une bonne journée. »

J'espère qu'elle ne se mariera jamais, pensa férocement Harry, ou son mari lui tordra le cou. Sur quoi, il enfila une paire de gants.

L'après-midi, Harry décida d'aller se promener. Des voix lui parvinrent du paddock situé à l'arrière des écuries. Il s'approcha et se pencha par-dessus la barrière. Rose donnait une leçon d'équitation à Daisy. Au début, il ne reconnut pas la meneuse de revue. Son visage était dépourvu de maquillage et elle portait une élégante tenue d'équitation que Rose avait commandée pour elle chez John Barker, à Kensington, pour la coquette somme de cent cinq shillings. Elle se composait d'un corsage très cintré, légèrement baleiné à la taille, et d'une jupe coupée de façon à loger le genou droit lors de la monte en amazone. Au-dessus du corsage, elle portait un gilet de costume très ajusté.

« C'est bien, l'encourageait Rose. Grimpez sur le marchepied. Oh, j'allais oublier. Vous devez déboutonner votre gilet d'abord. Ne montez jamais sans l'avoir fait, ou les boutons sauteront les uns après les autres. »

Daisy chaussa l'étrier, attrapa le pommeau, se souleva et retomba aussi sec de l'autre côté.

Avec un cri de consternation, Rose courut au secours de Daisy et les deux jeunes femmes éclatèrent de rire. Harry s'éloigna, perplexe. Que pouvait bien fabriquer cette petite gommeuse avec lady Rose ?

Jusque-là, il avait dîné seul dans les quartiers qu'il avait établis dans l'aile est. Il décida qu'il était temps de se joindre à ses hôtes. Et lorsqu'il regagna la maison, il fit porter un billet disant qu'il serait heureux de dîner avec le comte et sa famille ce soir-là.

En raison de la disgrâce de Rose, il s'attendait à être le seul convive. Mais le petit comte était apprécié et avait récemment trouvé le courage d'envoyer quelques invitations. Outre Harry, quatre invités étaient présents : le marquis et la marquise de Hedley, le pasteur du village et une cousine défraîchie de lady Polly.

Le marquis était un homme enjoué qui aimait à prendre modèle sur le roi Édouard. Il était trapu et arborait une barbe fournie. La marquise était une femme timide à l'air accablé, comme si son esprit avait été anéanti par la jovialité implacable de son mari.

Harry se fit la réflexion que Rose était d'une beauté exceptionnelle dans sa robe de mousseline de soie blanche, avec ses cheveux parsemés de roses artificielles. Il se demanda comment Daisy s'en tirait avec la hiérarchie snob et rigide des quartiers des domestiques.

Il tenta d'engager la conversation avec lady Hedley, assise à sa droite. « Il a fait très beau cet été, commença-t-il.

– Oui, en effet, répondit-elle. Les fraises étaient excellentes. Oui. » Puis elle replongea dans le silence.

« Lady Rose est au sommet de sa beauté ce soir, poursuivit Harry.

– Oui. Très à son avantage. Quel dommage.

– Quel dommage ?

– Une telle beauté. Elle finira vieille fille. Aucune autre issue maintenant.

– La haute société a la mémoire courte.

– Pas si courte que cela », dit-elle d'un air sombre.

Elle lança soudain un regard irrité en direction de son mari et murmura : « Les hommes qui portent la barbe ne devraient pas manger de soupe. C'est écœurant. »

Que répondre à cela ? Harry se tourna vers la cousine défraîchie, à sa gauche. Comment s'appelait-elle déjà… Ah, Miss Durwant-Flint.

« Vous vivez loin d'ici, Miss Durwant-Flint ?

– À Londres.

– Ah, dans quel quartier ?

– En quoi cela vous regarde ?

– Je voulais simplement faire la conversation, s'excusa Harry.

– Je n'aime pas parler durant le dîner. On ne devrait pas avoir à faire la conversation pendant qu'on mange. C'est d'un barbare. »

Harry renonça et finit de dîner en silence, ce qui prit un certain temps dans la mesure où le menu comptait huit plats. Enfin, lady Polly se leva et les dames la suivirent au salon. Les gentlemen restèrent pour le porto.

Le pasteur s'était endormi, la bouche grande ouverte. Les voies du Seigneur sont impénétrables, songea Harry.

Hedley raconta plusieurs anecdotes de fumoir et rit sans retenue à ses propres plaisanteries. Puis il fixa ses yeux injectés de sang sur Harry. « Vous ne parlez pas beaucoup.

– Encore faudrait-il que j'en aie l'occasion, rétorqua Harry avec froideur.

– Vous êtes jeune. Vous devriez essayer d'être plus *rigolboche* », dit Hedley, savourant le son du dernier mot d'argot à la mode. « Attendez… vous êtes le quidam qui arrange les problèmes ? »

Le comte regarda Harry et secoua la tête pour lui signifier que ce n'était pas lui qui s'était montré indiscret.

Harry, qui avait immédiatement pris Hedley en grippe, afficha un sourire énigmatique et garda le silence.

« Je vous ai posé une question », insista le marquis.

Harry se versa un autre verre de porto. « Et je ne vous ai pas répondu. »

Hedley lui lança un regard décontenancé puis se tourna vers le comte. « Quel dommage que vous vous retrouviez tous à vivre en reclus à cause de la petite Rose. Je donne une partie de campagne dans un mois. Il y aura quelques bons partis. Des jeunes gens. Confiez-la-nous.

« C'est très gentil à vous, répondit le comte. Je suis sûr que ma femme se fera une joie de la chaperonner.

– Pas besoin de chaperon. Sa bonne suffira. Ma femme l'aura à l'œil.

– Eh bien, je suppose que…

– C'est exactement ce qu'il lui faut.

– Oh, eh bien, d'accord. »

Mais que se passe-t-il ? s'interrogea Harry. Ce

marquis un peu trop gaillard souhaite-t-il réellement rendre service à Rose ?

Le village de Stacey Magna était l'un de ces endroits qui paraissaient tellement charmants lorsqu'ils décoraient des boîtes de chocolats, mais où l'humidité rendait les cottages à toit de chaume quasi insalubres. Les villageois y menaient une vie paisible. Ils échappaient au fléau de la misère qui frappait les autres métayers d'Angleterre grâce au comte, qui était un propriétaire terrien généreux et s'assurait que chacun ait suffisamment à manger et que les enfants aillent à l'école.

Le surlendemain, comme chaque soir, les villageois se mirent au lit peu après le coucher du soleil, afin d'économiser les chandelles, et un silence paisible gagna les maisons et la campagne environnante.

Mais à minuit, le village fut réveillé par une épouvantable explosion. Les plus téméraires se ruèrent dehors pour voir ce qui se passait ; les autres se tapirent dans leur lit, convaincus que le jour du Jugement dernier était arrivé.

Il apparut que le joli pont en dos-d'âne qui enjambait la rivière juste à l'entrée du domaine du comte avait été entièrement soufflé. Et, au moment où plusieurs hommes du village arrivaient devant les ruines fumantes, une autre explosion, plus forte encore, se fit entendre du côté de la voie ferrée.

Les villageois se mirent en route dans cette direction, prenant soin de rester groupés, jetant des regards inquiets à droite et à gauche. La fumée se dissipait tout juste lorsqu'ils atteignirent la gare de Stacey Magna. La dynamite avait creusé de grands trous dans les quais et les rails n'étaient plus qu'un tas de ferraille tordue.

Les explosions s'étaient produites trop tard pour figurer dans les journaux du matin, mais elles firent les gros titres le jour suivant. La presse arriva en nombre, mais trouva porte close. Une foule de badauds se déplacèrent pour voir les dégâts causés par les bolcheviques. Bien sûr que c'étaient les bolcheviques, c'était ce qu'affirmaient tous les journaux, qui prétendaient avoir reçu des lettres de menace anonymes. La police passait déjà les décombres au peigne fin et l'inspecteur divisionnaire Alfred Kerridge était en route pour diriger l'enquête.

Les visiteurs apportèrent un peu de prospérité au village, où des stands de vente de citronnade et de tartes avaient fleuri, et le petit pub, le Stacey Arms, fit des affaires en or.

Au milieu de toute cette agitation, l'une des calèches du comte emmena discrètement Harry et Becket jusqu'à une gare située un peu plus haut sur la ligne, où ils prirent le train pour Londres.

« Content que ce soit fini, dit Harry. J'ai bien cru que j'allais finir en charpie. Plus jamais je ne toucherai à un bâton de dynamite.

– Si je peux hasarder une opinion, Monsieur.

– Mais bien sûr.

– Je suis surpris que vous en soyez venu à de telles extrémités.

– Je devais être sûr que le Palais pense qu'il s'agissait de l'œuvre des bolcheviques. Sans cela, ils auraient soupçonné lord Hadshire de les duper. Et ça a marché ! Le Palais a envoyé un télégramme juste avant notre départ pour annuler la visite du roi pour "raisons de sécurité nationale". À propos, j'ai été stupéfait de voir que Daisy Levine résidait encore chez le comte. Lady Rose semble en avoir fait sa protégée. Prend-elle ses repas avec la domesticité ?

– Oui, Monsieur.

– Ils doivent lui faire la vie dure.

– Au contraire, Monsieur. Miss Levine est également la protégée des domestiques.

– Comment a-t-elle réussi ce tour de force ?

– Elle chante très bien et ses imitations de Miss Marie Lloyd ont ravi tout le monde.

– Eh bien ! J'espère qu'ils vous ont bien traité, vous aussi ?

– Au début, ils m'ont pris de haut. Je crains que vous ne soyez pas considéré comme un gentleman.

– Bonté divine ! Pourquoi donc ?

– Vous êtes employé par le comte, donc vous travaillez, or un gentleman ne travaille pas. Mais grâce à Miss Levine, je suis devenu la coqueluche des cuisines.

– Comment vous êtes-vous débrouillé ?

– Je joue du concertina, Monsieur. J'accompagnais Miss Levine. Le majordome, Brum, a déclaré que notre duo était si talentueux que nous devrions nous produire au Gaiety Theatre.

– Sensationnel. Je ne vous ai jamais entendu jouer, Becket.

– Je craignais de vous déranger.

– Eh bien dérangez-moi maintenant. Vous avez votre instrument ?

– Oui, Monsieur. La boîte ronde dans le filet à bagages.

– C'est un miracle que vous ne l'ayez pas vendu quand vous étiez dans la gêne.

– J'en ai racheté un quand vous m'avez payé mes gages en retard.

– Allons, jouez-moi un petit air. »

Becket attrapa l'étui et en sortit l'instrument. Il s'assit et se mit à jouer « Goodbye, Dolly Gray ». Harry se tassa dans son siège, la chanson de la guerre des Boers ravivant des souvenirs douloureux. « Jouez autre chose », dit-il avec rudesse.

Alors Becket entama « Down at the Old Bull and Bush » tandis que le train faisait route vers Londres en bringuebalant.

À Stacey Court, Brum ouvrit les portes du salon et annonça d'un ton tragique : « L'inspecteur divisionnaire Kerridge, Monsieur.

– Entrez. Asseyez-vous, dit le comte. Un verre ?

– Non, merci, monsieur. Voici l'inspecteur Judd. Il prendra des notes. »

Judd, un homme de haute stature aux moustaches noires tombantes, posa avec précaution son chapeau melon sur une petite table et sortit un grand calepin.

« Mis à part vous-même et la comtesse, commença Kerridge, qui d'autre était ici ?

– Environ vingt-cinq domestiques à demeure.

– Je prendrai leurs noms plus tard, si vous le permettez. Des invités ?

– La cousine de ma femme, Miss Durwant-Flint, et lord et lady Hedley, c'est tout.

– Personne d'autre ?

– Laissez-moi réfléchir. »

Le comte se renfrogna comme un bébé sur le point de pleurer. Puis son visage s'éclaira. Il n'y aurait aucun mal à mentionner le nom du capitaine. Il n'évoquerait rien à Kerridge.

« Oh, oui, j'ai failli oublier. Le capitaine Harry Cathcart.

– Ce monsieur est-il encore ici ?

– Non, il est reparti pour Londres.

– Puis-je vous demander son adresse ? »

Le comte tira un cordon près de la cheminée et, lorsqu'un valet fit son apparition, demanda qu'on lui envoie son secrétaire. « Trouvez l'adresse de Cathcart pour l'inspecteur divisionnaire, ordonna le comte quand Matthew entra.

– Il est possible que je l'aie égarée, avança le secrétaire avec prudence.

– Non, vous ne l'avez pas égarée, rétorqua le comte en clignant furieusement de l'œil.

– Très juste, je ne l'ai pas égarée. Je vais la chercher. »

Qu'est-ce que c'est que cette histoire ? se demanda Kerridge. Il poursuivit l'interrogatoire, mais le comte affirma qu'il dormait au moment des explosions. Le pont et la gare étant situés à plusieurs kilomètres de la maison, il n'avait rien entendu.

Kerridge ne tira pas grand-chose de plus des domestiques, en raison, pensa-t-il, de l'omniprésence de Brum. Il ne découvrit qu'une chose. Quand une fille de cuisine avait laissé échapper que le roi devait leur rendre visite, mais qu'il ne le pouvait plus désormais, Brum lui avait aboyé dessus et l'avait renvoyée à l'office.

Kerridge se posa des questions sur la visite du roi pendant tout le voyage de retour à Londres. Une visite du monarque, nécessairement accompagné de sa suite de domestiques, de convives et de parasites, représentait sans doute une dépense écrasante pour l'hôte malchanceux, mais la demeure du comte et son domaine ne montraient aucun signe d'économies de bouts de chandelles. Il secoua sa tête grisonnante. Penser que le comte ferait sauter une gare et un pont uniquement pour dissuader le roi de venir lui rendre visite était ridicule. Tous les sympathisants bolcheviques de Londres avaient été ramassés et, en ce moment même, étaient cuisinés dans les commissariats. Toujours est-il qu'il ferait mieux de s'entretenir avec ce capitaine Cathcart.

Les premiers taxis motorisés faisaient leur apparition dans les rues de Londres et la plupart des gens les considéraient avec méfiance, leur préférant les bons vieux attelages. Mais tandis que Kerridge se rendait chez le capitaine Cathcart dans la nouvelle voiture de police de Scotland Yard, il avait le sentiment d'être un roi. Il aurait aimé pouvoir ramener ce splendide véhicule chez lui pour le montrer à sa femme.

Il avait décidé d'interroger le capitaine en tête à tête. La vue d'un agent ou d'un inspecteur qui prenait des notes en arrière-plan pouvait être intimidante.

À Water Street, Becket l'annonça et le mena au salon, où Harry était assis à un bureau près de la fenêtre.

La première impression de Kerridge fut que le capitaine était un homme dangereux. Avec son physique avantageux et son allure taciturne et maussade, il dégageait une aura de puissance.

Harry souhaita la bienvenue à l'inspecteur divisionnaire, se rassit, puis le fixa d'un air falot.

« Je suis là en raison de l'attentat à la bombe de Stacey Magna, commença Kerridge.

– Effroyable, pas vrai ? » commenta Harry. Il sortit un monocle, le mit en place et observa le policier.

« Oui, effectivement, c'est effroyable. Maintenant…

– Vous avez réussi à mettre la main sur ces roublards de bolcheviques ?

– Non, monsieur, mais nous y arriverons… s'il s'agit réellement de l'œuvre des bolcheviques. Vous connaissez le comte de Hadshire depuis longtemps ?

– Oh, je ne sais pas. On croise tellement de gens. » Harry laissa tomber son monocle et adressa un regard vide à l'inspecteur.

« Sa Majesté avait prévu de rendre visite à lord Hadshire, mais ce projet a dû être annulé.

– Quel dommage !

– Avez-vous la moindre raison de supposer que le comte ne souhaitait pas cette visite ? »

Harry éclata de rire, d'un rire insolent, retentissant. « Allons, vous pensez vraiment que le vieux Hadshire est sorti de chez lui sur la pointe des pieds et qu'il a fait sauter la gare pour empêcher notre bon monarque de débarquer chez lui ?

– C'est un peu tiré par les cheveux, j'en conviens. Poussons le raisonnement plus loin. Le comte a peut-être engagé quelqu'un pour le faire à sa place. »

Harry arborait un large sourire. « Continuez. Tout cela m'amuse beaucoup.

– Cela n'a rien d'amusant, monsieur, répliqua Kerridge avec gravité. Nous avons de la chance qu'il n'y ait eu personne sur place au moment des explosions.

– C'est juste, concéda Harry. Posez-moi vos questions.

– Pendant votre séjour à Stacey Court, avez-vous remarqué des individus louches rôdant dans les parages ?

– Personne d'autre que la cousine de lady Polly. Quelle raseuse ! J'ai failli m'endormir le nez dans ma soupe.

– Vous ne pouvez donc rien m'apprendre ?

– Je crains que non.

– Quelle était la raison de votre visite ? »

Harry le fusilla du regard. « Cher monsieur, on va à la campagne pour rendre visite à des relations. C'est ce qui se fait.

– J'oubliais, monsieur. Bien sûr, c'est ce qui se fait quand on n'a pas besoin de travailler pour gagner sa vie.

– Oh, nous ne sommes pas tous des lis des champs, vous savez ? Ça fait des années que le vicomte Hinton pousse un orgue de Barbarie dans les rues de Londres.

– Mais il n'en a pas besoin. C'est un original.

– Et la Chambre des lords ?

– Quoi, la Chambre des lords ? railla Kerridge. Une perte de temps, si vous voulez mon avis. La moitié des membres sont absents et l'autre moitié, agonisants.

– Eh bien, inspecteur, ne seriez-vous pas vous-même un peu bolchevique sur les bords ?

– Je vous prie de m'excuser, monsieur. »

Kerridge était choqué par son propre comportement. Si ses remarques imprudentes revenaient aux oreilles de Scotland Yard, il perdrait son emploi.

Il poursuivit laborieusement l'interrogatoire, en se disant que le capitaine était l'un des hommes les plus dépourvus de jugement qu'il ait jamais rencontrés.

Mais un peu plus tard, assis à son bureau de Scotland Yard, il tourna et retourna dans sa tête la conversation qu'il avait eue avec Cathcart. Il avait le sentiment confus d'avoir été poussé à bout et manipulé jusqu'à trahir ses opinions radicales. Et puis, il y avait ce clin d'œil bizarre que le comte avait adressé à son secrétaire.

Ce soir-là, avant de rentrer chez lui, il passa au pub dans l'espoir d'y trouver Posh Cyril, mais aucun signe de son informateur. En sortant, il tomba sur lui dans la rue.

« Il faut que je te parle, marmonna l'inspecteur divisionnaire.

– Partez devant et prenez la ruelle qui est là-bas. Je vous rejoins dans une minute, chuchota l'indic. On m'attend au pub et je ne veux pas être vu avec vous.

Kerridge attendit le valet avec impatience au milieu des poubelles.

« J'ai besoin de renseignements. Sur un certain capitaine Cathcart. Il vit à Water Street, dans Chelsea.

– Je vais dénicher ce que je peux. Ça va vous coûter cher.

– Comme à chaque fois », grommela Kerridge.

Peu avant le séjour de Rose chez le marquis de Hedley, sa femme de chambre, Yardley, donna son congé. Les domestiques des femmes du monde s'enorgueillissaient de l'allure et de la renommée de leurs maîtresses et Yardley avait le sentiment que sa position sociale avait pâti de la disgrâce de Rose. Sans compter que, certes, lady Rose s'habillait pour le dîner, mais pendant la journée elle se promenait en jupe et chemisier, voire en tenue d'équitation.

Lady Polly sentit que sa fille allait trop loin quand elle lui annonça que Daisy serait sa nouvelle femme de chambre.

« Elle sort du caniveau, s'emporta-t-elle.

– Daisy est intelligente et elle apprend vite, protesta Rose. Vous ne lui adressez jamais la parole. Je vais la chercher, vous pourrez juger par vous-même. »

Lady Polly crut avoir la berlue lorsque Daisy entra. Ses cheveux avaient poussé et la teinture blonde commençait à disparaître, quant à sa mise, elle était soignée et convenable.

« Alors comme ça, vous pensez pouvoir exercer les fonctions de femme de chambre ? interrogea la comtesse.

– Oui, Madame. J'ai beaucoup appris, grâce à la gentillesse de lady Rose. »

Elle s'exprimait d'une voix douce où ne subsistait qu'une pointe d'accent cockney.

« L'idée qu'une personne comme vous chaperonne ma fille ne me plaît guère », dit lady Polly, qui avait l'élocution saccadée de sa classe, l'équivalent d'un regard glacial sous forme de mots.

« Une personne comme moi connaît les manières des hommes, Madame. J'aurais mieux protégé lady Rose si j'avais été à ses côtés à Londres.

– Savez-vous coudre ?

– Oui, Madame. J'étais couturière à Whitechapel quand je ne me produisais pas sur scène. »

Debout derrière le fauteuil de sa maîtresse, la femme de chambre de la comtesse, Humphrey, dardait des regards jaloux sur Daisy. Elle toussota : « Puis-je suggérer une mise à l'épreuve, Madame ? La garniture de votre chapeau de paille a besoin d'être reprise. Je suggère de confier cette tâche à cette fille, afin de voir comment elle travaille.

– Excellente idée. Allez le chercher et donnez-le à cette créature. »

Deux jours plus tard, le chapeau rafraîchi était présenté à la comtesse. Il était orné de très jolies roses de soie écarlate. La comtesse fut ravie du résultat. Mais Humphrey renâcla. Les robes seraient une autre affaire. Et si on lui confiait la toilette de bal de Madame, dont l'ourlet était déchiré et que Madame trouvait démodée ?

La robe fut retournée deux jours plus tard. Le décolleté avait été légèrement abaissé et les épaules décorées de nœuds de soie blanche. La traîne avait été retirée et les jupes arrivaient maintenant aux chevilles.

« J'ai toujours porté une traîne, se plaignit la comtesse.

– Elles ne seront bientôt plus à la mode, Madame, dit Daisy avec modestie. Je n'ai pu m'empêcher de remarquer que vous aviez les chevilles très fines, et si vous adoptez ce nouveau style, vous n'aurez plus besoin de jeter votre traîne sur votre bras quand vous dansez, et vous ne risquerez plus de la déchirer en marchant. »

La comtesse sortit les pieds de dessous sa robe et contempla ses chevilles avec satisfaction. « Très bien. On appelle les femmes de chambre par leur nom de famille, mais Levine ne convient pas, ça sonne étranger. Nous vous appellerons Baxter. »

« Ça signifie que vous pouvez m'accompagner, expliqua Rose lorsque Daisy lui fit le récit de l'entrevue. Mais hors de question que je vous appelle Baxter.

– Je me suis fait une ennemie de Humphrey, dit Daisy. Et si elle découvre que c'est vous qui avez effectué les travaux de couture ?

– Aucune raison que cela arrive. Nous avons passé trop de temps sur nos livres et nos leçons de dactylographie. Maintenant, il faut que vous appreniez les manières d'une femme de chambre. Quand nous serons chez les Hedley, vous dînerez avec l'intendante. Votre comportement devra être irréprochable. Tant que nous serons là-bas, ne vous asseyez jamais en ma présence et ne portez pas de chapeau à l'intérieur de la maison. Ne risquez en aucun cas une opinion, sauf si on vous la demande. Et ne dites même jamais "Bonjour" ou

“Bonsoir”. Nous avons peu de temps pour combler vos lacunes.

» Je préfère m’habiller et me déshabiller moi-même maintenant que Yardley est partie. Mais ça, vous ne devez le dire à personne, on me jugerait très classe moyenne. La femme de chambre qui a précédé Yardley a laissé un carnet de notes. Je vais vous le trouver. Elle y a consigné toutes ses astuces pour nettoyer les vêtements, les chapeaux et les chaussures. Pour mes cheveux, la recette est simple : un penny de borax, une demi-pinte d’huile d’olive et une pinte d’eau bouillante. »

Elle scruta Daisy un instant puis demanda : « Vous ne trouvez pas votre vie ici ennuyeuse ?

– Oh non, Madame. J’aime l’ennui. Je n’en aurai jamais assez. Surtout s’il s’accompagne de trois bons repas par jour !

– Très bien, Daisy. Une chose encore. Je me targue d’être intelligente, mais je manque de bon sens. J’ai fait une grosse erreur avec Blandon.

– Je vous préviendrai si nous croisons un autre embobelineur. Je les renifle à des kilomètres ! »

5

« Ô ferme les yeux, brise ton cœur et retire ta main,
Perds ton amour et rase-toi la tête ; mais ne va point
Dans ce lieu, quel est son nom ? où l'on est riche et madré ;
La vaste demeure dorée, où tout se gâte sans arrêt ;
Certaines choses, tu ferais mieux d'ignorer, bien qu'en vain tu vives et meures,
Certaines âmes sont plus malades de plaisir que tu ne l'es de douleur. »

G. K. Chesterton, *L'Aristocrate*

Tandis que l'attelage de son père cheminait sur les routes de campagne en direction de la demeure du marquis de Hedley, Telby Castle, Rose se sentait gagnée par l'inquiétude. Les autres invités la traiteraient-ils comme une pestiférée ? S'ils le font, pensa-t-elle farouchement, alors Daisy et moi prendrons nos cliques et nos claques et rentrerons à la maison. Elle n'avait pas acheté de nouvelles toilettes pour la partie de campagne. Lady Polly lui avait fait remarquer qu'ils avaient déjà dépensé une fortune pour les robes de la saison mondaine.

Le ciel était d'un bleu limpide et le fond de l'air était frais. Les arbres flamboyaient des couleurs de l'automne.

Un nouveau commencement, songea Rose. Peut-être bien. Et si ce n'était pas le cas, tant pis, à Londres, il y avait du travail pour les femmes qui savaient taper à la machine. Des pensions de famille à des tarifs raisonnables. Quoi qu'il arrive, elle était déterminée à ne pas croupir à la campagne pour le restant de ses jours.

Elle portait un de ces nouveaux corselets très peu baleinés et avait abandonné le rembourrage habituel. Elle avait pris soin de cacher sa robe sous une lourde pèlerine avant de faire ses adieux à sa mère, car elle savait que lady Polly aurait été horrifiée de voir que sa fille n'était pas solidement corsetée afin que sa silhouette épouse la forme de sablier qui était en vogue.

Sous sa robe de voyage ajustée, elle portait un jupon en soie orné de froufrous du genou à l'ourlet. Rose, qui se considérait comme au-dessus de ce genre de frivolités, aimait néanmoins le friselis que produisait le jupon au moindre mouvement.

Daisy apprenait le métier de femme de chambre très rapidement, mais Rose décelait souvent une tendance à l'espièglerie chez sa petite bonne et se demandait combien de temps elle se satisferait du rôle de domestique.

Telby Castle avait été bâti durant les dernières années du règne de la reine Victoria. C'était une espèce de folie ornée de tours, de remparts, de meurtrières et de vitraux. La bâtisse s'enorgueillissait même d'un pont-levis et de douves.

Ce nouvel édifice avait remplacé une magnifique demeure georgienne, un vrai bijou, aux meubles et aux pièces conçus par Robert Adam, grand architecte et décorateur, théoricien du style étrusque néoclassique.

« Ce n'est pas un bon maître », lâcha Daisy, à qui Rose avait expliqué qu'elle pouvait s'exprimer librement lorsqu'elles étaient seules.

– Pourquoi dites-vous cela ?

– Vous n'avez pas remarqué quand nous avons traversé le village ? Les cottages sont tellement pauvres. »

Comme la majorité des Anglais, Rose avait été élevée dans la certitude que Dieu avait mis chaque personne à la place qui était la sienne, mais sûrement pas pour abuser de son rang, pensa-t-elle en se demandant si elle trouverait le courage de dire au marquis qu'il devait faire quelque chose pour ses locataires. Puis elle soupira. Une telle remarque serait vue comme le sommet de l'insolence et donnerait le sentiment qu'elle ne savait pas rester à sa place de femme.

Elle fut introduite dans des appartements situés dans l'une des quatre tours. À son grand soulagement, Daisy se vit allouer une petite chambre adjacente à la sienne. « Une fois dans la salle des domestiques, vous devrez trouver ma sonnette, indiqua Rose après le départ de l'intendante. Ah, j'entends le gong qui signale l'heure de s'habiller. Je me demande qui d'autre est de la partie. »

Daisy défit rapidement les malles. « Quelle robe, Madame ?

– Une blanche, peut-être. La robe moirée ornée de dentelles. Mes perles, je pense. Des gants blancs. Les souliers en chevreau avec les petits nœuds et mes nouveaux bas de soirée à sequins. »

Daisy aida Rose à relever ses cheveux et à les maintenir en place une fois habillée. « Vous êtes vraiment très belle, Madame. Peut-être qu'il y aura un beau garçon à la soirée.

– Depuis ma récente déception, je ne m'intéresse plus aux hommes.

– J'vais vous croire !

– Non, vraiment, je le pense. Allons, prenez mon étole et mon éventail, et suivez-moi au salon. Vous feriez mieux de sonner pour qu'on nous montre le chemin. »

Un valet de pied en livrée les escorta jusqu'à un faux logis seigneurial qui servait de hall d'entrée, et où de fausses armures étincelaient sous de fausses bannières médiévales en lambeaux.

Le majordome prit la relève, ouvrit une porte

lourdement sculptée et annonça d'une voix de stentor : « Lady Rose Summer. »

Rose eut l'impression de pénétrer dans une pièce remplie d'yeux inquisiteurs. Les reflets rougeoyants d'un grand feu dansaient sur les monocles et les lorgnettes. Puis la marquise s'avança. « Contente de vous revoir, ma chère. Vous avez fait bon voyage ?

– Oui. J'ai...

– Bien. Voyons voir. Je vais vous faire faire le tour de notre petite assemblée et vous présenter. Non, finalement non. Vous rencontrerez tout le monde bien assez vite.

– J'ai l'honneur d'être votre cavalier », dit en lui tendant le bras un jeune homme aux cheveux pommadés aussi luisants que du cuir verni. « Freddy Pomfret. Sacrément bath, cet endroit, hein ?

– Très bath, oui », répondit poliment Rose avant d'être conduite à la table du dîner.

Elle se demanda si la marquise servirait du sanglier rôti à la broche pour s'accorder avec le décor, mais le menu se révéla composé des habituels mets dispendieux. Au centre de la table, un grand surtout en argent figurant l'armée du général Wolfe escaladant les hauteurs de Québec restreignait la vue qu'elle avait sur les invités placés en face d'elle. Freddy était à sa droite et un ami de Freddy, Tristram Baker-Willis, à sa gauche.

Miss Tremp lui avait dit une fois : « Quatre-vingt-dix pour cent des hommes tentent une remarque sur le temps qu'il fait, mais, à moins qu'il ne se passe quelque chose d'éminemment extraordinaire au plan météorologique, il vaut mieux éviter le sujet. »

Heureusement pour Rose, les explosions de Stacey Magna fascinaient tant ses deux voisins de table qu'elle ne put placer un mot. Freddy tempêta contre les bolcheviques et lorsque Rose finit par se tourner vers Tristram, celui-ci se lança dans une diatribe analogue.

Enfin, la marquise se leva, donnant ainsi le signal que les femmes devaient se retirer au salon.

Rose avait compté neuf hommes et neuf femmes, auxquels s'ajoutaient leurs hôtes.

La marquise s'occupa des présentations et Rose fit de son mieux pour retenir les noms. Il y avait deux sœurs, Harriet et Deborah Peterson, des Américaines plantureuses et débordantes de santé. Toutefois, Rose fut déçue car elles n'avaient pas l'accent américain, mais le même staccato aristocratique que les autres.

Ensuite, il y avait une jeune fille, une haridelle à l'air mauvais, Mary Gore-Desmond, qui parlait peu, mais ne cessait de lancer autour d'elle de petits regards fâchés et pleins de ressentiment. Une beauté écossaise, Frederica Sutherland, leur contait les joies de la chasse d'une voix qui aurait pu s'entendre à l'autre bout d'un champ de trois hectares.

Mrs Jerry Trumpington, calée dans un fauteuil près de l'âtre, ressemblait à un crapaud, avec son visage gras et lascif et ses lèvres épaisses. Elle parlait de nourriture à une femme élégante, brune, à la peau mate, Margaret Bryce-Cuddlestone.

Debout dans un coin se trouvaient la timide Maisie Chatterton et une grande femme aux manières théâtrales, lady Sarah Trenton.

Rose s'attendait à ce que les invitées l'ignorent après les présentations, mais Margaret Bryce-Cuddlestone s'approcha d'elle et dit en souriant : « Vous remettez-vous de la façon terrible dont vous a traitée ce paltoquet de Blandon ?

– J'ai tourné la page, répondit Rose avec tristesse. Mais je crains d'être la seule.

– Faisons quelques pas. Cette affreuse bonne femme, la Trumpington, est sur le point de s'extraire de son fauteuil. Elle ne vous quitte pas des yeux, comme si vous étiez une côtelette d'agneau bien juteuse. Si elle nous voit en grande conversation, avec un peu de chance, elle nous fichera la paix. Ces personnes sont d'un ennui ! Et je viens à peine d'arriver. Enfin, nous sommes censées trouver chaussure à notre pied.

– Avez-vous fait votre entrée dans le monde ? s'enquit Rose.

– Oui. Un fiasco. Maman et papa ont reçu deux demandes et je les ai refusées, alors ils me voient comme la honte de la famille. On m'a laissée sortir de ma cage en m'ordonnant plus ou moins de ramener un mari.

– Trouvez-vous ces hommes séduisants ? Qui sont-ils ?

– Eh bien, il y a vos voisins de table, Freddy et Tristram. Dois-je en dire plus ? L'honorable Clive Fraser est joli garçon et riche, mais quel raseur ! Sir Gerald Burke est affreusement drôle. Une vraie pipelette. Mais il n'a pas un sou vaillant et, selon la rumeur, il serait, comment dire, de la clique d'Oscar Wilde.

– Ah, il écrit des pièces ?

– Pas vraiment. Harry Trenton est tolérable – il chasse et tue tout ce qui bouge, idéal pour l'Écossaise qui se trouve là-bas. Jerry Trumpington est marié à l'abominable Mrs Trumpington. Et puis, il y a Neddie[1] Fremantle. On l'appelle Neddie parce qu'il rit comme un âne, hi han, hi han, hi han. Et enfin, Bertram Brookes, réservé et caustique.

– C'est très gentil de la part de lord Hedley d'avoir pensé à moi. Vous pouvez le deviner, je ne reçois plus d'invitations.

– Ça passera. Vous n'êtes pas telle que je vous imaginais. Selon la rumeur, vous n'appréciez personne et vous vous prenez pour une encyclopédie.

– Je voulais juste trouver un mari intelligent », gémit Rose.

Margaret haussa les épaules avec élégance. « N'y comptez pas. Un mari intelligent, ça n'existe pas dans notre milieu. Vous n'aviez jamais rencontré de jeunes hommes avant vos débuts ? Il a bien dû

1. Neddie signifie « âne » en langage enfantin et est également le diminutif d'Edward.

y avoir des dîners de chasse, des bals de campagne et des soirées.

– Mes parents m'ont toujours vue comme une écolière et ma gouvernante ne leur a jamais rappelé que j'avais grandi, je le crains. À mon dix-septième anniversaire, ils ont demandé quel âge j'avais, voilà comment ils se sont rendu compte qu'il était temps de me préparer à entrer dans le monde ! Alors on m'a enseigné les principes de l'étiquette et de la danse. J'ai commencé par quelques dîners, juste avant le début de la saison à Londres, et c'est à cette occasion que j'ai rencontré sir Geoffrey. »

Margaret fit un petit signe de tête pour montrer qu'elle comprenait. Les enfants de leur classe sociale voyaient en général assez peu leurs parents.

Elles furent bientôt rejointes par les hommes. Freddy et Tristram fondirent sur Rose et l'accablèrent de compliments extravagants jusqu'à ce qu'elle sente qu'elle ne pourrait supporter leur compagnie une minute de plus. Elle les pria de l'excuser, rejoignit leur hôtesse et prétexta un mal de tête. La marquise fit venir Daisy et, suivie de sa bonne, Rose s'échappa.

« Il fallait que je sorte de là, confia-t-elle à Daisy une fois dans sa chambre. Deux jeunes gens chantaient les louanges de mon physique d'une façon très, comment dire, chaleureuse, ce qui m'a semblé parfaitement déplacé.

– De qui s'agissait-il ? s'enquit Daisy en retirant

les épingles en os qui retenaient les cheveux de Rose.

– Freddy Pomfret et Tristram Baker-Willis.

– De quoi ont-ils l'air ?

– D'une certaine manière, ils se ressemblent. Ils ont tous les deux les cheveux bruns, courts et plaqués sur le crâne à coups de brillantine, un visage livide et des lèvres pâles plutôt charnues. Ils sont très minces. Freddy a une petite moustache, contrairement à Tristram, qui est rasé de près. Ça ira, vous pouvez aller vous coucher. Aidez-moi seulement à enlever ma robe et à délacer mon corset, je m'occuperai du reste. »

Daisy retira sa robe à Rose avant de défaire les rubans de son corselet.

« Je ne me sens pas dans mon élément, gémit Rose tandis que Daisy se baissait pour détacher les longues jarretelles. Il y a quelque chose de bizarre dans cette partie de campagne. Ou peut-être que cela vient de moi.

– Ne vous en faites pas, Madame. C'est le premier jour. Voulez-vous une tasse de cacao Bournville ?

– J'en serais ravie. Sonnez.

– Ce n'est pas la peine, Madame. Je vais descendre à l'office. Il faut que j'apprenne à connaître les lieux. »

Daisy prit l'escalier et gagna le hall, d'où elle entendit une des invitées chanter d'une voix flûtée tandis qu'on l'accompagnait au piano.

Elle se dirigea droit vers un renfoncement

sombre et poussa une porte recouverte de feutre vert.

En bas de l'escalier de pierre en colimaçon, dans la vaste cuisine, se trouvaient des assiettes sur lesquelles étaient empilés des sandwichs. « Encore à manger ! » s'exclama Daisy. Le majordome la regarda avec surprise. « Nos hôtes prennent toujours un en-cas avant de se mettre au lit.

– Je suis venue chercher une tasse de cacao pour ma maîtresse.

– Je vous prépare ça, aboya la cuisinière.

– Donnez-moi simplement la boîte de cacao et montrez-moi où se trouve le lait, je m'en occupe. »

Le majordome, Curzon, avait d'épais sourcils qui rejoignaient presque la naissance des cheveux. « Vous êtes la femme de chambre de lady Rose Summer, c'est ça ?

– Oui.

– Et vous vous appelez ?

– Daisy Levine.

– Levine, je vous suggère de rester à votre place à l'avenir. Vous auriez dû sonner.

– Maintenant que je suis là, autant que je m'en occupe, rétorqua Daisy avec effronterie.

– Oh, laissez-la faire, rouspéta la cuisinière. On est tous exténués. »

Elle attrapa une boîte de cacao Bournville et un pot de lait et les plaça sur la table, à côté d'une petite casserole.

« Merci bien », dit Daisy.

Curzon sortit de la cuisine, suivi de trois valets équipés de plateaux de boissons et de sandwichs.

« Vous êtes partie du mauvais pied avec lui, fit remarquer la cuisinière.

– Je m'en fiche. J'habite pas ici, Dieu merci. Ils auraient pu faire construire une bâtisse moderne, plutôt que cet affreux château.

– C'est pas si mal. Il y a beaucoup de personnel et un poêle à gaz. Dans la dernière maison où j'ai travaillé, la cuisine n'avait pas bougé depuis le dix-huitième siècle. Et ici, on est éclairés au gaz. Pas besoin de lampe à pétrole.

– À Londres, il y a des maisons qui ont l'électricité, souligna Daisy.

– Je suis Mrs Mason, dit aimablement la cuisinière. Votre jeune dame, elle s'est attiré une drôle de réputation.

– C'était pas sa faute.

– Lady Rose devrait se méfier. Certains de ces jeunes gens aiment rôder dans les couloirs quand ils se piquent le nez. »

Daisy dosa soigneusement le cacao, souleva la casserole du poêle et remplit la tasse avec précaution.

« Merci, dit-elle en gagnant la porte.

– Sonnez la prochaine fois, fit Mrs Mason. Le vieux Curzon, il est à cheval sur l'étiquette. »

Daisy remonta rapidement, mais quand elle entra dans la chambre de sa maîtresse, elle la trouva profondément endormie. Elle éteignit la lampe à gaz, s'assit dans un coin et but le chocolat à petites gorgées.

Si quoi que ce soit arrivait, pensa-t-elle, Rose serait vue comme une espèce de femme déchue. Ce n'étaient jamais les hommes, les fautifs. Elle termina le cacao, ressortit dans le couloir et tendit l'oreille. Les invités commençaient à se retirer pour la nuit. Daisy s'installa pour monter la garde. Prudence est mère de sûreté.

« Bigrement pratique d'avoir des bristols sur les portes », chuchota Freddy à Tristram une heure plus tard. Des gouttes de cire brûlantes tombèrent de sa bougie sur sa main et il lâcha un juron. Les lampes à gaz avaient été éteintes pour la nuit.

« Dis donc, articula Tristram, titubant et se retenant au mur. Nous n'irons pas trop loin, n'est-ce pas ?

– Un petit bisou et un câlin. On dira qu'elle nous a demandé de passer. Avec sa réputation, qui la croira ? » Freddy gloussa et hoqueta. « Tiens la bougie plus haut, que je puisse lire le nom. Je pensais que c'était sa chambre.

– Non, c'est celle de ce vieux trumeau, la Trumpington. Voyons celle d'après. »

Ils redescendirent l'escalier en chancelant. « Tiens, essaie celle-ci, dit Freddy. Ah, ça y est. Allons-y. »

Il ouvrit doucement la porte et, son compère sur les talons, s'approcha du lit, sur lequel reposait une silhouette endormie.

Freddy s'allongea d'un côté et Tristram de l'autre.

« Maintenant », chuchota Freddy.

Il empoigna la silhouette, qui se leva d'un bond et se mit à hurler. Un rayon de lune tomba sur les traits terrifiés de Mrs Jerry Trumpington.

« Désolé, bredouilla Freddy. Je pensais que c'était ma chambre. »

La domestique de Mrs Trumpington fit irruption dans la pièce et se mit à crier elle aussi. Sir Gerald Burke apparut dans l'embrasure de la porte. Les autres invités arrivèrent l'un après l'autre, une bougie à la main.

Daisy se joignit à la foule. Quand toute l'attention fut concentrée sur les deux fauteurs de troubles, elle retira discrètement le bristol de Rose du porte-cartes et remit en place celui de Mrs Trumpington.

« Qu'est-ce que vous faites ici ? interrogea lord Hedley.

– Terriblement désolé, erreur de chambre », plaida Freddy.

Mrs Trumpington s'était remise de sa frayeur. Quand sa femme de chambre alluma la lampe à gaz, une lueur salace naquit dans ses petits yeux.

« Vous deux, dans mon lit. En quel honneur ?

– Trop bu, bafouilla Tristram avec désespoir.

– Oh, les coquins, dit Mrs Trumpington.

– Que se passe-t-il ? » Mr Trumpington, un petit homme à l'air fatigué enveloppé dans une robe de chambre en soie de couleur criarde, se fraya un chemin dans la foule.

Mrs Trumpington gloussa : « Je crois que ces galopins essayaient de me séduire.

– Impossible ! s'exclama son mari. Je veux dire, pourquoi feraient-ils une chose pareille ?

– Vous deux, en bas, intima la marquise à Freddy et Tristram. Les autres, au lit. »

Daisy regagna la chambre de sa maîtresse sur la pointe des pieds. Rose était profondément endormie. Le remue-ménage ne l'avait pas réveillée.

Quand Rose entra dans la salle du petit déjeuner, le matin suivant, elle ignorait tout de ce qui s'était passé. Sur un long buffet s'alignaient des plats en argent tenus au chaud par des réchauds à alcool. Il y avait un assortiment d'œufs pochés, d'œufs brouillés, de bacon, de jambon, de saucisses, de rognons en sauce, de haddock et de kedgeree. Un buffet encore plus long offrait du bœuf en gelée, du porc, de la langue, de la galantine, du faisan rôti froid, de la grouse et de la perdrix. Une desserte croulait sous les fruits : melons, pêches, nectarines et framboises. Et au cas où quelqu'un aurait encore faim, on trouvait également des scones, des toasts, de la marmelade, du miel et des confitures spécialement importées.

Rose, qui était une lève-tôt, fut soulagée de ne trouver qu'une autre convive à table, Margaret Bryce-Cuddlestone.

« Comme vous êtes radieuse et fraîche, commenta celle-ci. Ne me dites pas que vous étiez dans les bras de Morphée pendant tout ce tohu-bohu.

– Quel tohu-bohu ? »

Margaret lui expliqua. « C'est scandaleux ! s'exclama Rose quand elle eut terminé son récit. Je ferais mieux de rentrer chez moi.

– Ce sont des choses qui arrivent. Personne d'autre ne vous en parlera et les deux zozos n'oseront plus s'approcher de vous. Quelque chose me dit que quelqu'un a échangé votre bristol avec celui de Mrs Trumpington. Mr Pomfret et Tristram Baker-Willis étaient tellement gris qu'ils n'avaient pas toute leur tête. »

Comme Rose avait l'air bouleversée, Margaret ajouta : « Vous savez le plus drôle ? L'abominable Mrs Trumpington reste persuadée que c'étaient ses faveurs qu'ils recherchaient. »

Rose se mit à rire.

« Voilà qui est mieux. Allons nous promener après le petit déjeuner, proposa Margaret.

– Je suppose que je ferais bien de demander à Daisy de m'accompagner.

– Daisy ?

– Ma femme de chambre.

– Vous l'appelez par son prénom ?

– Son nom de famille est Levine et ma mère voulait que je la rebaptise Baxter, mais je n'aimais pas cette idée, alors j'ai transigé.

– Amenez-la. Moi aussi, j'appelle la mienne par son prénom. Elle s'appelle Colette Bougier et elle se plaint que les domestiques anglais l'appellent

Booger[1]. Comme c'est une excellente femme de chambre, j'ai capitulé. »

Les jardins du château s'étendaient au-delà du mur d'enceinte. Les femmes de chambre trottaient derrière leurs maîtresses, qui avaient toutes deux passé des robes plus adaptées à la marche.

Colette posa la main sur le bras de Daisy, la retenant jusqu'à ce que Margaret et Rose soient hors de portée de voix. « Terrible, cette nuit, pas vrai ? chuchota-t-elle. La façon dont ils se comportent. En France, on garde sa maîtresse bien cachée.

– Madame n'est la maîtresse de personne, protesta Daisy.

– Ce n'est pas ce que je voulais dire. Ce que je veux dire, c'est qu'ils prétendent mettre les noms sur les portes pour que chacun retrouve facilement sa chambre, pas vrai ?

– Oui, certainement…

– Mais c'est surtout pour éviter à un certain monsieur de commettre l'affreuse erreur de dormir avec sa femme plutôt que sa maîtresse.

– Vous voulez dire qu'ils ont pas d'morale, dit Daisy avant de se corriger rapidement, toujours soucieuse de mettre en pratique les leçons de Rose : Qu'ils n'ont aucune morale ?

– Il n'y a que les jeunes ladies qui vivent comme si elles étaient au couvent.

1. Signifie à la fois croque-mitaine et crotte de nez.

– On risque de s'ennuyer alors ! Il n'y a presque que des jeunes femmes.

– Ah, mais même elles peuvent s'écarter du droit chemin. Je connais…

– Colette ! Mon châle, cria Margaret. Et ne vous éloignez plus. »

Colette rattrapa sa maîtresse et lui passa le châle autour des épaules.

Rose avait raconté à Margaret sa mésaventure avec sir Geoffrey Blandon et comment son père avait engagé Harry Cathcart pour enquêter sur lui.

« J'ai entendu des rumeurs à propos d'un certain capitaine qui résout les problèmes et étouffe les scandales. Comment est-il ?

– Des plus communs, répondit sèchement Rose. Un grossier personnage, en fait.

– A-t-il rendu d'autres services à votre père ? »

Rose brûlait d'envie de parler à sa nouvelle amie de la visite avortée du roi, mais décida que c'était quelque chose dont elle ne pourrait *jamais* parler. « Non. Et j'espère ne pas le revoir. »

La partie de campagne s'installa dans une routine. Les hommes partaient à la chasse l'après-midi pendant que les femmes lisaient, cousaient ou jouaient au croquet. Ensuite, après un dîner long et ennuyeux, on jouait aux cartes ou aux charades. Rose trouvait la compagnie de Gerald Burke amusante et sa nouvelle amitié avec Margaret agréable. Malgré cela, elle avait hâte de rentrer chez elle.

Elle n'aimait pas l'atmosphère du château. Il y planait comme un sentiment de menace.

Le marquis lui accordait pourtant l'attention d'un père. Ayant découvert qu'elle aimait lire, il lui montra sa bibliothèque, faisant fièrement étalage des livres reliés de cuir achetés au mètre en accordant peu d'attention à leur contenu.

Le temps avait tourné à l'orage et le vent s'engouffrait dans les meurtrières, hurlant comme autant de banshees[1].

Une nuit particulièrement abominable, comme les mugissements du vent l'empêchaient de trouver le sommeil, Rose se plongea dans un roman de H.G. Wells. L'air s'infiltrait partout, par les fenêtres et sous les portes, faisant vaciller les flammes des bougies.

Soudain, elle crut entendre une voix crier : « Allez chercher le médecin ! »

Elle sortait du lit quand Daisy entra dans la chambre. « J'ai entendu quelque chose, Madame. Vous aussi ?

– Oui, quelqu'un a demandé un médecin. J'espère que rien n'est arrivé à Miss Bryce-Cuddlestone. Donnez-moi ma robe de chambre.

– Je viens avec vous. »

---

1. Créature du folklore irlandais, aux hurlements déchirants annonciateurs de mort.

Emmitouflées dans leurs robes de chambre, elles ouvrirent la porte. De faibles bruits leur parvinrent du rez-de-chaussée, sur la gauche.

Elles descendirent l'escalier, la lumière de leurs bougies jetant d'immenses ombres sur les murs de pierre. Puis un hurlement se fit entendre.

« Je pense que ça vient de l'autre tour. Prenons ce couloir », chuchota Daisy.

Elles s'engagèrent dans le long passage qui reliait les tours. Lady Hedley sortit d'une chambre au bout du couloir. Elle était blême et pressait un mouchoir sur ses lèvres.

« Retournez dans votre chambre, lady Rose. Nous attendons le médecin. Miss Gore-Desmond est… a été… elle est malade. »

Les autres invités firent leur apparition et jouèrent les badauds, malgré les protestations de la marquise.

La lampe à gaz flamboyait dans la chambre de Mary Gore-Desmond. Quand la marquise se retourna et, rouge de colère, leur cria de s'en aller, Rose entrevit furtivement une silhouette immobile sur le lit, autour duquel se trouvaient le marquis, le majordome, l'intendante et Mr Jerry Trumpington.

« Je me demande s'ils arriveront à faire venir un médecin par un temps pareil, murmura Daisy. De toute façon, à mon avis, elle est morte. »

6

« Nous sommes à un tournant. Si nous continuons sur cette voie insouciante, si les classes aisées continuent de croître en richesse et en nombre, et si leurs responsabilités continuent de s'amenuiser, si les très pauvres demeurent plongés ou plongent encore plus loin dans une misère impuissante, désespérée, alors je pense que l'avenir ne nous réserve rien d'autre que des conflits brutaux entre classes. »

Winston Churchill,
Discours à Leicester, 1909

« Daisy ! Qu'est-ce que vous faites ! »

Le lendemain matin, en traversant le grand hall pour aller prendre son petit déjeuner, Rose tomba sur Daisy, l'oreille collée à la porte du bureau du marquis.

« Désolée, bredouilla la femme de chambre en s'élançant vers sa maîtresse avec un air coupable. Mais c'est sacrément intéressant.

– Ne dites pas “sacrément”, la corrigea Rose de façon machinale. Vous ne devriez pas écouter aux portes. C’est vulgaire.

– Lord Hedley est à cran. Le docteur habituel a avalé sa chique la semaine dernière.

– Daisy !

– Et le nouveau ne veut pas signer le certificat de décès ! »

Daisy avait maintenant toute l’attention de Rose. « Et pourquoi cela ?

– D’après ce nouveau docteur, le Dr Perriman, ce serait un empoisonnement à l’arsenic. Lord Hedley s’en soucie comme d’une guigne, il dit que beaucoup de femmes en prennent pour s’éclaircir le teint et qu’elle en a abusé, c’est tout. Mais le Dr Perriman a déjà téléphoné à la police et lord Hedley enrage et jure de le faire exclure de la profession médicale. »

On tambourina à la porte d’entrée et les deux femmes sursautèrent.

Le garçon de courses, qui somnolait sur une chaise, se leva d’un bond et se précipita pour ouvrir.

Un brigadier se tenait là, un agent à ses côtés. Le majordome, Curzon, apparut dans le hall.

Le brigadier lui chuchota quelque chose et les deux policiers furent conduits dans le bureau du marquis.

Le château était plongé dans le silence et l’obscurité. Le vent s’était apaisé, mais de gros nuages noirs déchiraient le ciel.

Rose était une fois de plus en chemin vers le rez-de-chaussée, pour prendre le thé, quand elle entendit Curzon annoncer d'un ton lugubre : « L'inspecteur divisionnaire Kerridge. »

L'inspecteur divisionnaire s'engouffra dans le bureau, accompagné d'un collègue. Rose rejoignit Margaret et les autres invités au salon, où était servie une copieuse collation.

Les jumelles américaines, Harriet et Deborah Peterson, faisaient des messes basses dans un coin et le reste de l'assemblée se terrait dans un silence maussade, jusqu'à ce que Mrs Trumpington élève la voix : « Qui vient d'arriver ? J'ai entendu un attelage. Curzon ? »

Le majordome, entré dans la pièce à la suite de Rose, annonça : « Des personnes de Scotland Yard, madame.

– Oh, tout cela est ridicule. » Mrs Trumpington choisit une grosse part de Madeira cake, n'en fit qu'une bouchée, épousseta les miettes qui ornaient sa robe brodée de jais et déclara : « Voyons, cette idiote a manifestement utilisé de l'arsenic pour soigner son teint. Elle en aura trop pris, voilà tout. Et puis, ce médecin n'avait aucun droit de tirer des conclusions hâtives. Un empoisonnement ! Et d'ailleurs, comment sait-il qu'il s'agit d'arsenic ?

– Il dit avoir senti une odeur d'ail, expliqua sir Gerald Burke.

– Et alors ?

– C'est un signe manifeste d'empoisonnement à l'arsenic. Et puis, elle a vomi partout et…

– Ma parole, pas devant les dames, l'interrompit Harry Trenton.

– C'est vous qui avez demandé, remarqua Gerald avec indolence. Quelle barbe ! Je suppose que nous allons tous être interrogés par la police. »

Lady Sarah Trenton hoqueta et se laissa retomber dans son fauteuil, les yeux clos.

« Elle s'est évanouie ? demanda Neddie Fremantle.

– Elle fait son numéro, comme d'habitude, lâcha Frederica Sutherland. Elle aime jouer la comédie. »

Sarah ouvrit les yeux et lança un regard noir à la cantonade. « Je suis d'une grande sensibilité, ce qui ne semble pas être le cas de tout le monde.

– Ont-ils trouvé de l'arsenic parmi ses produits de beauté ? interrogea Margaret.

– Je l'ignore, répondit Mrs Trumpington. Demandez aux domestiques. Une armée de bonnes a nettoyé sa chambre et fait la toilette du corps.

– C'est de la destruction de preuves, dit Rose d'une voix haletante.

Tous la fixèrent du regard et elle rougit d'être le centre de tant d'attention. « Scotland Yard vient d'ouvrir un bureau d'analyse des empreintes. Si la pièce n'avait pas été nettoyée, ils auraient pu prendre nos empreintes et découvrir si l'un d'entre nous était allé dans sa chambre.

– Vous pouvez faire confiance à notre encyclopédie sur pattes pour savoir ça », lâcha Gerald.

Rose, qui commençait à le considérer comme un ami, lui lança un regard blessé.

La porte s'ouvrit et lord Hedley entra. « La police veut vous interroger l'un après l'autre. Désolé de tout ce chambard. C'est la faute de ce médecin, Perriman. D'abord, les classes laborieuses deviennent arrogantes et maintenant, les classes moyennes se sentent pousser des ailes. Ils nous causent des ennuis pour se venger de nous.

– Pourquoi voudraient-ils se venger ? demanda Rose.

– Par jalousie. Par pure jalousie. Vos parents ont appelé, jeune fille. Je leur ai dit qu'il n'était pas nécessaire qu'ils fassent le voyage jusqu'ici. Une fois cet incident réglé, nous pourrons tous nous détendre et nous amuser. La police commencera par les dames. Lady Rose ? Peut-être devriez-vous passer en premier. »

Rose aurait bien aimé savoir pourquoi. Mais elle se leva et suivit son hôte, qui poussa une porte donnant sur le hall et s'engagea dans un couloir. « Je l'ai installé dans le bureau du régisseur », dit le marquis. Il fit entrer Rose et ferma la porte.

Rose et Kerridge se jaugèrent mutuellement. Kerridge vit une très belle jeune femme vêtue d'un corsage blanc à dentelles légèrement baleiné et d'une jupe ajustée. Rose vit un homme trapu aux cheveux gris, aux yeux gris, à l'épaisse moustache grise et au regard placide debout derrière un bureau.

« Asseyez-vous, miss, je vous en prie », dit Kerridge. Un autre inspecteur prit place un peu à l'écart, tandis qu'un agent avec un grand carnet était juché sur une chaise en bois dans un coin de la pièce. Un renard empaillé leur lançait un regard furibond en montrant les dents depuis le mur derrière le bureau.

« Bien, lady Rose, commença Kerridge. Où étiez-vous la nuit de la mort de Miss Gore-Desmond ?

– Dans ma chambre. J'ai cru entendre hurler : "Allez chercher un médecin !" Ma bonne et moi avons enfilé nos robes de chambre et suivi les voix. Lady Hedley est sortie de ce que je sais maintenant être la chambre de Miss Gore-Desmond. Elle a expliqué qu'elle était souffrante. J'ai aperçu lord Hedley, le majordome et l'intendante et, je crois, Mr Trumpington dans la chambre. Je crains de ne rien pouvoir vous dire de plus.

– Quel genre de personne était Miss Gore-Desmond ?

– Je n'ai pas eu le temps d'apprendre à la connaître. Elle semblait – eh bien, d'un caractère ombrageux, comme si elle nous méprisait tous.

– Appréciait-elle un homme en particulier ?

– Non, pas que je sache. Elle cousait beaucoup. Du petit point. Elle parlait peu, ou si elle le faisait, je ne l'ai pas remarqué. Ce sera tout ?

– Encore une chose. Connaissez-vous un certain capitaine Cathcart ?

Les joues de Rose s'empourprèrent. « Il me semble qu'il s'agit d'une relation de mon père.

– Le pont et la gare de Stacey Magna ont été détruits par une explosion.

– Quel est le rapport avec la mort de Miss Gore-Desmond ?

– Je suis curieux, c'est tout. Avez-vous la moindre idée de qui sont les responsables ?

– Les bolcheviques, bien sûr. Tout le monde sait ça. »

Rose crut l'entendre marmonner : « Sauf moi », mais n'en fut pas sûre.

« Ce sera tout pour l'instant. Voulez-vous que je sonne un valet ?

– Je suis capable de trouver mon chemin toute seule, je vous remercie. »

Il consulta la liste des invités. « Auriez-vous la gentillesse de demander à Miss Harriet et à Miss Deborah Peterson de venir ?

– Certainement. »

Sur quoi Rose sortit.

« Pourquoi lui avoir posé des questions sur l'affaire de Stacey Magna ? s'enquit l'inspecteur Judd.

– Parce que j'ai le sentiment tenace que cela a plus à voir avec une visite du roi qu'avec un quelconque complot des bolcheviques. Mais pour l'instant, tenons-nous-en à ce qui nous amène ici. Quelque chose vous inquiète, Judd ? Vous faites une tête de six pieds de long.

– Vous dites que lord Hedley est riche.

– Oui, très.

– Et pourtant, selon vous, ces armures sont des copies. Pourquoi n'en a-t-il pas de vraies ?

– Il ne s'intéresse pas à l'histoire. Je me suis renseigné sur cet endroit. Jadis, il y avait une demeure magnifique, le père de lord Hedley l'a fait détruire et a fait brûler tous les meubles signés Robert Adam. Il a fait construire cet édifice il y a environ trente ans, quand la mode était aux chevaliers de la Table ronde. »

Les Américaines firent leur entrée et Kerridge les interrogea. Après leur départ, il enchaîna les interrogatoires, concluant avec la marquise de Hedley.

« Ça va être long ?

– Non, madame, répondit Kerridge d'un ton apaisant. Juste quelques questions.

– Non. Je voulais dire, l'enquête, votre présence ici, ça va être long ? C'est pénible. Je ne peux pas souffrir les policiers.

– Il s'agit peut-être d'une affaire de meurtre.

– Balivernes ! Cette idiote aura voulu s'éclaircir le teint, rien de plus.

– Avait-elle des ennemis ? poursuivit Kerridge, opiniâtre.

– Eh bien, personne ne l'aimait. Moi la première.

– Pourquoi, madame ?

– Pourquoi quoi ?

– Pourquoi ne la portiez-vous pas dans votre cœur ?

– Aucune grâce. Aucune manière. Une vraie petite fouine.

– Pourquoi l'avoir invitée, alors ?

– Une idée de Hedley. "Nous allons organiser une partie de campagne avec tous les ratés de la saison." C'est ce qu'il a dit.

– Mais les deux Miss Peterson, les Américaines, n'ont pas encore fait leurs débuts.

– Elles ? Des étrangères. Elles auront besoin de toute l'aide qu'elles pourront obtenir.

– Miss Gore-Desmond entretenait-elle une relation romantique avec un des messieurs présents ?

– Pas à ma connaissance. Mon mari parlera à vos supérieurs. Et au…

– Premier ministre, termina Kerridge à sa place.

– Oui, aussi. Ne lambinez pas. Quel imbécile ce médecin. Il n'est pas des nôtres. »

Après le départ de la marquise, Kerridge poussa un soupir. « Nous ferions bien de commencer à interroger les domestiques. J'entends quelqu'un arriver. » Il s'approcha de la fenêtre. Une automobile dernier cri venait de s'arrêter dans la cour. En sortit un homme de haute taille accompagné de son majordome.

Kerridge sonna et attendit qu'un valet fasse son apparition. « Qui est le nouvel arrivant ? demanda-t-il.

– Un certain capitaine Harry Cathcart, je crois, monsieur.

– Vraiment ? dit pensivement l'inspecteur divisionnaire. Je me demande ce qu'il vient faire ici. »

« Où êtes-vous logé ? demanda le capitaine à son majordome.

– Dans les quartiers des domestiques. Il n'y a pas beaucoup de place, je partage une chambre avec le valet de Freddy Pomfret.

– Renseignez-vous sur ce qu'ils pensent de cette mort mystérieuse.

– Bien sûr.

– Cette affaire me met mal à l'aise. Hedley veut que je fasse en sorte que ça ait l'air d'un accident. Mais je ne me vois pas dissimuler un meurtre.

– Je vais faire ce que je peux, Monsieur. Le gong vient de sonner, il faut nous habiller. Nous avons notre nouveau costume sur mesure.

– Nous, Becket ?

– J'ai cru comprendre que c'est la façon dont la domesticité s'exprime, Monsieur.

– Ne le faites pas. Ça me rappelle la nurserie.

– Très bien, Monsieur. »

À la table du dîner, Harry étudia discrètement les autres invités. Vêtue d'une robe du soir blanc cassé ornée de volants en tulle à pois et de petits rubans, Rose était superbe. Elle surprit son regard et afficha une mine hostile avant de se tourner vers Freddy Pomfret, à sa droite.

Harry haussa les épaules et s'adressa à Mrs Jerry

Trumpington, assise à sa gauche. « Sale affaire, lança-t-il.

– Oh, ce sera bientôt terminé, articula Mrs Trumpington en mâchant un morceau de caille. Tout ce tapage pour rien.

– Donc pour vous, c'est un accident ?

– Bien entendu. Les parents étaient à l'étranger, mais ils se dépêchent de rentrer. Quelle tristesse pour eux. Cela étant, ça ne peut pas être autre chose. À moins qu'avoir lamentablement raté son entrée dans le monde ne soit un mobile de meurtre. D'autant plus que c'est le cas de toutes les filles présentes ici – à l'exception des Américaines. Grosses dots. Elles y arriveront vite. Et Hedley aura gagné un peu d'argent au passage.

– Gagné de l'argent ? Comment cela ?

– Encore, encore, s'interrompit Mrs Trumpington pour s'adresser au valet qui servait le poisson. Où en étais-je ? Ah, oui, les hommes paient pour tenter leur chance auprès des Américaines et les parents des filles paient dans l'espoir que leur progéniture mettra la main sur un beau parti.

– Je n'aurais jamais cru que notre hôte avait besoin d'argent.

– Un rapace. Voilà ce qu'il est. » Sur quoi, Mrs Trumpington enfourna un gros bout de poisson.

Harry se tourna vers Miss Maisie Chatterton, de l'autre côté. « Vous tenez le coup ? l'interrogea-t-il.

– Oui. Z'ai téléphoné à maman et ze lui ai

demandé de venir me cercer, mais elle a refusé, murmura-t-elle en zézayant. Elle dit qu'un drame pareil réveillera le cevalier qui sommeille en saque zentleman et qu'on finira par me demander ma main.

– Et ça marche ?

– Non, ils courent tous après les Américaines. Ce n'est pas zuste. Elles ne sont pas d'ici.

– Vous connaissiez bien Miss Gore-Desmond ?

– Non.

– Espérait-elle trouver un mari ?

– Non, zustement c'est bizarre. Elle a dit qu'elle n'avait pas besoin de cercer. Qu'elle était dézà promise.

– À qui ?

– Ze ne sais pas. Vous êtes aussi vilain que la police. Toutes ces questions ! » Maisie gloussa et lui donna un petit coup d'éventail sur le bras.

Le dîner dura moins longtemps que d'habitude. Les hommes ne s'attardèrent pas autour du porto et des cigares, et rejoignirent rapidement les femmes au salon.

Harry se retrouva à côté de Rose. « Capitaine Cathcart, dit-elle avec froideur. Pourquoi êtes-vous ici ?

– Invitation tardive.

– Je n'en crois pas un mot. Je suis persuadée que Hedley veut que vous utilisiez vos méthodes sordides pour le débarrasser de la police. Comment comptez-vous vous y prendre ? En faisant sauter le château ?

– Tiens, je n'y avais pas pensé. Selon vous, il s'agit d'un meurtre ?

– Je ne sais pas. Quand êtes-vous arrivé ?

– Cet après-midi. J'ai une splendide automobile toute neuve, une Lanchester.

– Ces affreux engins sentent mauvais. C'est une mode. Ça ne durera pas.

– Lady Rose, le cheval appartient au passé. Certains cabs à Londres sont déjà motorisés.

– Sur près de vingt-cinq mille véhicules qui sont passés par Piccadilly en une journée cette année, moins de quatre cents étaient des automobiles. Alors, que répondez-vous à cela ?

– Que vous avez une fantastique mémoire des chiffres et que cela vous conduit à vous croire plus intelligente que les autres. Je pense que vous fanfaronnez et que ce désir de fanfaronner vous aveugle quant au fait que les véhicules à moteur représentent l'avenir. »

Rose s'éloigna, le visage en feu. Margaret la rejoignit. « Le séduisant capitaine vous aurait-il froissée ?

– Il est insupportable, souffla Rose.

– Qu'a-t-il dit ?

– Il soutient que l'automobile est une invention d'avenir.

– Il n'a pas tort. C'est tout ? »

Rose sentit soudain qu'elle s'était ridiculisée.

« Non, bien sûr. Il a dit d'autres choses. Comment allez-vous ?

– Je suis inquiète. Je ne trouve pas Colette. J'ai dû m'habiller seule pour le dîner. Pensez-vous que votre bonne pourrait avoir une idée d'où elle se trouve ?

– Nous allons tout de suite le savoir. » Rose appela un valet et lui demanda d'aller chercher Daisy.

« Colette a disparu, lui expliqua Margaret quand Daisy fut entrée dans le salon. Savez-vous où elle est ?

– Elle n'était pas présente au dîner, alors l'intendante a envoyé une des bonnes la chercher, mais elle n'était pas dans sa chambre.

– Dispose-t-elle d'une chambre adjacente à la vôtre ? demanda Rose à Margaret.

– Non, vous avez eu un traitement de faveur.

– Je sais où elle est logée, dit Daisy.

– Pourriez-vous aller voir si ses affaires sont toujours là ? »

Daisy fit la révérence et quitta la pièce.

« Lui est-il déjà arrivé de disparaître auparavant ? demanda Rose à Margaret.

– Jamais. »

Elles attendirent avec impatience le retour de Daisy.

« Ses vêtements ne sont plus là, sa valise non plus, leur apprit celle-ci. Pourquoi serait-elle partie comme ça ? »

Margaret soupira. « Je vais devoir en engager

une autre. En attendant, puis-je partager Daisy avec vous ? »

Daisy et Rose échangèrent un regard. Certes, Daisy avait beaucoup appris, mais elle était loin d'être une femme de chambre parfaite. Cela étant, Rose ne voyait pas comment refuser ce service à sa nouvelle amie.

« Bien sûr. Vous pouvez disposer, Daisy. »

Celle-ci venait de sortir de la pièce quand elle entendit qu'on l'appelait. Elle se retourna et vit la haute silhouette de Harry Cathcart émerger du salon.

Elle fit la révérence. « Monsieur ?

– J'ai entendu malgré moi votre discussion… une femme de chambre aurait disparu ?

– C'est Colette, la bonne de Miss Bryce-Cuddlestone.

– Quand est-ce arrivé ?

– Aujourd'hui, nous ne savons pas exactement quand, Monsieur.

– Pourriez-vous me conduire à sa chambre s'il vous plaît ?

– Suivez-moi, Monsieur. »

Sagace, Daisy devina que le marquis avait fait appel au capitaine pour étouffer un éventuel scandale. Les commérages des domestiques à Stacey Court lui avaient appris que c'était également le capitaine Cathcart qui avait découvert que Blandon était le pire des goujats.

Ils atteignirent les quartiers des domestiques,

au dernier étage du château, s'arrêtant en chemin pour s'équiper de bougies, car le gaz n'avait pas été installé jusque-là. Daisy ouvrit la voie le long d'un couloir sans tapis et poussa une porte.

« Pourquoi disposait-elle de sa propre chambre ? demanda Harry. Il y a tellement de domestiques en ce moment.

– C'est une des plus petites et sa maîtresse est arrivée parmi les premiers. »

Harry balaya la pièce du regard – un placard fermé par un rideau, qui servait de penderie, une commode, un lit étroit et un tapis au crochet sur un plancher brut.

Daisy tira le rideau. « Regardez ! Plus un vêtement. »

Harry posa son bougeoir sur la table. Il ouvrit le tiroir du haut de la commode, puis ceux du dessous.

Il se retourna et examina à nouveau la chambre du regard. Se dirigea vers le lit, jeta par terre draps et couvertures, puis souleva le modeste matelas. « Approchez la bougie », ordonna-t-il.

Daisy le rejoignit en tenant son bougeoir bien haut. Sous le matelas, se trouvaient un médaillon en argent, un étui à cigarettes et un morceau de dentelle fine.

« Pensez-vous qu'elle ait volé ces objets ?

– Je dirais plutôt qu'elle les a mis en lieu sûr, répondit Daisy. Lady Rose m'a donné un bracelet et ici, je le garde sous mon matelas, au cas où on essaierait de me le voler.

– Bizarre. Avez-vous eu l'occasion de lui parler ?

– Nous avons échangé quelques mots quand nos maîtresses se promenaient. Elle a parlé de morale, selon elle, les bristols sur les portes des chambres servent à ce que les messieurs sachent à qui ils rendent visite la nuit. Mais elle a aussi dit que les jeunes femmes étaient strictement protégées. Je lui ai répondu que puisque la partie de campagne réunissait essentiellement des jeunes femmes, il ne se passerait rien. Quelque chose dans ce goût-là. Et elle a dit : "Mais elles peuvent s'écarter du droit chemin. Je connais...", et là, Miss Bryce-Cuddlestone a demandé son châle, alors je n'ai jamais su de quoi elle parlait. »

Harry se figea un instant. Il replaça le matelas et les draps. « Gardez ça pour vous pour le moment.

– Peut-être bien que Miss Gore-Desmond a été assassinée. Et si Colette savait quelque chose, on a pu acheter son silence, avança Daisy. Vous n'étoufferiez pas une histoire pareille, Monsieur ?

– J'en serais incapable. L'inspecteur divisionnaire loge-t-il au château ?

– Non, Monsieur, il est descendu au Telby Arms.

– Je ferais bien de lui rendre visite demain dans la matinée, murmura Harry, à moitié pour lui-même. Ce sera tout, Daisy. Allons-y. »

Ils revinrent sur leurs pas dans le couloir et descendirent l'escalier.

« Pourquoi avez-vous décidé de devenir femme de chambre ? demanda Harry.

– Lady Rose m'a offert cette place.

– Et vous aimez ce travail ?

– Oui. Sacrément.

– Fait-on la cour à lady Rose ?

– Pas encore. Mais ça viendra.

– Oui, je suppose qu'elle ne fera pas tapisserie très longtemps. La haute société a la mémoire courte. »

Daisy considérait que sa promesse de tenir sa langue ne s'appliquait qu'aux autres domestiques et s'empressa de raconter à Rose ce qui s'était passé.

« Fascinant, dit Rose quand elle eut fini. Savez-vous à quelle heure le capitaine Cathcart a prévu de partir demain matin ?

– Je pourrais le découvrir auprès de Becket, son majordome.

– Vous feriez ça ?

– J'essaierai. Mais s'il s'est retiré pour la nuit, je ne pourrai pas lui parler, je n'ai pas le droit d'aller dans le quartier des hommes.

– Voyez si vous le trouvez. »

Daisy descendit à l'office, où le personnel préparait des sandwichs. « Quelqu'un a vu Becket ? Le domestique du capitaine Cathcart.

– Son maître vient de le sonner », répondit Curzon.

Daisy explora les tours, examinant les noms sur les portes jusqu'à ce qu'elle trouve le bon. Elle battit en retraite et se dissimula dans une alcôve. Enfin, elle entendit la porte s'ouvrir et la voix de Becket. « Sept heures demain matin. Certainement, Monsieur. »

Daisy sortit de sa cachette. « Mr Becket, chuchota-t-elle. Il faut que je vous parle. »

Le lendemain matin, Harry attendait dans la cour que Becket avance l'automobile.

« Bonjour, capitaine Cathcart. »

Il sursauta et se retourna. Rose se tenait là, lourdement voilée, accompagnée de Daisy.

« Pourquoi êtes-vous debout si tôt, lady Rose ? interrogea-t-il.

– Pour vous accompagner dans votre visite à l'inspecteur divisionnaire. »

Harry adressa un regard noir à Daisy, qui rougit et marmonna : « Je l'ai juste dit à Madame.

– Et pourquoi voulez-vous le voir ?

– Parce que je peux apporter mon aide. » Malgré le calme qu'elle affichait, au fond d'elle-même, Rose n'avait qu'une peur : qu'il refuse. Elle était sûre qu'on l'avait invité afin qu'il étouffe l'affaire et elle était décidée à l'en empêcher.

Il la fixa pensivement. « Vous pourriez m'être utile, concéda-t-il. Mais ne m'interrompez pas quand je parlerai à l'inspecteur. »

Kerridge venait de s'attabler devant un petit déjeuner composé de *black pudding*, de rognons et d'œufs au bacon, quand le patron l'informa que des personnes arrivaient du château pour le voir.

« Envoyez-les-moi », dit-il.

Il se leva quand Harry et Rose firent leur entrée. « Puis-je vous offrir quelque chose ?

– Non, nous petit-déjeunerons plus tard », répondit Harry.

Kerridge attendit qu'ils prennent place devant lui. Il scruta le capitaine. Aucune trace du sombre idiot qu'il avait interrogé à Londres. Ce Cathcart-ci avait l'air froid et intelligent. Le policier était déterminé à poursuivre son repas. Voilà, pensa-t-il avec amertume, qui est typique des membres des classes supérieures. Ils se pointent et ils interrompent un bon petit déjeuner quand ça leur chante. Eh bien, quand la révolution viendra, ce ne sera pas la même chanson. Ces gens se rendent-ils compte que le petit déjeuner servi au château suffirait à nourrir les pauvres de ce village pendant des mois ? Non, sûrement pas.

« Vous affichez un rictus méprisant », observa Rose.

Se sentant coupable, Kerridge rougit. « Une dent gâtée, madame. Quelle est la raison de votre visite ? »

Harry lui parla de la disparition de la femme de chambre et de la brève conversation que Daisy avait eue avec elle.

« Des domestiques qui disparaissent, c'est monnaie courante », souligna Kerridge.

Harry parla des objets cachés sous le matelas.

« Le problème, commenta le policier après avoir mastiqué un rognon d'un air de défi, c'est que je ne comprends pas l'intérêt que vous portez à cette affaire. Ce n'est pas votre femme de chambre, lady Rose.

– Je pense qu'elle a été assassinée à cause de ce qu'elle savait, répondit Rose. Vous devriez faire venir les agents de votre nouveau bureau des empreintes pour qu'ils inspectent la chambre de Colette. Vous y trouverez celles du capitaine, bien sûr, tout comme celles de ma femme de chambre, mais vous pouvez les écarter d'emblée.

– Madame, je suis charmé de l'intérêt que vous portez aux méthodes modernes de la police, dit Kerridge en lui agitant sous le nez sa fourchette, au bout de laquelle était plantée une saucisse. Mais voilà ce qui va se passer. Lord Hedley, j'en suis certain, a déjà appelé plusieurs personnes dans les hautes sphères. D'ici quelques heures, on m'intimera l'ordre de clore le dossier.

– Jamais le médecin ne signera le certificat de décès ! s'écria Rose.

– Nul doute qu'avec le bon moyen de pression, le légiste de la police le fera. Les morts liées à l'utilisation cosmétique d'arsenic ne sont pas rares.

– Mais Colette ?

– Une femme de chambre ? Étrangère de surcroît ? Une Française !

– Je jouerai franc jeu avec vous, inspecteur, intervint Harry.

– Il serait temps, si vous me permettez. Vous avez très bien joué les idiots quand je vous ai rendu visite pour l'affaire des explosions de Stacey Magna.

– Oh, ça ! dit Harry avec un geste dédaigneux de la main. Oubliez cette histoire. C'est ce qui se passe ici qui est important. Hedley m'a fait venir pour étouffer cette histoire.

– Pourquoi vous ?

– On prétend que je suis diplomate.

– Alors, pourquoi ne pas avoir gardé pour vous la disparition de la femme de chambre ?

– Je ne peux pas fermer les yeux sur un meurtre, Mr Kerridge. »

L'inspecteur divisionnaire soupira. « Je ferai de mon mieux, mais je suis convaincu qu'il me reste peu de temps pour enquêter. Vous pouvez oublier le relevé d'empreintes des invités, lady Rose. Cela provoquerait un tollé, vous l'imaginez bien. J'aimerais autant conserver mon emploi.

– J'aurais pensé que réparer une injustice et amener un criminel devant les tribunaux serait plus important que votre emploi, aboya Rose.

– Oh, vraiment ? Et ensuite ? Vous et ceux de votre espèce ne vivez pas dans le monde réel. Pendant que vous vous en mettez plein la lampe, des gens meurent de faim dans ce village.

– Vous allez trop loin, le tança Harry.
– Laissez, il a raison. Nous vous aiderons, inspecteur. Je tâcherai de découvrir ce que je peux auprès des autres femmes et vous, capitaine, vous vous occuperez de ces messieurs. Daisy et Becket peuvent s'intéresser aux domestiques.
– Nous ferons ce que nous pourrons, dit Harry avec une note d'irritation dans la voix, car il trouvait que Rose était loin de se comporter comme le devait une femme. Je vous conseillerais de garder vos opinions radicales pour vous à l'avenir, inspecteur, en particulier devant les dames.
– Sottises », lâcha Rose avec un geste hautain.

« Ça fait un sacré bail qu'ils sont là-haut, dit Daisy à Becket dans la salle de bar déserte.
– Ça vous plaît d'être femme de chambre ? demanda Becket.
– Ça va. Mais il y a tellement de choses à apprendre. Je dois laver les bas en soie de Madame et j'ai peur de les gâcher.
– Lavez-les au savon et passez-les à l'eau frémissante. Pour les bleus, ajoutez une boule de bleu dans une casserole d'eau froide, faites tremper une ou deux minutes, puis mettez à sécher. S'ils sont roses, c'est le même processus, mais avec une ou deux gouttes de teinture rose. Pour les bas couleur chair, ajoutez un peu de rose pâle dans du savon liquide, frottez avec de la flanelle propre et essorez.
– Ben v'là aut' chose ! » s'écria Daisy, son accent

cockney éclatant au grand jour. « Je pensais pas que je devais les teindre. Et comment vous savez tout ça ?

– C'est mon premier emploi de majordome, alors je me suis beaucoup documenté sur le sujet. Je lis aussi les conseils destinés aux femmes de chambre.

– Et pour les corsets ?

– Il faut les débarrasser des baleines, les étaler sur une surface plane et frotter à l'aide d'une petite brosse et de savon de Castille blanc. Vous rincez à l'eau froide et vous laissez sécher. Ne les repassez pas.

– Vous êtes une mine d'informations. Pensez-vous que Colette ait été tuée ?

– Si elle savait quelque chose, on peut l'avoir payée pour qu'elle s'en aille », dit Becket.

De retour au château, Harry aida Rose à descendre de voiture et lui demanda avec curiosité : « Pensez-vous que vous aimerez le travail de détective ?

– Peut-être. »

Il baissa les yeux vers elle et lui sourit, un sourire qui illuminait sa mine habituellement sévère. « Pourquoi tenez-vous tant à m'aider ?

– Je voudrais pouvoir vous donner une raison louable, mais la vérité, c'est que je m'ennuie. »

Le visage du capitaine se ferma et ses yeux s'éteignirent de nouveau.

Daisy suivit Rose dans l'escalier jusqu'à leurs chambres. « Madame, ça ne me regarde peut-être pas, mais vous devez apprendre à faire les yeux doux.

– Pourquoi ?

– Parce qu'un jour, un beau jeune homme viendra et quelqu'un d'autre le prendra dans ses filets. »

Rose afficha un air amusé. « Pourquoi le fait que je ne cherche pas à faire du charme vous intéresse-t-il tout à coup ?

– Quand le capitaine vous a demandé pourquoi vous l'aidiez, il avait un grand sourire, Madame, et vous avez dit que c'était parce que vous vous ennuyiez.

– Qu'aurais-je dû répondre ?

– Vous auriez pu le susurrer d'une voix un peu comique et en battant des cils comme ça, et conclure avec un petit sourire.

– Le capitaine Cathcart ne m'intéresse pas du tout dans ce sens-là.

– Vous pourriez vous entraîner sur lui. »

Rose s'assit devant le miroir de la coiffeuse et fixa son reflet d'un air morose tandis que Daisy lui retirait son chapeau.

« Vous savez, c'est cette pression du mariage qui m'ennuie. À Londres, il y a des femmes qui gagnent leur vie.

– Pas des ladies.

– Non, des femmes respectables, issues de la classe moyenne, qui travaillent dans des bureaux. Il n'y a rien de mieux que la classe moyenne. Ils ont de solides valeurs morales, affirma Rose comme si elle commentait le mode de vie d'une obscure tribu amazonienne.

– Si vous le dites, Madame.

– Je vais descendre prendre mon petit déjeuner et voir ce que je peux découvrir. Je commencerai par ma nouvelle amie, Miss Bryce-Cuddlestone.

– Méfiez-vous d'elle, Madame. Elle peut très bien avoir tué Miss Gore-Desmond.

– Balivernes.

– Le poison, c'est une arme de femme. »

7

« Il serait impossible d'étudier correctement la poésie avec l'accent des classes supérieures ; leurs voyelles sont d'une pauvreté affligeante : *aw waw taw gaw*, semblent-elles dire. Pour l'essentiel, ce *yaw haw* nous vient du ton traînant qu'adoptaient les "gandins" à la mode du milieu de l'époque victorienne, qui suggéraient ainsi à qui les écoutait qu'ils leur accordaient une faveur du simple fait de leur adresser la parole. »

J. B. Priestley, *Les Édouardiens*

Dans la salle du petit déjeuner, Rose se servit des rognons et du bacon et prit place à côté de Margaret.

« Avez-vous des nouvelles de Colette ? s'enquit-elle.

– Aucune.

– Vous devriez en parler à l'inspecteur divisionnaire.

– Ça ne l'intéresserait pas. »

Rose hésita avant d'ajouter : « Je l'ai prévenu. »

Margaret lui lança un regard étonné. « Quand ?

– Ce matin.

– Et pourquoi ?

– Cette fille a disparu. Sous son matelas, on a trouvé une médaille en argent, un morceau de dentelle et un étui à cigarettes.

– C'est moi qui les lui ai donnés.

– Pourquoi les aurait-elle laissés ? Quelqu'un a pu emballer ses affaires pour faire croire qu'elle était partie. Sans compter qu'elle a dit à ma bonne qu'elle savait quelque chose, sous-entendant que l'une des invitées avait une liaison. »

Le visage de Margaret se figea d'indignation. « Je trouve du plus mauvais goût votre façon de fourrer votre nez dans ce qui ne vous regarde pas. Maintenant, si vous voulez bien m'excuser. »

Rose la regarda s'éloigner, consternée. Quelle erreur avait-elle commise ? Il était tout à fait naturel de vouloir découvrir ce qui était arrivé à cette fille. Une fois de plus, elle se sentit très seule.

Elle aperçut Harry, qui venait d'entrer dans la pièce. Elle attendit qu'il se soit servi un petit déjeuner frugal, composé de quelques toasts et de café, et le héla.

« Vous avez l'air bouleversée », dit-il.

Rose lui fit part de sa conversation avec Margaret.

« N'y accordez pas trop d'attention. Les invités

n'ont qu'une hâte : oublier la mort de Miss Gore-Desmond. Alors ils ne s'encombreront pas l'esprit avec la disparition d'une bonne. Peut-être Miss Margaret Bryce-Cuddlestone a-t-elle elle-même perdu les faveurs d'un des hommes qui se trouvent ici.

– Sûrement pas. Seules les femmes mariées... » Rose s'empourpra. Elle se reprit et poursuivit : « Je partage Daisy avec elle. Elle pourrait découvrir quelque chose.

– Ça vaut le coup de lui demander d'ouvrir l'œil. Une liaison expliquerait la réaction de Miss Bryce-Cuddlestone à la disparition de sa femme de chambre.

– Bonjour, lady Rose... Cathcart », lança Harry Trenton en s'installant en face d'eux, avec une assiette sur laquelle s'empilaient les mets. « Il fait drôlement beau. Ça pince un peu peut-être.

– Je ne suis pas réveillé depuis assez longtemps pour l'avoir remarqué », dit le capitaine d'une voix traînante.

Les autres invités commençaient à affluer. Rose observa un changement dans l'attitude de Harry. Il s'était mué en une source intarissable de banalités. Peut-être serait-ce comme cela qu'il recueillerait des informations, se dit-elle. Les gens baisseraient la garde s'ils pensaient qu'ils n'avaient rien à craindre.

Daisy aida Margaret à se changer pour le déjeuner. Elle se sentait plus sûre d'elle, car Becket lui avait promis de l'aider à nettoyer les pièces délicates qui ne pouvaient être confiées aux blanchisseuses.

« Vous travaillez pour lady Rose depuis longtemps ? interrogea Margaret.

– Non, pas très », répondit Daisy.

Rose l'avait préparée à faire parler Margaret, mais pas à ce que Margaret la fasse parler.

« Et avant cela ?

– Je suis la fille d'un des métayers de Stacey Court, mentit la femme de chambre. J'ai de l'instruction et lady Hadshire a gentiment voulu me mettre le pied à l'étrier. »

Elle fut soulagée de voir que sa réponse semblait satisfaire Margaret. « Avez-vous un faible pour un des messieurs présents ici, Madame ? tenta Daisy.

– Restez à votre place, ma fille, et ne posez pas de questions impertinentes. La dentelle de ma robe de satin gris perle est tachée. Nettoyez-la pour ce soir.

– Oui, Madame.

– Donnez-moi mes gants. Vous pouvez rejoindre votre maîtresse à présent. »

Daisy lui ouvrit la porte, ramassa la robe et l'emporta à l'office. Rose n'avait pas l'intention de se changer, le rituel qui consistait à changer de tenue au moins six fois par jour lui semblait épuisant et futile.

Daisy se mit à la recherche de Becket et le trouva le nez dans ses livres. Il lui conseilla de découdre la dentelle de la robe, de la frotter au savon de Castille à l'aide d'une brosse souple, puis de la rincer à l'eau claire additionnée d'alun. Ensuite, il lui suffirait de la repasser avec un fer tiède et de la recoudre.

Tout en travaillant, Daisy lui expliqua qu'elle avait pour mission d'en apprendre le plus possible sur Margaret.

« Si vous voulez savoir qui couche avec qui, dit Becket, il faut surveiller les couloirs la nuit.

– Et si je me fais attraper ?

– Il vous suffira de prétendre que votre maîtresse n'arrive pas à dormir, qu'elle veut un autre lait chaud et que vous vous êtes perdue. Cet endroit est un vrai labyrinthe. Tout le monde vous croira.

– Le meurtrier, sûrement pas », souligna Daisy avec un frisson.

L'après-midi, alors que le thé avait été servi et que les femmes papillonnaient autour des hommes tout juste rentrés de la chasse, le marquis fit son entrée.

« Bonne nouvelle, annonça-t-il. La mort de Miss Gore-Desmond est un suicide, c'est confirmé. L'audience du coroner aura lieu demain. Aucun d'entre vous n'a besoin d'y assister. Nous pouvons tourner la page. »

Harry le suivit tandis qu'il sortait de la pièce. « Mes services ne sont donc plus requis ?

– Je suis heureux de vous dire qu'effectivement, ils ne le sont plus. Mais restez. Comme invité.

– Merci. Je vais peut-être m'attarder quelques jours. »

Il sonna Becket et lui demanda d'avancer l'auto. Puis, prenant lui-même le volant, il se rendit au Telby Arms.

Il trouva Kerridge dans sa chambre.

« On vous a retiré l'enquête ? demanda le capitaine.

– Le marquis doit avoir le bras long. Mais je m'y attendais. J'ai un ami au laboratoire du médecin légiste. Miss Gore-Desmond a pris une dose massive d'arsenic. Impossible que ce soit une erreur de dosage. Il s'agit donc bien d'un meurtre que l'on étouffe. Vous devez être content.

– Au contraire. Je vais séjourner encore quelques jours au château. Si je découvre quoi que ce soit, je vous tiens au courant.

– Le coroner rendra un verdict de mort accidentelle. Je serai contraint de dire que je n'ai trouvé aucune preuve d'acte criminel. Ensuite, je quitterai cet endroit et me remettrai à coffrer les gens du peuple qui ne peuvent pas faire jouer leurs relations.

– Cela vous rend amer, je me trompe ?

– Vous n'avez pas idée. Mais si vous parveniez à épingler l'un d'entre eux pour ce meurtre, je vous en serais très reconnaissant. Voici ma carte.

– Un conseil : ne livrez pas vos idées radicales au premier venu. Vous avez de la chance que lady Rose soit une femme intelligente. Que se passerait-il si vos opinions parvenaient aux oreilles de vos supérieurs ?

– Je serai prudent. À vrai dire, je ne sais pas ce qui m'a pris. Peut-être est-ce lié à la pauvreté de ce village. L'auberge est correcte, mais vous avez vu les cottages ? À peine plus que des taudis.

– Le marquis est un mauvais propriétaire, soupira Harry. Peut-être que nous pourrions y faire quelque chose. »

Rose n'ayant pas besoin de son aide pour se mettre au lit, Daisy prépara Margaret pour la nuit. Elle lui brossa les cheveux et alla chercher des rondelles d'ouate et du savon pour la démaquiller, se faisant la réflexion qu'il était étrange qu'une débutante porte autant de maquillage, même s'il était appliqué avec maestria.

« Ce sera tout, dit Margaret. Vous pouvez disposer. Je n'aurai plus besoin de vous dorénavant. Lady Trumpington m'a aimablement offert les services de sa femme de chambre qui a plus d'expérience que vous. »

Daisy gagna le couloir et chercha un endroit où se cacher. Dans l'embrasure de l'une des meurtrières, elle trouva un coffre rempli de linge de maison et parvint à se glisser derrière.

Elle entendit l'horloge des écuries sonner minuit, puis le dernier invité se retirer dans sa chambre. À une heure, ses yeux commencèrent à se fermer.

Elle lutta contre le sommeil jusqu'à ce que l'horloge sonne deux heures. Elle était sur le point d'abandonner quand elle entendit des pas furtifs au bout du couloir.

Depuis sa cachette, elle vit en levant les yeux une grande ombre précéder une silhouette qui tenait une bougie. Puis vint un coup discret à la porte de Margaret.

Daisy leva lentement la tête au-dessus du coffre, juste à temps pour voir le marquis de Hedley disparaître dans la chambre de la jeune femme. Pleine de crampes, elle sortit sans bruit de derrière le coffre.

Elle se faufila près de la porte et tendit l'oreille. Elle perçut des murmures puis le rire de Margaret, mais ne distingua aucune parole.

Craignant d'être prise sur le fait, elle décida de battre en retraite.

Excitée comme une puce, Daisy ne put se résoudre à attendre le lendemain matin pour annoncer sa découverte à Rose. Elle secoua sa maîtresse endormie en chuchotant : « Vous n'allez pas le croire. »

Rose peina à se redresser contre les oreillers. « Quoi ? Que se passe-t-il ? Un autre meurtre ? »

Daisy se jucha sur le lit, les yeux brillants. « Lord Hedley est entré dans la chambre de Miss Bryce-Cuddlestone à deux heures du matin !

– Peut-être était-elle souffrante ?

– Souffrante, mon œil !

– Daisy ! Vous devez vous souvenir de vous comporter comme une femme de chambre convenable ! »

Mais Daisy était fatiguée. « Franchement, Madame, on n'oblige pas une femme de chambre convenable à passer la nuit à écouter aux portes. Et une détective convenable cherche ses indices elle-même. »

Un éclair de colère traversa les yeux de Rose. Avec un soupir, elle se laissa retomber sur ses oreillers. Elle se sentait coupable. Elle ne faisait que jouer au détective et déléguait les tâches difficiles à quelqu'un d'autre.

Et pourquoi devait-elle s'attendre à ce que Daisy soit une femme de chambre conventionnelle, alors que c'était justement parce qu'elle était loin de l'être qu'elle l'appréciait ?

« Vous avez raison. Je suis sous le choc. Comment Margaret peut-elle espérer trouver un mari si elle est…

– Une marchandise avariée ?

– Exactement.

– Je crois que certaines jeunes femmes disent que ça s'est rompu pendant qu'elles montaient à cheval.

– Quoi donc ?

– Vous savez. Ce qui fait que vous êtes vierge. Ça s'appelle l'*hymnaire.* »

Rose s'agita dans son lit, gênée. « N'en parlons

plus. Si Margaret a fauté, alors on peut imaginer que Mary Gore-Desmond a fait de même.

– Il y a autre chose, dit Daisy avec enthousiasme. Ce que j'avions entendu dans la salle des domestiques. »

Rose faillit corriger la grammaire de Daisy, mais choisit de s'abstenir. L'idée de s'enfuir à Londres et de travailler pour gagner sa vie grandissait dans son esprit. Comme elle, Daisy était devenue une excellente dactylographe. Elles pourraient partir ensemble. Et si cela arrivait, elles vivraient sur un pied d'égalité. D'un autre côté, Daisy devait s'exprimer correctement si elle voulait trouver un bon travail.

« Vous voulez entendre ce que j'ai à vous dire, oui ou non ?

– Allez-y.

– Le père de lord Hedley a dilapidé l'argent de la famille en construisant cet affreux château. C'est lady Hedley qui est riche. Ses avocats se sont arrangés dans le contrat de mariage pour que le mari ne puisse pas mettre la main sur sa fortune avant sa mort. Et si lord Hedley avait batifolé avec Miss Gore-Desmond et qu'elle avait menacé d'en parler à lady Hedley ? C'est une bonne raison pour zigouiller quelqu'un.

– Une bonne raison pour lord Hedley d'assassiner sa femme. Bien sûr, si c'était lady Hedley qui avait été retrouvée morte, il aurait été soupçonné d'office. Nous devrions communiquer vos découvertes au capitaine Cathcart.

– Je croyais que vous ne l'aimiez pas.

– Que je l'apprécie ou non n'est pas la question. Il a l'expérience qui nous manque. Bonne nuit, Daisy. Vous avez fait du bon travail.

– Je suis désolée d'avoir oublié de rester à ma place, Madame.

– Vous pouvez vous comporter en égale quand vous êtes avec moi, mais pas en public. J'ai des projets pour nous.

– Quels projets ?

– Je vous le dirai quand j'aurai trouvé le moyen de les réaliser. »

Le matin suivant, Becket apporta un billet à Harry : « Prière de nous retrouver dans la bibliothèque à neuf heures. Nous avons des informations pour vous. Rose Summer. »

« "Nous" ? fit Harry. Je me demande qui est l'autre personne.

– Je pense qu'elle se révélera être la femme de chambre de Madame.

– Mais on ne dit pas "nous" quand on parle d'un domestique. Une bonne est une ombre, un accessoire à la mode.

– Je pense que lady Rose et Daisy sont plus près d'être des amies.

– Quelle drôle de fille ! Vous feriez mieux de venir avec moi. »

Lorsqu'ils entrèrent dans la bibliothèque, les deux jeunes femmes les attendaient.

« J'ai suggéré que nous nous retrouvions ici, commença Rose, parce que je doute que quiconque fréquente cette pièce.

– Asseyons-nous et racontez-moi ce que vous avez appris », dit Harry.

Il prit place dans un fauteuil et Rose dans un autre. Daisy se tenait debout derrière Rose et Becket, derrière Harry.

« Je crois que nous devrions tous nous asseoir. Ensemble, dit Rose. C'est Daisy qui a enquêté. »

Ils s'installèrent autour de la table de la bibliothèque.

Daisy raconta ce qu'elle avait vu, tandis que Harry écoutait avec attention.

« Bien joué ! » s'exclama-t-il quand elle eut fini, et Rose ressentit une pointe de jalousie. Non qu'elle éprouvât des sentiments pour Harry, bien sûr. Simplement, c'était elle qui aurait dû trouver les informations sur Margaret et sur la situation financière du marquis. « La disparition de Colette n'a peut-être rien à voir avec la mort de Miss Gore-Desmond, poursuivit le capitaine. Miss Bryce-Cuddlestone peut avoir décidé qu'elle en savait trop et l'avoir renvoyée. Cela étant, c'est elle qui s'est inquiétée de son absence… De toute façon, j'ai fait d'autres découvertes.

» J'ai discuté avec Maisie Chatterton. Elle débite banalité sur banalité avec un zézaiement ridicule, mais elle m'a appris plusieurs choses intéressantes. Un soir, au salon, Mary Gore-Desmond a dit quelque chose à sir Gerald Burke qui l'a fusillée du regard avant de lui lancer une méchanceté. Freddy Pomfret a flirté avec Mary mais, d'après Maisie, c'est parce qu'elle avait une grosse dot. Neddie Fremantle beuglait de rire à chaque mot que Mary prononçait. Après coup, Maisie lui a demandé ce qu'il avait trouvé si hilarant et il lui a expliqué que Mary singeait avec brio les accents et les manières des convives. Ah, j'oublie le plus important : la femme de chambre de Miss Gore-Desmond est-elle encore au château ?

– Non, Monsieur, répondit Daisy.

– J'espère que la police l'a retenue pour l'interroger.

– Elle est partie le lendemain de la découverte du corps de Miss Gore-Desmond. Elle a dit qu'elle se rendait chez les parents de sa maîtresse.

– Comment s'appelle-t-elle ?

– Quinn, Monsieur.

– Becket, nous ferions bien d'assister à l'audience du coroner. Les Gore-Desmond seront présents et, avec un peu de chance, la femme de chambre aussi. Que Colette ait disparu et pas Quinn est des plus étranges. Elle connaissait forcément les secrets de sa maîtresse. Quel amateur je fais ! J'aurais dû penser à la femme de chambre dès le début.

– Peut-être est-ce lié au fait que vous êtes plus

habitué à étouffer les scandales qu'à les dévoiler, persifla Rose.

– C'est assez méchant, ce que vous venez de dire.

– Simple constatation.

– Eh bien, en voilà une, de constatation : vous êtes la femme la moins féminine que j'aie jamais rencontrée. »

Becket s'éclaircit la voix : « Je vais avancer la voiture, Monsieur. Ces dames voudront nous accompagner. »

Il se dépêcha de quitter la pièce avant que Harry ne puisse protester.

« Où l'audience doit-elle se tenir ? demanda Rose.

– Au tribunal de Creinton, un bourg situé non loin d'ici.

– Très bien. Retrouvons-nous dans la cour dans une demi-heure.

– Je vous donne un quart d'heure », asséna Harry.

Malgré le cri de douleur de Mrs Gore-Desmond affirmant que sa fille n'avait jamais touché à l'arsenic, un verdict de mort accidentelle fut rendu.

Devant la salle d'audience, le marquis tentait de cacher son humeur particulièrement joyeuse. Daisy donna un petit coup de coude à Rose et chuchota : « C'est Quinn, la femme de chambre, là-bas. »

D'un pas pressé, Rose s'approcha d'une grande femme à l'air sévère, tout l'opposé de Daisy.

« Je vous présente mes condoléances. »

Quinn fit une révérence accompagnée d'un petit signe de tête. « Je suis surprise que vous soyez partie avant que la police ne vous interroge, poursuivit Rose.

– La police locale s'est déplacée pour prendre ma déposition. Je leur ai expliqué que Miss Gore-Desmond n'avait jamais utilisé d'arsenic. Si je suis partie, c'est pour être aux côtés des parents de Mademoiselle. La femme de chambre de Mrs Gore-Desmond a récemment donné son congé et Madame faisait passer une annonce pour en trouver une autre. Je savais que je pouvais obtenir la place en agissant vite.

– Miss Gore-Desmond entretenait-elle une liaison avec l'un des invités du château ? »

Quinn fixait Rose à l'ombre d'un énorme chapeau noir. « Je pense qu'elle les trouvait plutôt idiots, à vrai dire. Mais c'était une femme du monde, pas le genre à bavarder avec les domestiques. » Son regard se durcit encore, sous-entendant que ce n'était pas le cas de Rose. « Maintenant, si vous voulez bien m'excuser, Madame. »

Harry s'approcha du marquis. « Je vais devoir m'en aller, à présent.

– Allons, restez et profitez de notre petite partie de campagne, répondit celui-ci en lui tapant dans le dos.

– Vous êtes trop aimable.

– Lady Rose vous cherche, espèce de veinard. »

Il arbora un large sourire et se dirigea d'un pas nonchalant vers son attelage.

Rose rapporta à Harry les propos de Quinn. « Au moins, nous savons qu'elle se porte comme un charme, observa-t-il. Il n'est pas étonnant que Kerridge soit hors de lui. Quelle honte ! Elle n'a même pas été convoquée pour témoigner.

– Votre mission est terminée. Vous n'avez pas besoin d'aider à cacher quoi que ce soit, fit Rose. Tous les faits ont été enterrés aussi profondément que cette pauvre Miss Gore-Desmond le sera bientôt.

– On m'a invité à rester et je suis déterminé à découvrir le fin mot de l'histoire.

– Je vous aiderai, s'empressa de dire Rose. Nous sommes les seuls à être venus ici, à part lord Hedley. Je peux lancer le sujet au déjeuner, histoire de voir comment la conversation tournera.

– Si qui que ce soit abordait le sujet, ce serait certainement pour trouver des raisons de ne pas s'enquiquiner à porter le deuil.

– Si seulement le corps pouvait être exhumé.

– La beauté de l'arsenic, expliqua Harry, c'est qu'il disparaît de l'organisme très rapidement.

– Il reste dans les ongles et les cheveux », souligna Rose.

Harry était toujours irrité quand elle en savait plus que lui.

« Le noir vous va très bien, dit-il en souriant.

– Je vous demande pardon ! Oh, bien sûr, vous

vous sentez obligé de flirter, comme les autres invités. Avec moi, pas besoin de perdre votre temps dans ce genre de frivolités.

– Vous êtes délibérément exaspérante ou simplement maladroite ? »

Rose prit la mouche. « Restez concentré sur l'essentiel, voulez-vous ? Miss Gore-Desmond a peut-être été assassinée.

– Vous feriez une excellente gouvernante, Mademoiselle J'ordonne. Allons, il est temps de rentrer au château. »

Le déjeuner se passa gaiement, sauf pour Rose et Harry. Tout le monde semblait se réjouir que la mort accidentelle ait été confirmée. Qu'ont-ils dans la tête ? se demanda Rose. Voyez Margaret, élégante et sereine. Comment est-ce possible ? Peut-être est-il temps de donner un coup de pied dans la fourmilière. Elle se tourna vers sir Gerald Burke, assis à sa droite. « À l'audience du coroner, j'ai rencontré la femme de chambre de Miss Gore-Desmond, Quinn. Elle m'a dit que sa maîtresse n'avait jamais utilisé d'arsenic pour s'éclaircir la peau.

– Ce n'est plus très à la mode de nos jours, répondit sir Gerald. Elle gardait sans doute ça secret.

– Je ne pensais pas qu'on pouvait cacher quoi que ce soit à sa femme de chambre.

– Oh, c'est possible, pour peu qu'on les forme

correctement. Vous me pardonnerez de le dire, mais j'ai remarqué que vous étiez un tantinet trop familière avec la vôtre.

– Je ne crois pas que les domestiques doivent être traités comme les rouages d'une machine. Ils ont un cœur, une âme et des sentiments, comme nous.

– Balivernes ! Ils n'ont pas la sensibilité raffinée de leurs supérieurs. Ils sont faits d'un matériau plus grossier.

– C'est vous qui n'êtes pas à une baliverne près ! »

Sir Gerald la fixa un instant, puis lui tourna le dos pour s'adresser à Deborah Peterson.

Rose décida de tenter sa chance avec Clive Fraser, à sa gauche. « J'ai assisté à l'audience du coroner ce matin, commença-t-elle.

– Quelle épreuve cela a dû être, dit-il, son séduisant visage plissé par la compassion. Pas un endroit pour une dame. Cela étant, le verdict est bon.

– J'ai rencontré Quinn, la femme de chambre de Miss Gore-Desmond. Elle affirme que sa maîtresse n'a jamais utilisé d'arsenic.

– Eh bien ! Les domestiques ne sont plus aussi loyaux qu'avant !

– Je crois que c'est la vérité. »

À son tour, il la fixa d'un regard scrutateur, comme s'il cherchait à résoudre un problème complexe. Puis il secoua la tête et enchaîna : « Le temps s'est rafraîchi. Sacré château, non ? Comme ceux qu'on trouve dans *Young England.* Je ne lis jamais, sauf les feuilletons que publie ce magazine. Des histoires de chevaliers et de belles dames. Vous devez me trouver sentimental, mais j'ai le cœur tendre.

– Un cœur aussi tendre que le vôtre n'aura pas manqué de remarquer la situation précaire des villageois de Telby. »

Il la dévisagea, les yeux ronds. « Quel est le problème ? Ils ont un coquet petit pub.

– Je crois que le pub, comme le village, est la propriété de lord Hedley. Visiblement, il l'entretient, contrairement aux logements des villageois.

– Minute papillon… » Fraser se frappa le front. « Vous faites partie de cette bande d'hystériques qui réclament le droit de vote ! C'est pour ça que vous avez toutes ces idées bizarres. Dommage. Vous êtes si jolie. »

Sur quoi, il se tourna vers lady Trumpington. Selon l'ordre de préséance, Rose aurait dû être placée au bout de la table, à côté du marquis, mais Hedley semblait prendre un malin plaisir à ignorer les règles du protocole.

Du coin de l'œil, Harry observait Rose subir les rebuffades de ses voisins. Il perdait patience. Si seulement elle essayait de leur faire un peu de charme, de déployer d'un peu de féminité, elle obtiendrait plus d'informations.

L'après-midi, après le départ des hommes pour la chasse, il proposa à Rose d'aller se promener.

Ils s'engagèrent sur le pont-levis sous un ciel gris acier. Daisy et Becket les suivaient à quelques pas.

– Je n'ai pu m'empêcher de remarquer votre comportement au déjeuner, commença Harry.

– Et en quoi est-ce un problème, si vous me permettez de le demander ? J'essayais simplement d'obtenir des informations.

– Vous ne tirerez rien d'eux si vous parlez de meurtre et que vous jouez les Grands Inquisiteurs. S'il revient aux oreilles de Hedley que vous avez des soupçons, il vous renverra chez vous séance tenante.

– Ce serait peut-être une bonne idée, soupira Rose. Je suis fatiguée de ce château de pacotille et de ses invités. De vous aussi, d'ailleurs.

– Écoutez-moi bien : vous voulez que je vous traite en égale ? Eh bien, allez vous faire cuire un œuf, espèce de… grossière créature.

– Comment osez-vous me parler de cette façon ! » Rose s'arrêta net, poings serrés, et le fusilla du regard.

« Vous le méritez. Je parie qu'à l'heure du thé, j'arrive à obtenir plus d'informations que vous.

– Et comment comptez-vous vous y prendre ?

– Grâce à mon charme.

– De quel charme parlez-vous ? Parce que je ne l'ai jamais remarqué. » Rose tourna les talons. « Venez Daisy. Il fait trop froid. Rentrons.

– Vous êtes contrariée ? s'enquit Daisy en trottinant derrière sa maîtresse.

– L'insupportable mufle !

– Le capitaine ? Qu'est-ce qu'il a dit ?

– Il a critiqué ma façon d'agir au déjeuner. Selon lui, je n'obtiendrai jamais d'informations si je continue à parler de meurtre. Il m'a traitée de Grand Inquisiteur ! Il a même parié qu'il pourrait en apprendre plus que moi à l'heure du thé.

– Eh bien, en voilà un défi ! Et je sais exactement comment vous pouvez le relever.

– Quoi ?

– Avec votre jolie robe d'après-midi en mousseline de soie et en dentelle, la rose. Et puis un style de coiffure plus doux, quelques accroche-cœurs qui s'échapperaient sur la nuque. Vos perles, bien sûr.

– Je ne comprends pas, Daisy.

– Il faut que vous ayez l'air vulnérable. Rien de plus simple : vous bredouillez que vous avez peur, ils vous demandent pourquoi, vous penchez la tête et vous murmurez que la mort de Miss Gore-Desmond vous a terrorisée. Vous prétendez qu'on vous a toujours considérée comme un peu spirite, que vous êtes une disciple de Mrs Blavatsky, que vous réveillez les morts et toutes ces fadaises. Laissez entendre que son esprit vous a parlé.

– Ils me prendront pour une parfaite idiote.

– Pas du tout. Commencez par les dames, et vous serez étonnée. J'avais une amie à Whitechapel qui se disait médium et elle faisait payer un sacré pactole pour entrer en contact avec les morts. Elle travaillait d'arrache-pied à éplucher les avis de décès.

Les riches faisaient tout le chemin depuis le West End pour la consulter. “Encore quelques-uns”, qu’elle me disait, “et je décanille en Amérique.”

– Et elle est partie ?

– Non. La police a fait une descente chez elle et a découvert tous ses trucs, les câbles secrets, les carrés de gaze sur des fils pour figurer des fantômes, et ils ont coffré son bon ami aussi. Il faisait toutes les voix d’homme. Il était doué, il était ventriloque dans un cabaret. »

Rose se mit à l’ouvrage l’après-midi même, avec les Américaines, Harriet et Deborah, que les autres invités, jaloux de leur fortune, avaient l’habitude de fuir.

Les deux jeunes femmes s’étaient servi une assiette de cake et s’étaient installées à une table drapée de dentelle près de la fenêtre, un vitrail qui représentait un chevalier tuant un dragon et qui laissait passer tellement peu de lumière que les lampes à gaz étaient allumées à pleine puissance.

« Puis-je me joindre à vous ? demanda Rose.

– Certainement, répondit Harriet. Si je puis me permettre, lady Rose, vous êtes un peu pâle. »

Daisy lui avait généreusement poudré le visage. Rose avait toutefois refusé la céruse, malgré l’argument imparable de sa bonne : l’actrice Lillie Langtry en utilisait. Elle n’avait aucune envie de mourir d’un empoisonnement au plomb.

« Je sais que c'est idiot, murmura Rose en baissant la tête. Mais j'ai peur.

– Oh, la mort de cette pauvre fille, fit Harriet. Eh bien, elle est seule responsable de ce qui lui est arrivé.

– Puis-je vous confier quelque chose ? Tout à fait entre nous. »

Les sœurs se penchèrent vers elle. « Allez-y.

– Avez-vous lu les enseignements de Mrs Blavatsky ?

– La spirite ? Nous avons essayé, mais maman nous a surprises avec son livre et l'a jeté par la fenêtre en disant que cette femme était un dangereux charlatan. »

Maudits Américains, avec leur fichu bon sens, pensa Rose.

« Vous allez me prendre pour une sotte, mais voyez-vous, on m'a toujours considérée comme un peu spirite et la nuit, je sens la présence de Miss Gore-Desmond. »

Harriet échangea un regard avec sa sœur. « Ne le répétez à personne, lady Rose, mais nous avons une planche ouija. Aimeriez-vous essayer ? Après tout, ce n'est pas comme si la disparition de Miss Gore-Desmond nous avait bouleversées.

– Elle ne vous manque pas ?

– Elle était détestable, dit Harriet. Mauvaise comme la gale. Vous savez ce qu'elle a eu le culot de nous dire ? "Contrairement à moi, vous ne saurez jamais si on ne vous a pas épousées pour votre argent." Quand j'ai répondu que je me marierais par amour, elle a rétorqué en ricanant : "Bien sûr ma chère, c'est l'évidence même." Alors je me suis rebiffée, pas vrai, Deborah ? Je lui ai dit tout de go : "Personne n'accordera un regard à une rosse comme vous avec un ver dans le cœur."

– Elle vous en a voulu ? demanda Rose.

– Pas le moins du monde. Elle a affiché un sourire suffisant et a lâché : "Je suis déjà prise."

– Peut-être quelqu'un dans le Derbyshire. Je crois qu'elle venait de là-bas.

– C'est ce que nous avons pensé, s'empressa de répondre Deborah. Mais elle a prétendu que c'était un des gentlemen présents au château. Alors, quand commençons-nous notre séance ?

– Laissez-moi une heure et je vous retrouve dans la bibliothèque. »

Arrivée dans sa chambre, Rose sonna Daisy et lui parla de la planche ouija. « Vous avez de la chance, répondit Daisy. Mon amie la médium en avait une.

– À quoi ça ressemble ?

– Eh bien, la planche fait à peu près quarante-cinq centimètres sur cinquante. Les lettres de l'alphabet sont écrites au milieu et les nombres de un à neuf – oh, et un zéro – sont sur une ligne en dessous. En haut à gauche, il y a un OUI et en haut à droite, un NON. En bas à gauche, ça dit BONJOUR et en bas à droite AU REVOIR.

– Une planche très polie ! plaisanta Rose.

– Mon amie disait que les esprits apprécient un peu de courtoisie. Une petite tablette sur pieds en forme de cœur est placée sur la planche. Quelqu'un s'assied à côté de vous et vous attrapez chacun la goutte – c'est comme ça qu'ils appellent la tablette – avec le pouce et l'index. Ensuite, on demande : "Esprit, es-tu là ?" La goutte se déplace sur OUI ou NON. Vous posez des questions, et la goutte répond en pointant les lettres.

– Et s'il ne se passe rien ?

– Vous faites en sorte qu'il se passe quelque chose. Il suffit de pousser doucement la goutte dans la bonne direction. »

Daisy était affalée dans un fauteuil, tandis que Rose était assise à la coiffeuse. Elle jeta un œil à sa bonne dans le miroir et sentit une réprimande sévère trembler sur ses lèvres.

Comme si elle avait senti l'atmosphère changer, Daisy se leva d'un bond. « Je descends à la distillerie, Madame. La femme de chambre de Mrs Trumpington a préparé de l'eau de rose et elle a promis de m'en donner un flacon pour vous.

– Soyez de retour à temps pour m'accompagner à la bibliothèque. »

Daisy se fendit d'une révérence. « Bien, Madame. »

Les Américaines étaient au comble de l'excitation. « Je n'aurais jamais pensé m'amuser autant dans ce patelin collet monté, dit Deborah. J'ai écrit à une amie en Amérique que nous séjournions dans un faux château et elle m'a demandé si nous n'étions pas assez bien pour un vrai château. Quelle humiliation !

– Deborah et vous, commencez », proposa Harriet.

Daisy toussa discrètement. « Puis-je suggérer, Mesdames, que nous baissions les lampes à gaz et allumions une bougie ? Les esprits peuvent se montrer très timides.

– Oh, oui, faites, faites, dit Deborah. J'ai tellement hâte.

– Vous n'avez pas peur ? s'enquit Rose.

– Nous y avons déjà joué et il ne s'est jamais passé quoi que ce soit d'effrayant, répondit Harriet. La dernière fois, j'ai demandé à la planche le nom de l'homme que j'épouserais et elle a répondu Xazurt. Je me demande de quelle origine c'est. »

Daisy plaça une bougie allumée sur la table.

« Vous êtes censée prendre la planche sur vos genoux, expliqua Deborah, mais ce n'est pas très pratique. Asseyez-vous plutôt à côté de moi, lady Rose, et prenez la goutte entre le pouce et l'index. C'est vous la médium, c'est vous qui commencez.

– Esprit, es-tu là ? » lança Rose.

Elle fut sidérée de sentir la goutte se déplacer. « Elle s'est arrêtée sur OUI, piailla Deborah. Continuez. Posez-lui une question. »

Rose brûlait d'envie de demander si Miss Gore-Desmond avait été assassinée, mais choisit une sottise : « Miss Deborah Peterson se mariera-t-elle ? »

La goutte fit une brusque embardée et s'arrêta de nouveau sur OUI.

« À moi, s'exclama Deborah. Comment s'appelle l'homme que j'épouserai ?

– Ça bouge », dit Rose.

Lentement, des lettres furent épelées : H-A-R-R-Y.

« Il y a ce divin capitaine, sœurette, glapit Harriet.

– Il y a aussi Harry Trenton, souligna Rose.

– Oh, il est tellement rasoir. Demandez son nom de famille. »

Rose s'exécuta mais cette fois, la goutte ne bougea pas d'un millimètre.

« Ça arrive parfois, dit Deborah, déçue. Peut-être devrions-nous la ranger et essayer une autre fois.

– Attendez, s'écria Rose, en rejetant la tête en arrière et en fermant les yeux. Je sens une présence. »

La goutte glissa brusquement vers l'alphabet et s'arrêta sur le M. Puis elle continua jusqu'à épeler le mot MEURTRE.

Deborah poussa un hurlement et Harriet cria : « Allumez la lumière. »

Daisy fit le tour de la pièce comme une flèche et alluma toutes les lampes.

« Quelle frayeur, gémit Harriet en s'éventant. De quel meurtre peut-il s'agir ? La mort de Mary était accidentelle.

– Ou pas », dit Rose, qui avait mal aux doigts à

force de guider la goutte. « Après tout, la femme de chambre de Miss Bryce-Cuddlestone savait quelque chose et elle a disparu.

– Vous voulez dire que Mary aurait pu être assassinée et que Hedley aurait usé de son influence pour enterrer l'affaire ? s'étonna Deborah.

– Peut-être.

– Mais c'est affreux ! s'exclama Harriet. J'ai lu toutes les enquêtes de Sherlock Holmes. Avez-vous lu la dernière, *Le Chien des Baskerville* ?

– Non, pas encore.

– Je vous le prêterai. J'ai le sentiment que vous savez quelque chose. Vous n'êtes pas médium. J'ai vu la façon dont vous déplaciez la goutte. Je n'ai rien dit parce que je ne voulais pas gâcher le plaisir de Deborah.

– Le plaisir ! protesta Deborah. J'ai eu la peur de ma vie !

– Je pense que vous soupçonnez un meurtre et que vous essayez de découvrir si nous savons quelque chose. Allez, crachez le morceau ! »

Rose afficha un sourire réticent. « Je suis désolée. Je suis persuadée que la mort de Mary est suspecte. Selon sa femme de chambre, elle n'a jamais utilisé d'arsenic. Si Hedley avait connaissance de mes soupçons, il me renverrait chez moi. Je voudrais découvrir comment elle est réellement morte.

– Mais comment s'y prendre ?

– En posant des questions. J'avoue que je n'ai

pas été très douée jusqu'ici. J'ai été trop directe avec les hommes. Je ne sais pas leur faire du charme.

– Comme c'est triste, dit Harriet. Mais nous, on sait comment s'y prendre, pas vrai sœurette ? Vous avez devant vous les meilleurs flirts d'Amérique. Et si cette clique pense que nous allons gâcher notre dot avec eux, ils se mettent le doigt dans l'œil. Je veux un duc. Ce serait amusant.

– Il est possible qu'elle ait eu une liaison, avança Rose.

– Quoi ? Cette petite chose toute timide ? Vous voulez dire qu'un de ces hommes lui aurait réglé son compte ?

– Peut-être. Ou une femme jalouse. Vos domestiques pourraient avoir entendu des bruits de couloir. »

Les deux sœurs affichèrent immédiatement une mine condescendante. « Nous ne bavardons pas avec nos bonnes, dit Harriet. Trop vulgaire. Nous flirterons avec les gentlemen et nous verrons ce que nous pouvons en tirer. Vous ne nous avez pas encore vues à l'œuvre car aucun des invités ne vaut la peine qu'on se donne du mal. Mais vous allez voir ce que vous allez voir. »

Quand les hommes les eurent rejointes au salon, après le dîner, Rose trouva les sœurs dans une forme splendide. Elles contèrent fleurette, causèrent, flattèrent, jusqu'à se retrouver entourées d'hommes en adoration devant elles.

Lorsqu'elles eurent toute leur attention, Deborah lança : « Nous nous sommes beaucoup amusées cet après-midi. Lady Rose est médium. »

Rose sentit le regard amusé de Harry sur elle. « Elle est en relation avec le monde des esprits, continua Deborah. Alors, nous avons sorti la planche ouija. »

Rose se raidit. Elle ne voulait pas que les sœurs parlent de meurtre.

« Et que vous ont révélé les esprits ? s'enquit Freddy Pomfret.

– Que je vais me marier avec un dénommé Harry, dit Deborah.

– Il s'agit soit de Harry Cathcart, soit de Harry Trenton, remarqua Freddy.

– Ou d'un Harry que je n'ai pas encore rencontré. »

Freddy se tourna vers Rose, une lueur venimeuse dans le regard, car il la tenait pour responsable de sa récente disgrâce. « Alors comme ça, lady Rose, vous êtes en contact avec les esprits ?

– Ce n'est pas bien d'en parler », le sermonna Rose.

Harry Cathcart l'entraîna à l'écart. « À quoi jouez-vous ?

– Je vous l'ai dit, je donne un coup de pied dans la fourmilière. D'après les Américaines, Mary Gore-Desmond avait un promis.

– Je me demande de qui il peut s'agir.

– En tout cas, elles vont nous aider ; les sœurs Peterson, je veux dire.

– Si Hedley apprend ce que vous mijotez, il vous renverra chez vos parents.

– Elles ne vendront pas la mèche, j'en suis persuadée. De votre côté, qu'avez-vous découvert ?

– Quinn n'a pas été des plus honnêtes avec nous. Elle a confié à la femme de chambre de Maisie Chatterton qu'elle songeait à chercher une autre place parce que le comportement de sa maîtresse laissait à désirer et qu'elle n'avait pas l'intention de la voir nuire à sa carrière.

– Donc, elle savait que Mary Gore-Desmond avait une liaison ! s'exclama Rose. Vous devez aller dès demain dans le Derbyshire pour lui demander l'identité de l'amant.

– C'est prévu.

– Je viens avec vous.

– Je préférerais y aller seul.

– Balivernes. Vous feriez mieux de m'avoir à vos côtés, je vous donnerai l'air respectable.

– Faut-il vous rappeler que vous n'êtes pas considérée comme un modèle de respectabilité ?

– Vous ne pouvez pas me tenir à l'écart.

– Oh, très bien. Nous partirons à sept heures demain matin, avant que les autres ne se réveillent et ne posent des questions. Becket nous a déniché l'adresse des Gore-Desmond. »

Freddy Pomfret et Tristram Baker-Willis sortirent du salon et s'approchèrent de la cheminée du grand hall pour allumer leurs cigarettes. Assise dans un coin sombre, Daisy ne perdit pas une miette de leur conversation.

« Donc, cette chère lady Rose est médium, ricana Freddy. Jamais entendu une idiotie pareille.

– Ce serait tordant de la hanter, dit Tristram.

– Pourquoi pas ? Cliquetis de chaînes et hurlements plaintifs ?

– Non, il ne faudrait pas réveiller les autres. Juste une face blême, des cheveux poudrés et un doigt accusateur. Non, attends, je sais. Nos draps, avec des trous pour les yeux.

– Elle hurlera et tout le monde viendra à sa rescousse.

– Je vais te dire, mon vieux, je m'occupe de jouer les fantômes, je lui fiche une bonne frousse et on se planque jusqu'à ce que le tapage se calme.

– Quelle bonne blague ! On passe quand à l'action ?

– Cette nuit, vers une heure. »

En entrant dans sa chambre ce soir-là, Rose trouva sa bonne dans un état d'extrême agitation. « Mr Pomfret et Mr Baker-Willis vont venir vous hanter ! »

Elle rapporta à Rose ce qu'elle avait entendu. « Heureusement que vous avez découvert leur plan. Je fermerai ma porte à double tour et ils pourront hanter le couloir tout leur soûl.

– Ce serait chouette de les prendre à leur propre piège. Je pourrais les hanter.

– Non, dit lentement Rose. C'est à moi de le faire. Si seulement il y avait un moyen de me faire ressembler à Mary Gore-Desmond.

– En bas, il y a un grand panier plein d'accessoires et de costumes de théâtre qui servent aux charades. Tout ce dont vous avez besoin, c'est d'une perruque blond-roux. Ils ont aussi une boîte de fard. Je pourrais vous maquiller. Je faisais du théâtre, ne l'oubliez pas. Voilà ce que nous allons faire… »

Un peu éméchés, Freddy et Tristram sortirent en titubant de leurs chambres. Ils portaient tous les deux un drap avec deux trous pour les yeux.

Ils prirent l'escalier qui menait à la tour où se situait la chambre de Rose.

Ils avaient presque atteint le premier palier quand ils se trouvèrent nez à nez avec une silhouette théâtralement éclairée par un rayon de lune qui brillait à travers une meurtrière.

Ils se figèrent, cramponnés l'un à l'autre. Tout ce qu'ils distinguaient, c'était une chevelure blond-roux qui surmontait un visage pâle comme la mort tordu en un abominable rictus. Puis une main d'une blancheur de craie se matérialisa et pointa sur eux un doigt accusateur.

« Meurtriers, gémit une voix d'outre-tombe. Vous m'avez tuée. »

Sur quoi, la silhouette disparut.

À aucun moment, il ne vint à l'esprit du duo que la mystérieuse apparition avait tout simplement gagné un coin sombre du palier.

« À l'aide » ! gémit Freddy avec difficulté. « À l'aide ! » hurla Tristram, recouvrant sa voix.

Dans leur terreur, ils avaient oublié qu'ils étaient toujours enveloppés de leurs draps blancs. Frederica Sutherland, la première à accourir, vit les silhouettes fantomatiques et s'évanouit sur-le-champ.

D'autres personnes arrivèrent, se pressant en bas de l'escalier.

« Retirez cet accoutrement, tonna lord Hedley. Espèces d'imbéciles. »

Ils s'exécutèrent. « Ce n'était qu'une petite blague, se défendit Freddy. Nous avons vu le fantôme de Mary Gore-Desmond.

– Elle nous a traités de meurtriers, se plaignit Tristram.

– Quelqu'un vous aura fait une niche. Vous êtes complètement gris.

– Mais on l'a vue, geignit Tristram, avant de vomir dans l'escalier.

– Allez vous coucher ! Tous ! ordonna le marquis. Quant à vous deux, je m'occuperai de votre cas demain matin. »

Rose se tordait de rire dans son lit, mordant un mouchoir pour étouffer ses gloussements. « Oh, Daisy, parvint-elle enfin à articuler. C'était sensationnel. Et quand les choses se seront calmées, ils pourraient bien se demander si ce n'était pas réellement un fantôme. »

Daisy s'esclaffait, elle aussi. Elle était soulagée que la mise en scène ait fonctionné, mais aussi que sa maîtresse se comporte plus comme une jeune fille que comme une espèce d'automate au crâne bourré de faits et de chiffres.

Ce soir-là, Rose s'endormit heureuse, impatiente de raconter leurs exploits à Harry.

Le capitaine était furibond. « Vous rendez-vous compte à quel danger vous vous êtes exposée ? fulmina-t-il tandis qu'ils s'éloignaient du château à bord de son automobile.

– Que voulez-vous dire ? demanda Rose en agrippant son chapeau que le vent menaçait d'emporter.

– Je veux dire qu'ils vont faire avouer à Freddy et Tristram qu'ils comptaient vous hanter. Tout le monde en déduira que c'est vous qui leur avez fichu une peur bleue. Et pourquoi avoir crié au meurtre ? Si nous avons raison, on pourrait vouloir vous réduire au silence.

– Sornettes, rétorqua Rose. Si vous êtes hors de vous, c'est uniquement parce que vous n'y avez pas pensé vous-même. »

Le trajet jusqu'à la demeure des Gore-Desmond leur prit trois heures. Ni l'un ni l'autre n'avaient petit-déjeuné, ils avaient froid et ils étaient en colère.

« Je suis affamée, se plaignit Rose tandis que l'auto s'engageait dans l'allée.

– Vous auriez dû le dire plus tôt, nous nous serions arrêtés quelque part, maugréa Harry. Allons, dépêchons-nous d'en finir. »

La maison était silencieuse, les stores étaient baissés et les rideaux tirés.

« Comment réussirons-nous à parler à Quinn ? pesta Rose.

– Je trouverai un moyen. »

Un majordome ouvrit la porte avant même qu'ils ne sonnent. Harry lui tendit sa carte et demanda si Mr et Mrs Gore-Desmond consentiraient à leur accorder quelques minutes.

« Je crains que Monsieur et Madame ne soient en ville, afin de surveiller les derniers préparatifs de l'enterrement.

– Quand seront-ils de retour ?

– Je l'ignore, Monsieur. Plus tard dans la journée.

– Nous venons d'assez loin. Pourrions-nous nous entretenir avec Quinn ? À moins qu'elle n'ait accompagné sa maîtresse ? »

Le majordome les conduisit dans l'une des pièces que l'on utilisait, à la campagne, pour recevoir les métayers et autres représentants de la populace.

Daisy et Becket, quant à eux, trouvèrent le chemin du quartier des domestiques, dans l'espoir de se restaurer.

La pièce était éclairée par une unique lampe à pétrole. Elle contenait plusieurs meubles protégés par des draps, un grand bureau en chêne délabré et tout un attirail de cannes à pêche, de gibecières, de bâtons de marche et de bottes en caoutchouc.

Quinn entra, vêtue de noir de pied en cap.

« Vous n'avez pas accompagné votre maîtresse ? interrogea Rose.

– Non, Madame. Ma maîtresse a cru bon d'engager une autre femme de chambre plutôt que de m'employer comme elle l'avait promis. J'espère trouver rapidement une place auprès d'une famille respectable qui traite convenablement les domestiques faisant preuve de loyauté.

– Asseyez-vous, je vous en prie, proposa Harry en avançant un fauteuil. Nous avons entendu dire que vous n'étiez pas satisfaite du comportement de Miss Gore-Desmond. »

Quinn se leva d'un coup, gagna la porte et l'ouvrit brusquement. Le majordome se tenait derrière. « Allez-vous-en et arrêtez d'écouter aux portes, cria la domestique, avant de revenir s'asseoir. Effectivement, je n'étais pas satisfaite de Miss Gore-Desmond. Une femme de chambre est jugée sur l'attitude et l'habillement de sa maîtresse.

– Que considériez-vous comme incorrect dans son comportement ?

– Ce n'est pas à moi de le dire, Monsieur.

– Vous êtes sans emploi désormais, souligna Rose. Cette famille ne mérite sûrement pas votre dévouement.

– Peut-être bien, Madame. N'empêche que certaines choses ne devraient pas être évoquées. »

Rose avait envie de la secouer. Mais Harry, qui était assis à côté de la domestique, lui prit la main et dit avec douceur : « Je vous fais confiance pour que vous ne le répétiez pas : Miss Gore-Desmond a été assassinée. »

Quinn resta muette, son visage de pierre ne laissant paraître ni choc ni surprise.

« Nous avons des raisons de penser qu'elle entretenait une relation amoureuse avec quelqu'un. »

Harry lui lâcha la main et sortit son portefeuille. Il en tira un premier billet de cinq livres, puis un deuxième.

Quinn ne laissait toujours rien paraître.

Quand Harry eut sorti vingt livres, elle parla : « Je vais vous dire ce que je sais. »

Elle attrapa les billets.

Ah, songea Rose, le fin mot de l'histoire. Elle refusait de s'avouer que Harry lui avait fait peur lorsqu'il lui avait reproché de s'être mise en danger.

« Miss Gore-Desmond avait une liaison, commença Quinn.

– Avec qui ?

– Je l'ignore. C'est la vérité.

– Alors, comment savez-vous qu'elle avait une liaison ?

– Des traces sur les draps. Vous voyez ce que je veux dire. »

Harry voyait, mais pas Rose, qui eut l'air perplexe.

« Et puis, ça sentait le cigare dans la chambre le matin.

– Était-elle enceinte par hasard ? demanda Harry.

– Comment Quinn pourrait-elle savoir… », commença Rose, avant de rougir jusqu'aux oreilles. Bien sûr, une femme de chambre saurait si sa maîtresse avait eu ses menstrues. Les linges souillés devaient être rassemblés pour la lessive.

« Pas que je sache, Monsieur.

– Est-ce déjà arrivé ici ? Avez-vous trouvé les mêmes traces après la visite d'un homme ?

– Non, Monsieur. Miss Gore-Desmond a fait son entrée dans le monde cette année, elle a eu l'occasion de rencontrer beaucoup de gentlemen. Je ne sais pas si elle accordait ses faveurs à quelqu'un en particulier et il est certain que personne ne l'appréciait suffisamment pour lui demander sa main.

– Au château, lui avez-vous fait remarquer l'état des draps ?

– Certainement pas, Monsieur. Ce n'était pas mon rôle. »

« Eh bien voilà, retour au point de départ, soupira Harry tandis qu'ils s'éloignaient en voiture.

– Vous ne pensez pas qu'il était du devoir de Quinn d'informer les parents de Mary qu'elle avait une liaison ?

– Tout ce que Mary aurait eu à faire, c'était de nier en bloc, et Quinn aurait été renvoyée sur-le-champ. »

8

> « Une femme se sentira dans une position terriblement désavantageuse si ses cheveux sont en désordre. Elle ne parviendra même pas à se quereller si elle ne s'est pas soigneusement recoiffée ! »
>
> Mrs C.E. Humphry,
> *Les Bonnes Manières pour les femmes*

Sur le chemin du retour, quand l'automobile traversa le village misérable, Rose ressentit un accès d'antipathie pour son hôte. Une fois devant le château fort, elle se fit la réflexion que l'architecte n'avait pas fait preuve de beaucoup d'imagination lorsqu'il avait établi ses plans. Cette verrue n'était rien de plus qu'un cube géant doté de quatre tours que l'humidité des douves rendait malsain.

Alors qu'ils traversaient le pont-levis et pénétraient dans la cour, Rose se sentit déprimée, effrayée et trop jeune pour ce genre de situation. Pourquoi ne pas rentrer chez elle, retrouver ses parents et le cadre confortable de la demeure familiale ?

Pourtant, d'une certaine manière, c'était précisément la laideur de cette bâtisse, avec ses fausses armures, ses meubles trop chargés et ses nombreuses draperies, qui la rassurait.

Quand elle descendit pour le dîner, elle s'était persuadée que le fait que Mary ait ou non eu une liaison n'avait pas d'importance. Soit elle s'était suicidée, soit elle avait accidentellement pris trop d'arsenic.

Rose causa de futilités avec ses voisins de table et écouta poliment leurs histoires de chasse et de pêche.

Au salon, les sœurs Peterson tinrent à savoir où elle avait passé la journée. Elle expliqua qu'elle s'était promenée avec le capitaine Harry, qui voulait lui faire admirer sa nouvelle auto et refusa une invitation à réessayer la planche ouija.

Elle se retira dans sa chambre avec soulagement et s'assit devant la coiffeuse. Daisy entreprit de lui retirer ses épingles à cheveux.

« Du nouveau ? s'enquit la femme de chambre.

– Rien, répondit Rose. Je me sens fatiguée tout à coup. J'en ai assez de cette histoire. Laissons le capitaine Cathcart s'en occuper.

– Ça ne vous ressemble pas !

– Si, justement, ça me ressemble, dit Rose, découragée. J'en suis venue à la conclusion que je suis lâche. Une vraie mauviette. J'étais prête à me battre pour les droits des femmes, mais quand le scandale de ma photographie dans le *Daily Mail* a éclaté, j'ai flanché et j'ai laissé tomber les suffragettes.

– Pour sûr, vous pouviez pas faire grand-chose. Vos parents préparaient votre saison et ils sont opposés aux droits des femmes, comme tous les gens de la haute. Si vous vous étiez entêtée, ils auraient pu vous faire enfermer dans un asile.

– Je vais finir de me déshabiller seule. Vous pouvez disposer. Je suis exténuée. J'étais tellement convaincue que Quinn fournirait les réponses à toutes nos questions et que le mystère serait résolu.

– Les choses finiront par s'arranger », avança Daisy d'un ton apaisant.

Elle quitta la chambre et Rose termina de se déshabiller avec lassitude. Quand elle se mit au lit, elle trouva un billet épinglé sur son oreiller.

Elle lut : « Si vous voulez savoir pourquoi Mary Gore-Desmond est morte, retrouvez-moi sur le toit du château demain à une heure de l'après-midi. N'en parlez à personne, pas même à votre bonne. Signé : Un ami. »

Le message était écrit en capitales d'imprimerie.

Rose serra le morceau de papier entre ses doigts tremblants. Il fallait prévenir le capitaine. Mais si quelqu'un l'accompagnait, l'auteur du billet pourrait décider de ne pas se montrer.

Elle chercha le sommeil des heures durant, se

tournant et se retournant dans son lit, avant de finir par s'endormir, agrippant toujours le papier.

Lorsqu'elle se réveilla, il était déjà dix heures. Le souvenir du message submergea de nouveau son cerveau effrayé. Peut-être étaient-ce simplement ces deux idiots, Tristram et Freddy, qui voulaient encore lui jouer un tour. À une heure, la plupart des invités seraient en train de déjeuner. Et surtout, il ferait grand jour.

Elle enfila une jupe-culotte, un corsage et des bottines confortables, puis regarda par la fenêtre. C'était une journée froide, venteuse, et de gros lambeaux de nuages défilaient dans le ciel.

« J'irai. Je ne suis plus une enfant, s'admonesta-t-elle tout haut.

– Quoi ? demanda Daisy, qui était entrée sans bruit.

– Oh, rien, je me disais que j'allais abandonner le mouvement des suffragettes. Coiffez-moi et puis laissez-moi. Je n'aurai plus besoin de vous aujourd'hui. »

Rose n'avait pas voulu demander comment se rendre sur le toit. Elle était partie du principe qu'en montant sans cesse, elle finirait par trouver ce qui ressemblerait à une porte.

Elle prit l'escalier principal et commença son ascension, ignorant les couloirs qui bifurquaient vers les tours. L'escalier devint plus étroit et n'avait plus de tapis. Elle se retrouva dans les quartiers des domestiques, qui s'étendaient de part et d'autre du palier du dernier étage.

Un valet émergea d'une des chambres et la fixa avec surprise. « Puis-je vous aider, Madame ?

– Je voudrais monter sur le toit pour admirer la vue », répondit Rose. On lui avait enjoint de n'en toucher mot à personne, mais cela ne concernait sans doute que les convives et Daisy.

« Prenez sur votre droite, Madame, vous trouverez une porte au bout du couloir. Si vous l'ouvrez, vous tomberez sur un escalier en pierre qui vous mènera au toit. Voulez-vous que je vous escorte ?

– Non, ce ne sera pas nécessaire. »

Rose s'engagea dans le couloir. Elle arriva devant la porte que le valet avait mentionnée, l'ouvrit et trouva l'escalier qui menait au toit. Elle avait encore le temps de descendre et d'essayer de prévenir Harry.

Mais elle songea au plaisir de résoudre seule le mystère et de l'annoncer au capitaine.

Redressant les épaules et serrant contre elle l'épais châle qu'elle avait emporté, elle monta les marches et tomba sur une autre porte, avec une grosse clef et une serrure qui donnait l'impression d'avoir été récemment huilée. Elle l'ouvrit et un souffle d'air froid lui frappa le visage.

Rose s'avança sur le toit.

Elle balaya les alentours du regard. Pas âme qui vive. Le toit était plat et comptait quatre rangées de conduits dont s'échappaient en tourbillonnant des rubans de fumée.

Peut-être y avait-il quelqu'un derrière les cheminées ? Elle les contourna, s'efforçant de voir à travers les volutes grises qui s'élevaient des mitres. Elle avait du mal à respirer. Essuyant ses yeux pleins de larmes, elle rallia le bord du toit et aspira une bouffée d'air frais.

Un muret à créneaux courait tout du long. Elle se trouvait à l'arrière du château, où les murailles plongeaient à pic dans les eaux sombres des douves.

Rose se retourna et balaya une fois encore les lieux du regard. Tels des serpents, les nombreux rubans de fumée exécutaient une danse folle, se penchant d'un côté, puis de l'autre, rampant le long du toit, rabattus au sol par les mitres des cheminées.

Ils devraient faire installer des conduits modernes, pensa Rose. Avec de hautes cheminées de style Tudor, la fumée serait emportée par le vent.

Elle tourna les talons. Au loin, le village blotti au pied du château ressemblait à un paysan frappé de misère cherchant un peu de chaleur.

Au-delà, près des bois, elle apercevait les nuages de fumée des fusils et entendait le claquement des détonations. Les hommes chassaient le faisan. Donc ils n'auraient pas été présents au déjeuner de toute façon. Puis, traversant le village, arriva Harry au volant de son auto qui, d'ici, ressemblait à un jouet.

Sans réfléchir, elle s'approcha du bord et se mit à crier en agitant les bras.

Une forte poussée la précipita par-dessus le muret. Rose hurla, tandis que les murs du château défilaient devant elle, et finit droit dans les douves.

Becket était assis à côté de son maître dans la voiture décapotée. Ils remontaient la route sinueuse qui débouchait derrière le château. Le majordome contemplait la bâtisse d'un air sombre, quand il vit avec stupéfaction une silhouette minuscule sur le toit, qui agitait les bras en criant.

« Monsieur, dit-il en élevant la voix pour couvrir le bruit du moteur, il y a quelqu'un sur le toit du château. Oh, mon Dieu, cette personne est tombée !

– Quoi ? Où ?

– À l'arrière, Monsieur. »

Harry franchit aussi vite que possible le pont-levis et la herse, traversa la cour et s'engagea à toute allure sur la route de service qui longeait le château.

Il coupa le moteur, sauta hors de l'auto et courut jusqu'aux douves. Une silhouette se débattait dans l'eau.

« C'est lady Rose ! » haleta Becket.

Harry se débarrassa de son long pardessus, retira sa veste, son chapeau et ses lunettes d'automobiliste, arracha ses chaussures et se jeta à l'eau.

Lorsqu'il refit surface, Rose avait de nouveau disparu dans les eaux glacées.

Il plongea et tâtonna jusqu'à ce que ses mains rencontrent un vêtement. Il le tira et se retrouva nez à nez avec les traits bouffis du cadavre d'une femme.

Un faible « À l'aide ! » retentit quand Rose refit surface. Il abandonna la monstruosité qu'il avait découverte, nagea jusqu'à Rose et l'attrapa.

« Détendez-vous, dit-il en passant ses bras autour d'elle, et laissez-moi vous porter. »

Il l'entraîna jusqu'au bord et Becket la tira hors de l'eau. « Ramenez lady Rose au château puis revenez ici avec des secours. Il y a un cadavre là-dedans. »

Rose tremblait et toussait. Elle leur tourna le dos et vomit. « C'est bien, vous évacuez cette eau malsaine », dit Becket. Il l'enveloppa avec tendresse dans le pardessus de son maître et l'aida à gagner l'auto.

Il s'installa au volant et fit rapidement le tour du château. Le majordome des Hedley sortit sur le perron.

« Prévenez la femme de chambre de lady Rose, intima Becket, et envoyez chercher le médecin. »

Le marquis fit son apparition.

« Il faut prévenir la police immédiatement, Monsieur, dit Becket. Ah, Daisy, emmenez votre maîtresse dans sa chambre. Elle est tombée du toit dans les douves.

– Pourquoi devrais-je appeler la police ? interrogea le marquis avec irritation. Pas besoin de rameuter tout le monde parce qu'un de mes invités a eu l'idée saugrenue d'aller jouer sur le toit.

– Monsieur, en plongeant pour secourir lady Rose, le capitaine Cathcart a trouvé un cadavre.

– Quoi ? Où ?

– Derrière le château. »

Le marquis sortit à grands pas, suivi de son majordome, de deux valets de pied et du garçon de courses.

Lorsqu'il atteignit l'arrière du château, ce fut pour trouver d'autres domestiques, qui avaient assisté au drame depuis les fenêtres, massés autour du capitaine.

Harry était agenouillé à côté d'un corps étendu sur l'herbe. Il releva la tête et aperçut le marquis. « Vous feriez mieux d'appeler la police.

– De qui s'agit-il ?

– Je crains que ce ne soit Colette, la femme de chambre disparue.

– On ne peut pas garder cette découverte pour nous ?

– J'ai peur que non. D'autant plus qu'on a manifestement essayé de tuer lady Rose. »

Tout en expliquant à Daisy comment elle s'était retrouvée sur le toit, Rose enfila une chemise de nuit et se mit au lit, entourée de bouillottes.

« Chut, maintenant, dit Daisy. Le médecin sera bientôt là.

– Je voudrais que vous fassiez quelque chose pour moi. C'est urgent. Vous vous rappelez comment utiliser un téléphone ?

– Oui, Madame.

– Essayez de vous introduire dans le bureau de lord Hedley et appelez le *Daily Mail*. Racontez-leur ce qui m'est arrivé et parlez-leur du cadavre dans les douves.

– Bien, je le ferai. Mais pourquoi ?

– Je ne veux pas que cette affaire soit étouffée. Je ne veux pas que Hedley s'en sorte à peu de frais. Et appelez mes parents. Dites-leur que je vais bien. Je voudrais éviter qu'ils apprennent ce qui m'est arrivé par les journaux. »

Daisy sortie, Rose se laissa retomber sur ses oreillers et ferma les yeux. Au moins, il y aurait une enquête en bonne et due forme maintenant. Elle leur montrerait le billet.

Rose rouvrit les yeux. Le billet ? Où était-il ? Elle se rappela l'avoir laissé sur la coiffeuse. Elle vérifia, mais ne trouva aucun papier.

Elle se remit lentement au lit, la peur lui faisait claquer des dents. La porte de sa chambre s'ouvrit et elle laissa échapper un faible cri.

« Ce n'est que moi, dit Harry. Je viens voir comment vous vous sentez.

– Terrifiée.

– Que s'est-il passé ? Que faisiez-vous sur le toit ? »

Rose raconta encore une fois son histoire. « Le billet a disparu. Je l'avais laissé sur la coiffeuse.

– J'ai convaincu Hedley d'appeler la police. Ce vieil imbécile croyait qu'il pourrait cacher ce qui s'est passé. Je ne pense pas que ses domestiques et ses invités auraient gardé le silence, avec un cadavre dans les douves.

– Peut-être… peut-être qu'elle est tombée ?

– Elle a probablement été poussée.

– Mais pourquoi Colette et pas Quinn ?

– Je pense que Quinn ignore réellement l'identité de l'amant de Mary Gore-Desmond. Colette a dû la découvrir et a peut-être essayé de faire chanter quelqu'un. Où est Daisy ?

– Je l'ai envoyée téléphoner au *Daily Mail.*

– Pourquoi donc ?

– Parce que je ne veux pas qu'on passe sous silence ce qui s'est passé. Et puis, vous vous souvenez que le scandale des bombes à Stacey Magna a attiré un nombre incalculable de journalistes et de visiteurs ? Les villageois d'ici auraient bien besoin d'un peu d'argent. J'ai l'impression qu'ils meurent de faim.

– Ils sont très mal logés, certes, mais ils ne meurent pas de faim. Les gens de la campagne font pousser leurs légumes, la plupart d'entre eux élèvent un cochon et, si je ne me trompe pas, une grande partie de la nourriture des cuisines du château finit au village. Mais il n'y a pas d'école et il y a beaucoup de maladies liées aux conditions de vie insalubres. » Il rit. « Je suis sûr que le *Daily Mail* ne manquera pas de le souligner.

– Daisy appelle aussi mes parents.

– Je suppose que les autres jeunes femmes vont, elles aussi, prévenir leur famille. Lord Hedley ferait bien de se préparer à recevoir d'autres invités. »

Daisy entra. « J'ai fait ce que vous m'avez demandé, Madame. Votre maman et votre papa seront là dès que possible. J'ai prié le majordome de leur préparer une chambre. »

On frappa à la porte. Daisy ouvrit et le marquis entra, accompagné du médecin. Qu'il ait permis au Dr Perriman, qu'il méprisait tant, de remettre les pieds au château prouvait qu'il avait fini par prendre conscience de la gravité de la situation.

« Cathcart, j'ai deux mots à vous dire, aboya-t-il. Laissons le médecin faire son travail. »

Le Dr Perriman était un petit homme soigné, aux yeux pétillants d'intelligence. Il écouta avec attention le récit de Rose.

« D'une certaine façon, je suis content. Cela signifie que la mort de Miss Gore-Desmond fera l'objet d'une nouvelle enquête. Maintenant, laissez-moi vous examiner. Avez-vous avalé beaucoup d'eau ?

– Oui, mais j'en ai rendu l'essentiel. Oh, le capitaine Cathcart m'a sauvée et je ne l'ai même pas remercié.

– Vous le ferez plus tard. »

Il l'examina, écouta ses poumons et prit son pouls. « Je pense que vous vous en sortez remarquablement bien, lady Rose. Je vous laisse un somnifère, car vous avez traversé une épreuve difficile. »

Rose regarda avec inquiétude la bouteille en verre qu'il avait placée sur sa table de chevet. Elle n'avait aucune intention d'en avaler la moindre goutte et de se rendre ainsi vulnérable au meurtrier qui rôdait dans le château.

« Je ne pensais pas que l'on utilisait encore l'arsenic comme produit de beauté de nos jours, dit-elle.

– De toute façon, il y en a beaucoup autour de nous. Prenez le papier tue-mouches, par exemple. Il en est bourré. Récemment, une femme en a imbibé d'eau un morceau pour en récupérer les cristaux et elle s'en est servie pour assassiner son mari. Et puis, dans beaucoup de vieilles maisons, le papier peint en contient, on appelle ça le vert de Paris. On l'utilise également comme traitement contre la syphilis. Je vous prie de m'excuser, je ne devrais pas mentionner ce genre de choses devant une jeune femme. »

Une fois le médecin parti, Rose dit à Daisy : « Je vais essayer de dormir. Restez auprès de moi. Oh, on frappe à la porte. »

C'était Margaret Bryce-Cuddlestone, suivie de Frederica Sutherland et des Américaines.

« Que vous est-il arrivé ? s'enquit Margaret. Toutes ces allées et venues. Et les policiers sont de retour. »

Pour la énième fois, Rose répéta son histoire. « Ils pensent que le corps retrouvé dans les douves est celui de Colette », conclut-elle.

Margaret chancela, les sœurs la poussèrent dans un fauteuil et lui agitèrent des sels sous le nez.

« Je pars dès aujourd'hui, déclara Frederica.

– Ce ne sera pas possible, souligna Harriet Peterson. La police doit nous interroger. J'ai téléphoné à notre tante, à Londres, elle va nous rejoindre ici. Vous feriez bien d'appeler vos parents, Miss Sutherland.

– Ils sont à Marienbad, gémit celle-ci.

– Alors, envoyez-leur un télégramme. Depuis le début, quelque chose ne tourne pas rond dans cet affreux château. Aucun protocole. Les invités changent de place à chaque repas. Cela ne se fait pas. Notre tante est originaire de Virginie. Elle ne tolérera pas ces inepties. »

Malgré le choc qu'elle avait subi et le désarroi qu'elle ressentait, Rose fut quelque peu amusée qu'une tante venant de la patrie de la démocratie soit tellement à cheval sur le protocole.

« Il y a un meurtrier parmi nous, lâcha Deborah avec son franc-parler habituel. Qui pensez-vous que ce soit ? »

Daisy s'avança. « Mesdames, souvenez-vous que lady Rose vient de vivre une expérience terrifiante. Je pense qu'elle devrait se reposer maintenant. »

Murmurant des excuses, les visiteuses se dirigèrent vers la porte. Mais Margaret eut le dernier mot : « Si vous n'aviez pas mis votre grain de sel, nous n'en serions pas là. »

« Quelle garce ! s'exclama Daisy une fois la porte fermée.

– Daisy !

– Mais quelle chose affreuse à dire. Je parie que c'est elle. Si vous aviez heurté le mur du château dans votre chute, vous auriez fini dans le même état que Colette.

– Je préfère ne pas y penser. Laissez-moi maintenant, et voyez ce que vous pouvez découvrir d'autre.

– Pas question que je vous abandonne ! Vous m'avez demandé vous-même de rester.

– Maintenant que rien ne pourra être dissimulé, je suis sûre que personne n'osera tenter quoi que ce soit. Oh, la porte encore. Débarrassez-vous du visiteur, quel qu'il soit. »

Daisy ouvrit. « C'est lady Hedley.

– Alors faites-la entrer », dit Rose avec lassitude.

La petite marquise s'approcha du lit et scruta Rose avec nervosité. « Comment allez-vous, ma chère ?

– Je crois que je m'en remettrai.

– Quelle idée saugrenue ! Aller vous amuser sur le toit du château !

– Je ne m'amusais pas. J'ai été attirée là-haut par un meurtrier. »

La marquise secoua la tête. « Le problème avec vous, les jeunes filles d'aujourd'hui, c'est que vous lisez trop de romans à l'eau de rose.

– Mais c'est ce qui s'est passé !

– Allons, vous ne savez pas ce que vous dites. Vous n'avez aucune raison d'embêter la police avec des histoires extravagantes. Cet affreux inspecteur, Kerridge, est en route.

– Je lui raconterai exactement ce qui s'est passé.

– Cette partie de campagne était une erreur, soupira lady Hedley, à moitié pour elle-même. Mais mon époux pensait que ce serait amusant.

– Lady Hedley, hasarda Rose. Ne pourriez-vous pas le persuader de faire quelque chose pour ses villageois ? Leurs conditions de vie sont épouvantables. »

La marquise dévisagea Rose comme si elle arrivait d'une autre planète. « Dieu attribue à chacun d'entre nous la place qui lui incombe. Dieu a placé les villageois ici. J'avais entendu dire que vous étiez intelligente. Vous me semblez parfaitement idiote. »

Sur cette remarque, lady Hedley quitta la chambre.

Rose reçut ensuite la visite de Maisie Chatterton et de lady Sarah Trenton. Lady Sarah expliqua qu'elle était très sensible et qu'elle avait ressenti un *frisson** au moment où Rose était tombée du toit.

« Ze crois que, selon lord Hedley, c'est zuste une série d'accidents, zézaya Maisie. Que vous vous amusiez sur le toit et que vous êtes tombée, que Colette a trébucé et qu'elle s'est noyée et que Mary a zuste pris trop d'arsenic.

– La police est arrivée ?

– Oui, répondit Sarah. Ils posent des questions à tout-va.

– Je pensais qu'ils commenceraient par m'interroger, fit Rose.

– C'est ce que voulait faire l'inspecteur local, expliqua Sarah, mais Hedley lui a dit que vous n'étiez pas encore très solide.

– Je ne suis pas une enfant ! Et qu'est-ce que c'est que ces balivernes ? Je ne jouais pas sur le toit !

– Eh bien, ze dois reconnaître que vous faites des çoses bizarres, avança Maisie. Certains d'entre nous pensent que vous avez un faible pour le capitaine Cascart et que vous avez plonzé pour qu'il vous sauve.

– Quelles fadaises ! Laissez-moi, je vous prie. J'ai mal à la tête. »

Une fois les jeunes femmes parties, Rose dit : « Plus de visites, Daisy, à moins qu'il ne s'agisse de la police. »

L'inspecteur divisionnaire Kerridge arriva de Londres le soir même et, après avoir enduré les récriminations de lord Hedley, demanda à voir Harry.

Cette fois, il réquisitionna le bureau du marquis.

Il avait reçu un rapport de Posh Cyril concernant les compétences que le capitaine mettait au service de l'aristocratie.

« Asseyez-vous, Monsieur J'arrange-tout, dit-il d'un air sévère. Commencez par le commencement et allez jusqu'au bout. »

Harry parla d'une traite pendant une demi-heure, ne laissant aucun détail de côté. « Alors, vous n'essayez pas d'aider lord Hedley à enterrer cette histoire ? interrogea Kerridge quand il eut terminé.

– Je ne ferais jamais une chose pareille. Un dangereux meurtrier rôde dans ce château. Si on ne l'attrape pas rapidement, il y aura d'autres victimes. »

La porte s'ouvrit dans un fracas et lord Hedley fit irruption dans la pièce. « C'est une honte ! s'emporta-t-il. Un journaliste et un photographe du *Daily Mail* essaient de pénétrer dans le château. Qui les a prévenus ?

– Personne de Scotland Yard, je peux vous l'assurer.

– Vous ne pourrez pas étouffer une telle histoire, souligna Harry. Vous devriez faire une déclaration.

– Ces folliculaires peuvent toujours courir !

– Ils parleront aux villageois.

– Toute personne s'adressant à la presse se retrouvera sans toit.

– Je vois d'ici les gros titres : *L'abject aristocrate du château de la mort punit d'innocents villageois.*

– Je ne parle pas à la presse à scandale, un point c'est tout ! »

Le marquis sortit en claquant la porte.

« Revenons à nos moutons, dit Kerridge. Mes hommes draguent les douves.

– À la recherche de la valise de la femme de chambre ?

– Oui, je pense qu'on l'y a jetée après elle. L'examen préliminaire semble indiquer qu'elle ne s'est pas noyée, mais a succombé à un coup violent porté à la tête. Pour accélérer les choses, cette fois, je suis venu accompagné d'une équipe d'inspecteurs qui interrogent les invités et les domestiques.

– Je pense qu'il serait raisonnable de poster un agent devant la porte de lady Rose. Je ne crois pas que notre meurtrier tentera quoi que ce soit tant que vous êtes là, mais je préférerais prendre des précautions. »

Kerridge se tourna vers l'inspecteur Judd : « Occupez-vous-en. » Puis, à Harry : « J'ai cru comprendre que lady Rose est trop souffrante pour être interrogée.

– Je pense que vous constaterez, au contraire, qu'elle est très impatiente de vous voir. Selon la rumeur, elle s'est tellement entichée de moi qu'elle s'est jetée dans les douves afin que je lui porte secours.

– Il n'y aurait qu'un parfait imbécile pour croire une chose pareille !

– Justement, ce château est un vivier de sombres idiots ! »

Kerridge se leva. « Je vais de ce pas voir lady Rose. »

Dans la chambre de Rose, Kerridge approcha une chaise du lit et s'assit. « Je dois dire que vous avez l'air remarquablement en forme, si l'on considère l'épreuve que vous venez de traverser », observa-t-il. Harry, qui avait insisté pour l'accompagner, était assis de l'autre côté du lit.

Rose fit le récit de ce qui s'était passé. « Je sais que vous devez penser que je suis stupide de n'avoir prévenu personne, conclut-elle. J'étais persuadée que le coupable était l'un des domestiques.

– Avez-vous remarqué quoi que ce soit concernant votre agresseur ? Sa taille peut-être ?

– Non, tout s'est passé si vite. J'ai eu de la chance. Si on ne m'avait pas poussée si violemment, je me serais assommée contre le mur du château, et si le capitaine Cathcart n'était pas arrivé pour me sauver, je me serais noyée. » Elle leva ses mains blanches et menues. « Inutiles. Complètement inutiles. Je ne sais pas nager. Je ne sais rien faire de mes dix doigts. Je suis fatiguée de passer mon temps à m'habiller et à me déshabiller. C'est tout ce que l'on attend de moi. Que je passe des heures devant ma coiffeuse à me préparer pour un somptueux repas de plus.

– Madame, vous avez été très courageuse, fit Kerridge. Ce doit être difficile pour vous.

– Je me sens toujours comme extérieure à eux tous, comme si je prenais part à une pièce de théâtre compliquée sans connaître mes répliques.

– Lady Rose a besoin de repos, dit Harry, inquiet. Je pense qu'elle souffre du contrecoup.

– Ça ressemble plutôt à un éclair de lucidité, ironisa Kerridge. Quand je pense que...

– Oui, oui, s'impatienta Harry. Vive la révolution. Mais lady Rose a vraiment besoin de se reposer.

– Vous, vous venez avec moi, ordonna Kerridge à Daisy.

– Sûrement pas, répondit la femme de chambre. Je ne la laisserai pas seule !

– Un agent monte la garde devant la porte, la rassura Harry. Tout va bien, Daisy. L'inspecteur divisionnaire ne vous gardera pas longtemps. »

Kerridge conduisit Daisy dans le bureau. Il commença par lui poser des questions, mais se contenta rapidement d'écouter, captivé, tandis qu'elle lui contait par le menu ce qui s'était passé depuis son arrivée au château – les fantômes, la planche ouija, la liaison de Margaret avec lord Hedley, sa conviction que Colette savait quelque chose, la visite à

Quinn – toutes les pièces du puzzle que ni Rose ni Harry ne lui avaient révélées.

« Ce qui me stupéfie, Miss Levine, souligna-t-il lorsqu'elle eut terminé son récit, c'est qu'il ne règne pas une atmosphère de peur dans ce château. Personne, à part vous, lady Rose et le capitaine Cathcart, ne semble le moins du monde inquiet.

– Vous avez raison. Il y a bien lady Sarah, qui s'évanouit à la moindre occasion, mais c'est du chiqué.

– Comment se fait-il qu'ils n'aient pas peur ?

– Ils sont persuadés qu'il ne s'agit que d'une série d'accidents. Parce que les choses violentes n'arrivent qu'aux classes populaires. Le meurtrier doit se sentir très à l'aise.

– J'espère que non. Prenez soin de votre maîtresse. C'est une fille courageuse. »

Le comte et la comtesse de Hadshire arrivèrent le lendemain. Puis ce fut au tour de la mère de Maisie Chatterton et de la tante des sœurs Peterson, et les convives se succédèrent. Épuisée, lady Hedley fut soulagée que seules les filles aient fait venir leurs proches. Les domestiques s'escrimaient à trouver de la place pour les nouveaux venus et leurs domestiques.

« Nous n'aurions jamais dû te laisser venir ici, déclara lady Polly. Tout cela est on ne peut plus singulier. J'ai appris qu'il n'y avait aucun protocole défini pour le placement à table. Et quand cette pauvre fille a été retrouvée morte, pas le moindre signe de deuil, ni même de demi-deuil.

– Avez-vous payé Hedley pour m'inviter ? demanda Rose.

– Le payer ? Pourquoi aurions-nous fait une chose pareille ?

– J'ai appris qu'il avait fait payer l'invitation aux parents des jeunes femmes qui avaient raté leur saison en promettant de leur trouver des maris. Les hommes paient aussi pour avoir une chance de mettre la main sur la dot des Américaines.

– Nous devons quitter cet endroit immédiatement !

– Impossible. La police ne nous laissera pas partir tant que tout le monde n'aura pas été minutieusement interrogé.

– Ma bonne m'a raconté qu'un article sur les événements avait été publié dans le *Daily Mail* et que le village grouillait de reporters. Les domestiques du château ne doivent pas être très loyaux. Le *Mail* a révélé les noms de toutes les personnes qui se trouvent ici.

– Certains des domestiques ont sans doute de la famille dans ce village délabré, dit Rose, et l'un des villageois y aura vu un moyen de gagner un peu de cet argent dont ils manquent cruellement.

– Quel scandale ! Et pourquoi Hedley ne fait-il rien pour améliorer la situation de ses locataires ? Le républicanisme est dans l'air, sans parler du bolchevisme, et les mauvais propriétaires font leur jeu. Ton père ne s'est pas privé de dire le fond de sa pensée au marquis.

– Je suis contente que vous soyez là, maman, mais je ne suis pas infirme. Je ne peux pas garder le lit à longueur de journée. Je vais me lever et descendre pour le déjeuner. »

Lady Polly écouta avec horreur Rose donner pour instructions à Daisy de préparer une de ses jupes-culottes et un corsage blanc tout simple. « Tu dois t'habiller ! Nous traversons certes des moments éprouvants… mais qu'est-ce que c'est que ce vêtement infâme ?

– Un corselet.

– Et où est ton corset ? Une femme doit être correctement corsetée ! »

Rose décida de mentir : « Le médecin ne veut pas que je porte des vêtements trop serrés.

– Oh, dans ce cas… En revanche, il est hors de question que tu te contentes d'un corsage et d'une jupe pour le déjeuner. La robe d'après-midi, Daisy. La rose. Pas de rembourrage ? Tu auras une drôle d'allure. Enfin, je suis sûre que l'on excusera ton apparence. Peut-être un peu de rouge sur les joues, Daisy.

– Pas de rouge, protesta Rose. Et, Daisy, contentez-vous de me brosser les cheveux et de les nouer avec un ruban. Juste pour une fois, je n'aurai pas à sentir le poids de ces coussinets sur ma tête. »

Le déjeuner fut plutôt silencieux. La tante des sœurs Peterson, une certaine Miss Fairfax, avait clamé haut et fort que ses nièces n'auraient jamais dû être autorisées à séjourner dans un endroit aussi épouvantable, où les hommes n'étaient que des cas désespérés et des dilettantes. C'était une grande femme décharnée, aux épaules carrées typiques des chasseurs, au nez proéminent et aux yeux gris perçants. Elle avait un accent américain nasillard qui aurait pu être agréable à l'oreille si elle n'avait pas passé son temps à critiquer tout ce qu'elle voyait. Sa voix fut presque la seule à s'élever à table, où tout le monde était maintenant dûment placé selon l'ordre de préséance.

Rose était assise à la gauche du marquis et lady Polly, à sa droite. À l'autre bout, son père était à la droite de la marquise, et le père de lady Sarah Trenton, le vicomte Summertown, à sa gauche. Placé au milieu de la table, parmi les invités les moins éminents, Harry se trouvait entre Maisie Chatterton et Mrs Jerry Trumpington.

Au dessert, Margaret Bryce-Cuddlestone éclata : « Tout cela ne s'arrêtera donc jamais ! »

Tous les regards se tournèrent vers elle. Elle s'exprimait d'une voix aiguë et tendue. « Des questions, encore des questions, toujours des questions. J'en ai par-dessus la tête de la police. Lord Hedley, ne pourriez-vous pas user de votre influence pour nous débarrasser d'eux ?

– J'ai essayé. Mais maintenant que la presse

exige un coupable, aucun moyen de faire partir Kerridge. J'ai téléphoné au Premier ministre plusieurs fois, mais son secrétaire me répond systématiquement qu'il est occupé. »

Rose parvint à prendre la parole : « Ne pensez-vous pas que nous ferions mieux d'aider la police autant que nous le pouvons ? Après tout, la femme de chambre a sans doute été assassinée et nous ne pouvons exclure que Mary Gore-Desmond l'ait été elle aussi. »

L'inspecteur Judd apparut sur le seuil de la porte. Il chuchota quelques mots au majordome, Curzon, qui s'approcha de lord Hedley et lui murmura à son tour quelque chose à l'oreille.

« Dites à Kerridge que je le rejoins dans quelques instants, déclara le marquis. Comme si j'avais besoin de ça !

– Que se passe-t-il ? s'enquit lady Polly.

– Ils ont retrouvé la valise de la bonne dans les douves. Elle contient toutes ses affaires et a été lestée avec des briques. »

En balayant la table du regard, Rose vit que la gravité de la situation dans laquelle ils se trouvaient avait frappé tous les invités d'un coup.

Miss Fairfax enfonça le clou : « Donc, l'un d'entre vous est un meurtrier. »

9

« Vous pouvez appâter les classes supérieures
Avec vos infâmes expressos tentateurs
Mais le ciel protégera la travailleuse... »

Edgar Smith,
Le ciel protégera la travailleuse
(chanson), 1909

Bertram Brookes fut le premier à recouvrer la voix : « Vous ne pensez pas sérieusement que l'un d'entre nous est le meurtrier ?

– Et qui d'autre ? demanda Miss Fairfax.

– Chère madame, rétorqua Bertram d'une voix traînante, chaussant son monocle et lançant un regard noir à l'Américaine, il semble avoir échappé à votre perspicacité que nous sommes entourés de domestiques. Les couches populaires, Miss Fairfax. Toutes enclines à la violence et à la vilenie.

– Bien envoyé », marmonna Harry Trenton, roulant des yeux angoissés en direction du majordome au visage de pierre.

« Ça me semble évident pourtant, reprit Miss Fairfax. Les domestiques ont l'air relativement normaux. Ce n'est pas le cas de vous autres.

– Il ne fait pas chaud aujourd'hui, lança lady Hedley, mais les couleurs automnales sont magnifiques.

– Magnifiques, acquiescèrent plusieurs voix.

– Inutile de changer de sujet, persista Miss Fairfax. Quelqu'un a assassiné Mary Gore-Desmond. Sa bonne savait qui était le meurtrier et a atterri dans les douves.

– Ce n'était pas sa bonne, objecta Frederica Sutherland. C'était celle de Miss Bryce-Cuddlestone.

– Oh, vraiment ? Comme c'est intéressant. » Miss Fairfax se tourna vers Margaret. « Qui d'autre que sa maîtresse voudrait faire taire une femme de chambre ? »

Au milieu d'un silence choqué, Margaret, pâle comme la mort, quitta la table avec précipitation.

Une lueur mauvaise dans les yeux, sir Gerald Burke adressa un sourire à Miss Fairfax et lâcha : « Fascinant. Tout à fait fascinant.

– Quoi donc ? s'enquit-elle.

– Les Américains sont toujours vus comme extraordinairement vulgaires et frustes. Je n'y avais jamais cru auparavant. Après tout, vos nièces, madame, sont délicieuses. Mais maintenant, vous voilà, le parfait exemple de la brute mal dégrossie.

– Retirez ce que vous venez de dire, espèce de blanc-bec ! »

Lady Hedley se leva pour donner le signal aux femmes de la suivre au salon, faisant mine d'ignorer que le dessert n'avait pas encore été servi.

Au soulagement de tous, Miss Fairfax annonça d'une voix forte qu'elle se retirait dans sa chambre.

Une fois les dames rassemblées au salon, Mrs Jerry Trumpington déclara : « Ne serait-ce pas tout simplement merveilleux d'être comme ça ? De dire exactement ce que l'on pense ?

– Cela pourrait déclencher beaucoup de guerres, argua Rose.

– Puis-je vous rappeler, interrompit lady Hedley, que vous êtes ici dans une maison civilisée ? Cessez ces conversations morbides, je vous en prie. »

Mrs Trumpington et lady Polly s'approchèrent d'elle pour lui parler. Les sœurs Peterson rejoignirent Rose. « À votre avis, quand pourrons-nous quitter cet endroit ? demanda Harriet.

– Bientôt, je l'espère. Si seulement nous pouvions découvrir ce qui s'est réellement passé. Votre tante est-elle toujours aussi directe ?

– Hélas, oui, répondit Deborah. Elle est censée nous chaperonner l'année prochaine, pour notre première saison, mais nous ferions mieux de prévenir nos parents qu'elle fera fuir les beaux partis.

– Pensez-vous qu'elle ait raison à propos de Margaret Bryce-Cuddlestone ? s'enquit Harriet.

– Je ne l'imagine pas faire une chose aussi horrible.

– Peut-être est-ce vraiment l'un des domestiques, observa Deborah. La mort de Mary Gore-Desmond pourrait être accidentelle. Quant à Colette, elle aura brisé le cœur d'un des valets qui, pris de folie furieuse, l'aura assommée et jetée dans les douves.

– Miss Bryce-Cuddlestone était bouleversée, dit Rose. Je vais monter voir si elle va bien. »

Quand elle entra dans la chambre de Margaret, elle la trouva assise près de la fenêtre, regardant fixement dehors, l'air morose.

« Je suis désolée que vous ayez dû subir ça, fit Rose. Quelle vieille pie ! »

Margaret haussa les épaules. « Et vous, comment vous sentez-vous après l'épreuve que vous avez subie ?

– Physiquement, je vais bien, mais je sursaute à chaque fois que je vois une ombre.

– Ce médecin, Perriman, il est bon d'après vous ?

– Oui, il semble intelligent et efficace.

– Et discret ? Pas le genre d'homme à raconter à qui veut l'entendre ce que ses patients lui ont confié ?

– Vous êtes malade ?

– Non, un peu fatiguée, c'est tout. Quelque chose me tracasse.

– Je vais le faire chercher. Que dois-je lui dire ?

– Juste que je voudrais qu'il m'examine. Rien de plus. »

Je me demande si elle pense être enceinte, songea Rose. Elle ordonna à un valet d'appeler le médecin et redescendit au salon. Les hommes avaient rejoint les femmes, s'affalant dans les fauteuils pour discuter ou lire le journal.

Harry s'approcha de Rose. « Vous avez l'air inquiète. Que se passe-t-il ? »

Rose lui expliqua que Margaret avait besoin de voir un médecin. « Je commence à me demander si la mort de Mary Gore-Desmond ne serait pas un suicide, avança-t-elle.

– Pourquoi ?

– Eh bien, imaginons que Margaret ait passé une nuit en compagnie de lord Hedley et qu'elle se soit retrouvée… en mauvaise posture. Elle aurait pu prendre peur. Elle aurait été déshonorée.

– Quel est le rapport avec Mary ?

– Si Mary avait attrapé une maladie ou découvert qu'elle allait avoir un enfant, elle aurait pu décider de mettre fin à ses jours. »

Il la considéra pendant un long moment. « Je me demande si Kerridge a obtenu le rapport d'autopsie, finit-il par dire.

– On ne lui aurait pas caché quelque chose de si important !

– Oh que si ! Pour les huiles arrogantes contactées par Hedley, cela ressemblerait à une mort accidentelle embarrassante. Il faut que je le voie. Grâce à ces nouvelles informations, il pourrait faire des découvertes. »

Kerridge leva des yeux impatients quand Harry entra dans le bureau. « J'espère que vous avez quelque chose d'utile à m'apprendre.

– Je crains de n'avoir que des conjectures. Avez-vous reçu le rapport d'autopsie ?

– Non, il a été envoyé directement à mes supérieurs.

– Y a-t-il une chance que vous l'obteniez ?

– Je peux essayer. Qu'espérez-vous y trouver ?

– Il s'agit d'une hypothèse, mais peut-être que Mary Gore-Desmond était enceinte et qu'elle s'est suicidée. Si la bonne, Colette, savait qui était responsable, elle aura pu s'essayer au chantage.

– Capitaine Cathcart, je sais que vous voulez donner un coup de main, mais il me faudrait des faits vérifiables.

– J'ai remarqué qu'aucune de nos chambres n'avait été fouillée.

– J'ai essayé d'obtenir un mandat de perquisition mais on m'a assuré que c'était inutile. »

Dans le hall, Rose guettait le Dr Perriman et le héla dès qu'il arriva au bas de l'escalier.

« Lady Rose. J'espère que vous vous remettez du choc que vous avez subi.

– Je l'espère aussi. Comment va Miss Bryce-Cuddlestone ?

– Je crois avoir été en mesure de la rassurer.

– Elle est malade ?

– Je ne peux pas discuter de la santé de mes patients.

– Oh, bien sûr. Dites-moi, docteur, votre prédécesseur aurait-il vraiment délivré ce certificat de décès ?

– Non, je ne le pense pas. Le Dr Jenner était un homme très intelligent. Ce n'était qu'un médecin de campagne, certes, mais il était en contact avec les plus grands esprits médicaux du pays. Il menait beaucoup de recherches personnelles.

– À quel sujet ?

– Certains problèmes médicaux ne siéent pas aux oreilles des dames.

– Je ne suis pas émotive. »

Le médecin sourit. « Mais moi, je le suis, et il existe certains sujets dont je ne discuterai pas avec une jeune femme. Maintenant, si vous voulez bien m'excuser… »

Rose le regarda s'éloigner, puis remonta voir Margaret. Celle-ci avait l'air en bien meilleure forme, elle avait même repris un peu de couleurs.

« Comment vous sentez-vous ? demanda Rose. Qu'a dit le médecin ?

– Rien de plus qu'une légère affection féminine. J'ai cru comprendre que nous ne devions rester ici que deux jours de plus. La police va de nouveau nous interroger en détail et ensuite, nous serons libres de nous en aller.

– Vos parents ne devraient-ils pas être à vos côtés ?

– Je leur ai demandé de ne pas venir, je vais très bientôt rentrer à la maison. Un conseil, lady Rose, n'allez pas fourrer votre nez dans ce qui ne vous regarde pas. Si le tueur s'en est réellement pris à vous, il recommencera. »

Rose ressentit un accès de peur, mais répondit vaillamment : « Personne n'oserait tenter quoi que ce soit dans un château grouillant de policiers.

– Si vous le dites. Laissez-moi, maintenant. Vous me fatiguez. »

Rose regagna sa chambre où sa mère l'attendait. « Tu as entendu ? dit lady Polly. Nous allons bientôt être autorisés à quitter cet endroit.

– C'est ce que j'ai cru comprendre.

– J'ai une autre bonne nouvelle pour toi, ma chérie. J'ai parlé à Mrs Jerry Trumpington. Elle est disposée à t'emmener aux Indes l'année prochaine.

– Je ne veux pas y aller.

– Voyons, ne sois pas idiote. Nous ne pouvons décemment pas te présenter lors d'une autre saison. Les Indes sont l'endroit parfait pour toi. Tous ces officiers ! Ton père se mettra en relation avec le vice-roi et Mrs Trumpington sera en permanence à tes côtés pour s'assurer que tu ne te mésallies pas avec un chasseur de dot.

– Je n'irai pas, un point c'est tout. »

Le visage rond habituellement agréable de lady

Polly se durcit. « Tu feras ce qu'on te demande de faire. Tu pars aux Indes, c'est comme ça et pas autrement. Et tu ferais bien de dire deux mots à ta prétendue femme de chambre. Elle se promenait dans le parc avec le majordome du capitaine Cathcart. Tu sais que les domestiques ne sont pas autorisés à se conter fleurette. »

Après le départ de sa mère, Rose fit les cent pas, malade de frustration. La pensée d'être expédiée aux Indes comme un vulgaire paquet pour être mise sur le marché du mariage lui était odieuse. Mais que pouvait-elle y faire ?

Elle sonna Daisy avec irritation.

N'obtenant pas de réponse, elle fit venir un valet et lui intima d'aller chercher sa bonne.

Daisy arriva, l'air agité. « Je suis désolée, s'excusa-t-elle en ôtant son chapeau. Je ne pensais pas que vous auriez besoin de moi.

– D'après ma mère, on vous a vue flâner dans le parc avec Becket.

– Je n'imaginais pas que ça vous dérangerait. »

Rose s'écroula dans un fauteuil. « C'est censé me déranger. Les domestiques ne sont pas autorisés à avoir des soupirants. Ni à avoir une vie à eux, pour tout dire. Exactement comme moi.

– Que s'est-il passé ?

– Ma mère veut m'expédier aux Indes l'année prochaine, chaperonnée par lady Trumpington.

– Cette horrible vieille bique !

– Oui, Daisy. Que vais-je faire ?

– Peut-être qu'on pourrait suivre votre idée. Trouver un travail !

– Je suis mineure. Ils viendraient me chercher et, si je persistais, ils trouveraient un médecin complaisant pour me faire enfermer dans un asile de fous.

– Vos parents ne feraient jamais ça !

– Ils le pourraient. Une fille de mon milieu qui travaille pour gagner sa vie serait vue comme une aliénée. Oh, j'y pense. Margaret a demandé à voir le Dr Perriman. J'en ai profité pour lui demander si son prédécesseur aurait vraiment accepté de signer le certificat de décès de Mary Gore-Desmond. Apparemment, le vieux Dr Jenner menait des recherches, mais Perriman a refusé d'en dire plus. Selon lui, ce n'est pas un sujet convenable pour une jeune femme. De quoi peut-il bien s'agir ?

– De problèmes sexuels, je suppose. Comme la gonorrhée ou la syphilis.

– Comment savez-vous cela ?

– Une gommeuse de l'East End est forcément au courant de ce genre de choses. Parfois, de vieux vicieux des beaux quartiers viennent tenter leur chance, surtout avec des jeunettes comme moi.

– Pourquoi donc ? Je veux dire, pourquoi des jeunes ?

– Ils espèrent trouver une vierge.

– Je ne comprends pas.

– Eh bien, il paraît que si un homme atteint

d'une de ces maladies couche avec une vierge, il guérira. C'est arrivé à une des filles, Ellie.

– Et que s'est-il passé ?

– Je ne sais pas si ce sale type a guéri, mais Ellie a attrapé la syphilis.

– Il n'y a pas de traitement ?

– Je crois qu'il faut prendre du mercure, mais elle n'avait pas les moyens de payer le médecin.

– C'est affreux. Vous n'avez… vous, vous n'avez jamais… »

Daisy arbora un sourire effronté. « Pas encore. J'ai quatorze frères et sœurs et, comme dit la chanson, on est pauvres mais honnêtes.

– Votre famille ne vous manque pas ?

– Pas beaucoup. Mon père boit trop et il est toujours au chômage. J'ai l'impression de trimer depuis le berceau. C'est la vie. Et pour les Indes ?

– Je trouverai quelque chose », soupira Rose.

Kerridge faisait une pause entre deux interrogatoires, marchant avec Harry dans le parc. Curieusement, il était à l'aise en compagnie du capitaine, sentant confusément que, tout comme lui, il était inadapté à la vie en société.

« Qu'est-ce qui vous fait penser que les domestiques ne sont pas impliqués ? demanda Harry.

– Lord Hedley en sait plus qu'il ne veut le faire croire. Je suis convaincu qu'il a quelque chose à se reprocher. Sa voix devient rauque et il n'a pas l'air en forme. La première fois que je l'ai vu, on aurait dit notre roi dans un bon jour.

» Voilà comment je vois les choses. Vous autres, les gens de la haute, vous menez des vies futiles. Tout est voué au plaisir et vous en devenez esclaves. Vous n'aimez pas les riches pleins d'avenir de la classe moyenne, alors vous inventez des règles idiotes pour les tenir à distance. Tenez, on m'a servi un beau morceau de poisson hier soir. J'ai demandé où était le couteau à poisson. Le majordome m'a regardé avec mépris et m'a lancé : “Nous n'autorisons pas ce genre d'ustensiles ici.” Donc, je suis censé manger mon poisson avec une fourchette dans une main et un bout de pain dans l'autre.

» Au fond, dans les hautes sphères, le seul péché capital, c'est de se faire prendre. On va me faire parvenir le rapport d'autopsie complet. Il devrait arriver demain par porteur.

– J'admets que Hedley n'a pas l'air en grande forme, concéda Harry. Cependant, il n'a pas l'air particulièrement coupable non plus.

– Les coupables n'ont jamais l'air coupables. Quand un journal publie la photographie d'un meurtrier, tout le monde s'accorde à dire qu'il a des yeux d'assassin. Mais avant cela, on le voyait sans doute comme un type respectable.

– Y a-t-il une chance que vous me communiquiez ce qu'il y a dans le rapport ?

– J'y réfléchirai. Que se passe-t-il entre vous et lady Rose ?

– Pardon ?

– C'est une jeune femme très séduisante, fit Kerridge avec un regard narquois.

– Elle est séduisante, c'est indéniable. Mais c'est la femme la moins féminine que j'aie jamais rencontrée.

– Ce n'est pas ce que je dirais. Votre mauvaise jambe vous fait souffrir. Rentrons. »

Le manque de féminité que Harry reprochait à Rose était sur le point d'être confirmé d'une façon qu'il jugerait scandaleuse. Deux heures avant le gong du dîner, il reçut un mot lui demandant de retrouver la jeune femme dans la bibliothèque.

Amusé, il songea que peut-être elle avait conçu de l'attachement envers lui. Il la repousserait avec douceur.

Il la trouva en compagnie de Becket et de Daisy. Il mit la pointe de déception qu'il ressentit sur le compte d'une mauvaise digestion.

« Comment puis-je vous aider ? s'enquit-il.

– J'ai demandé à Daisy et Becket de se joindre à nous car il s'agit d'un sujet délicat. J'ai besoin d'informations.

– Je vous écoute. »

Rose s'était parée de la seule arme dont elle disposait : la mode. Elle portait une robe d'après-midi légère en soie vert clair, garnie de velours vert foncé. Le corsage était orné de dentelle fine. Elle avait d'amples manches longues et des manches intérieures ajustées. La large ceinture qui enserrait sa taille fine était décorée de petits nœuds en velours.

De menus souliers de velours vert apparurent sous sa robe quand elle tira une chaise pour s'asseoir.

« Prenez place, capitaine, je vous en prie. » Daisy resta debout derrière la chaise de Rose et Becket, derrière celle de Harry.

« Je pense que nous devrions tous nous asseoir, dit Rose. Ne faisons pas de manières. »

Becket tira une chaise pour Daisy, puis s'installa à son tour.

« Je me pose des questions sur les maladies vénériennes », annonça Rose.

Harry la regarda, effaré. « Vous avez bien dit "maladies vénériennes" ?

– Oui.

– Pourquoi ? interrogea-t-il avec nervosité.

– C'est juste une idée. Vous voyez, Daisy m'a expliqué que des hommes de la haute société ont des relations intimes avec des vierges dans l'espoir de soigner la syphilis, entre autres maladies.

– Où voulez-vous en venir ?

– Mary a laissé entendre qu'elle était avec quelqu'un. Il ne m'aurait jamais traversé l'esprit qu'une jeune femme non mariée puisse se compromettre. Mais un homme atteint d'une de ces terribles infections aurait pu se montrer très persuasif, lui promettre monts et merveilles. Et si elle a découvert la vérité, elle a pu vouloir se donner la mort.

– Je crains que votre connaissance nouvellement acquise des aspects les plus pervers de ce monde ne vous pousse à tirer des conclusions hâtives et pour le moins insensées, protesta Harry.

– Loin de là. Margaret Bryce-Cuddlestone a passé une nuit avec lord Hedley. Aujourd'hui, elle a fait chercher le médecin. Elle était très inquiète.

– Pourquoi une maladie vénérienne ? Elle a pu simplement avoir peur d'être enceinte.

– Peut-être. Mais vous ne comprenez pas ? Si lord Hedley a compromis Margaret, il a pu également compromettre Mary Gore-Desmond. Peut-être l'a-t-elle menacé de tout raconter à sa femme. C'est elle qui a l'argent. »

Harry resta silencieux. « Si vous n'aimez pas l'idée, souligna malicieusement Daisy, c'est parce que vous n'y aviez pas pensé.

– Vous, restez à votre place ! aboya Harry.

– Daisy ne fait qu'essayer de nous aider », intervint Becket avec colère, et Harry jeta un regard surpris à son domestique.

– Alors, que suggérez-vous ? demanda-t-il. Que nous confrontions Miss Bryce-Cuddlestone à ce qui n'est que conjectures ? Elle niera. Elle a trop à perdre. Et Hedley niera lui aussi.

– Peut-être pourriez-vous informer Kerridge de

nos soupçons. Il pourrait réussir à faire parler le médecin.

– Chut ! s'exclama tout à coup Daisy. J'ai entendu quelque chose. »

Elle traversa la pièce sur la pointe des pieds et ouvrit la porte en grand. Elle entendit des pas précipités au fond du hall et se mit à courir dans leur direction, mais Curzon lui barra la route. « Un problème ? demanda-t-il.

– Poussez-vous de mon chemin ! » cria Daisy.

Curzon lui empoigna fermement le bras. « Il est temps que vous et moi ayons une petite discussion, Miss Levine. On ne crie pas sur un domestique d'un rang supérieur. Vous…

– Daisy ! lança Rose en traversant précipitamment le hall. Tout va bien ?

– Vous ne perdez rien pour attendre, siffla Curzon.

– Oui, Madame », dit la jeune femme de chambre. Elles regagnèrent la bibliothèque. « On nous écoutait. J'ai entendu des bruits de pas s'éloigner et je me suis mise à courir quand ce grand escogriffe de Curzon s'est mis en travers de mon chemin. »

Harry regarda Rose. « Un agent monte-t-il la garde devant votre chambre la nuit ?

– Oui. Enfin, c'était le cas hier. »

Harry se tourna vers Daisy. « Assurez-vous qu'il sera de service ce soir. »

Rose montait l'escalier avec Daisy, quand Curzon les rattrapa en courant.

« Lady Hedley souhaite s'entretenir avec vous, lady Rose. Suivez-moi. Seule », ajouta-t-il en fusillant Daisy du regard.

Nerveuse, Rose lui emboîta le pas, se demandant si c'était lady Hedley qui les avait espionnés, mais chassa aussitôt cette idée, la jugeant ridicule.

Curzon ouvrit la porte du boudoir et annonça lady Rose, puis laissa les deux femmes en tête à tête. Lady Hedley était assise devant l'âtre et travaillait à sa tapisserie.

« Asseyez-vous, ordonna-t-elle. Non, pas ici. En face de moi. Que je puisse vous voir. »

Rose s'exécuta. Il y eut un long silence pendant lequel l'aiguille brillante de lady Hedley fit des allers-retours dans la tapisserie montée sur un métier.

Puis la marquise reprit : « Nous n'avons pas vraiment eu l'occasion de discuter.

– Je vous suis très reconnaissante de votre hospitalité », répondit Rose.

L'aiguille s'arrêta. « Non, c'est faux. Comment pourriez-vous l'être ! Que pensez-vous de ce château ?

– Il est très agréable.

– Comment cela ?

– Eh bien, il est romantique, comme les châteaux forts des histoires de chevaliers et de belles dames.

– Balivernes. Je vous supposais dotée d'un minimum d'intelligence.

– Vous n'attendez pas de moi que je dise ce que je pense, rétorqua Rose, sentant la colère monter.

– Ce serait agréable que vous essayiez. »

Rose prit une profonde inspiration. Pourquoi se soucierait-elle de ce que lady Hedley pensait ?

« Parfait. Il est ridicule, ce château, une vraie folie, et eu égard à la pauvreté du village local, une honte.

– Vous nous cassez encore les pieds avec ce village. Vous serez satisfaite d'apprendre que Hedley a entrepris de faire faire des réparations.

– Effectivement, je suis satisfaite.

– Il le fait uniquement parce que la presse à scandale a critiqué les conditions de vie des villageois. »

Il y eut un autre long silence. Rose se sentait hypnotisée par l'éclat de l'aiguille.

« Que pensiez-vous de Mary Gore-Desmond ?

– Rien. Je la connaissais à peine.

– Et moi, je la voyais trop. Savez-vous que c'est moi qui l'ai introduite dans le monde ?

– Non, madame. Lors de la dernière saison ?

– Oui, une partie en tout cas. Sa mère est tombée malade vers la fin, mais gardait espoir que son laideron de fille se trouverait quelqu'un, n'importe qui. Alors nous l'avons prise en charge. Une vilaine petite créature.

– Madame, elle est morte !

– Cela n'adoucit pas le souvenir que j'ai d'elle. Mais si je vous ai fait venir, c'est pour savoir si vous avez surmonté le choc que vous avez subi.

– Je l'espère, madame. Enfin, pour vous dire la vérité, j'ai peur que cette expérience ne me hante un certain temps.

– Quand j'étais petite, moi aussi je jouais sur le toit, lorsque nous venions ici en visite. Cet endroit était assez récent à l'époque. Enfants, nous le trouvions romantique.

– Je ne jouais pas. Quelqu'un m'a donné rendez-vous là-haut et m'a poussée dans le vide. »

La marquise rit. « Nous inventions aussi des histoires de ce genre. Ça me rappelle ma jeunesse. »

Le gong signalant l'heure de s'habiller pour le dîner résonna.

« Filez, dit lady Hedley. Et ne faites pas de sottises. »

Rose rapporta à Daisy la conversation qu'elle avait eue avec la marquise. « Elle a l'air dérangée, observa la femme de chambre.

– Non, je crois que c'est une excentrique. Ce doit être tellement affreux d'avoir un mari volage.

– C'est ce que ce genre de personnes font pour passer le temps. Nous devrions prévenir le capitaine que Mary Gore-Desmond a passé du temps chez eux à Londres. »

Mais Rose n'eut pas l'occasion de parler à Harry après le dîner, car sa mère la prit à part dans le salon. « Nous avons appris que tu as passé un certain temps avec le capitaine Cathcart. Certes, ton père lui est reconnaissant de l'aide qu'il nous a apportée et ses origines familiales sont irréprochables, mais il ne possède pas d'autre argent que celui qu'il gagne. Ce qui fait de lui un commerçant.

– Le capitaine Cathcart ne m'intéresse pas.

– Et je ferai en sorte que cela continue. »

Lorsque les hommes les rejoignirent au salon, lady Polly resta avec obstination au côté de sa fille.

Elle n'aurait pas dû se donner tout ce mal. Le capitaine Cathcart ne pointa pas le bout de son nez.

Il était dans la bibliothèque en compagnie de Becket et de Daisy, qui avait demandé à s'entretenir avec lui.

La femme de chambre lui raconta l'entrevue de Rose avec lady Hedley.

« Je commence à croire que Hedley pourrait être coupable de ces meurtres, et ce sera très difficile à prouver, dit Harry. Mais lady Rose est en sécurité. Un agent de police va faire le guet devant sa porte cette nuit. »

Curzon avait supervisé la confection des sandwichs et des boissons qui devaient être servis au salon. Il ne restait plus qu'à s'assurer que les dernières commandes des invités seraient exécutées et montées dans les chambres.

Mrs Jerry Trumpington avait besoin d'un verre

de lait chaud au cognac pour s'endormir et Miss Maisie Chatterton, d'une tasse de cacao. Le majordome parcourut la liste qu'il avait à la main. En bas figurait du thé, indien, avec du lait et du sucre, pour un certain agent Bickerstaff.

« Qui est l'agent Bickerstaff ? tonna-t-il.

– Ce doit être le planton devant la porte de la chambre de lady Rose, répondit la cuisinière.

– Je trouve que ça va un peu loin si les troufions se sentent ici comme à l'hôtel », grogna Curzon.

Il chercha le deuxième valet de pied, John. « Demandez à une des bonnes de préparer une théière et vous vous occuperez de la monter. Et apportez également son lait chaud à Mrs Trumpington et son cacao à Miss Chatterton. »

John rassembla les trois boissons sur un grand plateau et prit la direction des chambres des invités. Il y avait un escalier de service à l'arrière du château, réservé aux domestiques, mais la plupart utilisaient l'escalier principal, sauf lorsqu'ils débarrassaient les pots de chambre. Il commença par déposer le cacao chez Maisie Chatterton, puis se dépêcha de gagner l'autre tour, où se trouvaient les chambres de lady Rose et de Mrs Trumpington.

Il pensa avec mauvaise humeur que le gaz aurait dû rester allumé la nuit. Ce n'était pas évident d'équilibrer un plateau et une bougie. Il posa le plateau sur une petite table dans le couloir devant la chambre de Mrs Trumpington, mit le verre de lait au cognac sur un plateau plus petit et frappa à la porte. Il le tendit à la femme de chambre puis reprit son grand plateau. Il se dirigeait vers l'escalier quand il entendit appeler : « John ! »

La voix était étouffée et il n'aurait pu dire si elle était féminine ou masculine. Il posa le plateau sur une marche et leva sa bougie. Sûrement encore cette vieille chouette de Mrs Trumpington. Sans doute qu'une peau s'était formée sur son lait. Ce ne serait pas la première fois qu'elle rouspétait.

Il redescendit les marches et toqua à la porte. « Il y a un problème ? demanda-t-il à la femme de chambre.

– Non, répondit celle-ci, et ne frappez plus. Madame est sur le point de s'endormir. »

John soupira, remonta l'escalier et reprit le plateau. Il s'approcha de l'agent de police, qui était assis sur une chaise devant la porte de la chambre de Rose.

« C'est vous, Bickerstaff ? demanda-t-il avec hauteur.

– Oui, c'est moi.

– Voilà votre thé.

– C'est très gentil à vous. »

Pour toute réponse, John grogna et descendit l'escalier d'un pas décidé. Il comptait bien trouver une place dans une maison « normale », une maison où il n'y aurait pas de meurtres et où l'on n'attendrait pas des valets qu'ils servent des policiers.

Bickerstaff but le thé à petites gorgées. Il avait un drôle de goût, c'était sans doute un de ces thés étrangers. Il aurait préféré une bonne tasse de thé indien. Mais il était chaud et fort, et il le but avec reconnaissance.

John avait posé le plateau par terre, à côté de lui. Le policier se penchait pour se servir une autre tasse quand il eut un vertige. Ses jambes et ses bras étaient comme du plomb. Il s'effondra et, avec ses dernières forces, donna un coup de pied dans la porte en criant faiblement : « À l'aide ! »

Rose se réveilla en sursaut et actionna la sonnette qui était sur sa table de chevet. Daisy arriva en courant. « Vous avez entendu quelque chose ?

– J'ai entendu quelque chose ! s'écria la femme de chambre.

– Demandez à l'agent de police si tout va bien », dit Rose.

Daisy ouvrit la porte et hurla : « Il est mort ! Oh, mon Dieu, il est mort ! »

10

« Si ce jeune homme s'exprime en termes trop profonds pour moi, eh bien, quel jeune homme singulièrement profond ce profond jeune homme doit être ! »

W. S. Gilbert

Les portes s'ouvrirent à toute volée, des cris s'élevèrent, les invités et les domestiques arrivèrent en trombe. Vêtu d'une ample robe de chambre à motifs cachemire, Kerridge, qui logeait désormais au château, fit son apparition et prit les choses en main.

Cette fois encore, un valet fut envoyé prévenir le Dr Perriman, à Creinton. Kerridge se pencha sur Bickerstaff et lui tâta le pouls. Puis, à l'aide d'un grand mouchoir, il souleva avec précaution le couvercle de la théière et en renifla le contenu.

« Il n'est pas mort. On l'a drogué. Que le valet qui a apporté ce thé aille m'attendre dans le bureau.

Et je veux interroger l'ensemble du personnel de cuisine. » Il se tourna vers Rose. « Qu'est-ce qui vous a alertée ?

– J'ai entendu un coup sur la porte. Ce pauvre homme a dû se rendre compte qu'il avait été drogué et a voulu nous prévenir. »

Curzon intervint : « C'est John qui a monté le plateau.

– Qui a eu l'idée de servir du thé à l'agent ?

– C'était sur la liste, gémit le majordome.

– Quelle liste ?

– La liste des boissons que les invités souhaitent qu'on leur monte dans leur chambre.

– Et qui la prépare, cette liste ?

– Elle est épinglée à l'office et les domestiques y inscrivent ce que leurs maîtres demandent.

– Apportez-la-moi dans mon bureau. Ah, vous voilà, Judd. Trouvez un autre agent pour monter la garde devant la chambre de lady Rose et assurez-vous qu'il n'avale rien pendant son service.

– C'est sans doute encore un mauvais tour de Mr Pomfret », avança lady Sarah Trenton. Elle avait flirté en vain avec Freddy et Tristram, et se sentait rejetée et amère.

« Je ferais bien de le voir. Regagnez vos chambres. Je parlerai au valet en premier. »

Lady Polly cajolait sa fille en l'aidant à se remettre au lit. « Je serai tellement contente quand nous t'aurons éloignée de cet endroit épouvantable. Et je pousserai un soupir de soulagement lorsque tu seras en route pour les Indes avec Mrs Trumpington.

– Je n'irai pas.

– Oh que si, tu iras, et tu n'emmèneras pas cette Daisy avec toi. Tu auras une femme de chambre convenable. »

Rose éclata en sanglots. Lady Polly lui tapota l'épaule, puis dit sèchement à Daisy : « Ne restez pas plantée là. Vous n'avez pas quelque chose à faire ?

– Je pense que vous devriez me laisser prendre soin d'elle, Madame, répondit Daisy avec fermeté. Ce n'est pas le moment de la contrarier en lui parlant des Indes. »

Lady Polly dansait d'un pied sur l'autre. Elle n'avait jamais été confrontée aux pleurs de sa fille. Tout cela était extrêmement embarrassant.

« Très bien », dit-elle d'un ton abrupt.

Le père de Rose passa la tête dans l'embrasure de la porte. « Quelle histoire affreuse, dit-il. Et ces meurtres ! Je vais faire venir deux gardes-chasse. Ils seront plus efficaces que la police. Que Rose reste dans sa chambre. Vous lui ferez monter ses repas. »

Rose se mit à sangloter de plus belle dans son oreiller.

« Eh bien… voyons… ne pleure pas, balbutia le comte. Ça ira mieux demain. »

Lui et sa femme se retirèrent. Daisy prit Rose dans ses bras, la berçant doucement. « Allons,

allons. Daisy est là, et tant que Daisy sera là, vous n'irez pas aux Indes.

– Ils m'y obligeront, gémit Rose.

– Pas si nous prenons la poudre d'escampette. »

Elle tendit un mouchoir à sa maîtresse, qui se frotta les yeux et s'assit. « La poudre d'escampette ?

– Pourquoi pas ? Une fois cette histoire réglée, quand nous serons rentrées à la maison, nous ferons en sorte de devenir des dactylographes accomplies. Ensuite, nous attendrons que vos parents s'absentent et hop, nous voilà parties.

– Mais ils lanceront le capitaine Cathcart à nos trousses et il nous trouvera !

– Je ne le crois pas, pas si nous lui parlons d'abord. Imaginez ! Vous et moi à Londres, indépendantes et libres comme l'air. »

Rose sourit. « Je me sens déjà mieux. Mais je me demande qui a cherché à s'en prendre à moi. »

Kerridge venait de prendre la déposition de John, quand un agent annonça que Miss Frederica Sutherland tenait à l'entretenir d'un sujet important.

« Faites-la entrer », dit Kerridge avec lassitude.

Frederica entra, drapée dans un négligé de satin rose. « Je pense que vous devez savoir, commença-t-elle.

– Savoir quoi ? Prenez un siège, je vous en prie, Miss Sutherland.

– Je l'ai vu.
– Qui ?
– Sir Gerald Burke.
– Quand ? Et que faisait-il ?
– Voilà ce qui s'est passé. Je voulais une tasse de cacao, mais il était tard et les domestiques peuvent se montrer très insolents si vous n'avez pas commandé à l'avance.
– Continuez.
– J'ai décidé de descendre à l'office et de le préparer moi-même. J'ai entrouvert la porte de ma chambre pour vérifier qu'il n'y avait personne dans les parages. Un valet est passé devant moi avec un plateau. J'ai attendu, pour être sûre qu'il était parti, mais j'ai entendu des bruits de pas. J'ai vu sir Gerald monter l'escalier, puis j'ai entendu une voix appeler "John". J'ai pensé qu'il y avait vraiment trop de monde dans les couloirs, alors je me suis recouchée.
– Cette voix était celle d'un homme ou d'une femme ?
– Difficile à dire. Ça aurait pu être l'un comme l'autre. Elle était étouffée, en quelque sorte.
– Merci, Miss Sutherland. Nous devrons peut-être vous interroger à nouveau dans la matinée. »
Après le départ de la jeune femme, Kerridge esquissa un plan des chambres des invités. « C'est bizarre. Burke n'avait aucune raison de se trouver là. Il loge dans une autre tour, la tour est.
– Peut-être qu'il rendait visite à l'une des dames,

observa Judd. Quoique, il serait de la jaquette que ça ne m'étonnerait pas.

– Nous ferions mieux de le recevoir. Où sont Curzon et sa liste ? »

Le majordome entra. « Je ne la trouve pas, dit-il. La liste a disparu. »

Kerridge soupira. « Revérifiez. Et envoyez-nous sir Gerald Burke.

– Il est possible qu'il dorme.

– Alors réveillez-le ! » aboya Kerridge.

Dix minutes plus tard, Gerald fit son apparition. Il tendit les poignets. « Passez-moi les bracelets, vous avez gagné. C'est bien comme cela qu'on dit ?

– Seulement dans les romans à sensation, répliqua Kerridge. Asseyez-vous et expliquez-nous ce que vous faisiez dans la tour ouest. Vous avez suivi le valet dans l'escalier, or votre chambre se trouve dans la tour est. »

Gerald serra contre lui sa robe de chambre aux broderies recherchées. Il tira d'une de ses poches un long fume-cigarette, un étui à cigarettes en or, une boîte d'allumettes, et entreprit d'allumer une cigarette avec une lenteur exaspérante.

« Sir Gerald. J'attends !

– Je me suis perdu. Tout simplement. J'étais à mi-chemin quand j'ai vu le bristol de la Trumpington. Tellement facile de s'égarer dans cette affreuse baraque pseudo-médiévale. »

Kerridge consulta ses notes. Harry lui avait rapporté la conversation entre lady Hedley et Rose, et comment Mary Gore-Desmond avait été hébergée par les Hedley pendant la saison.

Il scruta Gerald, qui lui sourit à travers une volute de fumée. Kerridge décida de tenter le tout pour le tout. « Vous vous entendiez très bien avec Miss Gore-Desmond lorsqu'elle logeait chez les Hedley, non ? En fait, ses parents pensaient que vous lui demanderiez sa main.

– Ridicule. J'admets que je l'ai un peu courtisée. Une idée de Hedley. Il avait promis à ses parents d'essayer de lui trouver un fiancé et pensait qu'elle paraîtrait plus attirante aux yeux des autres s'ils voyaient que je lui portais de l'intérêt. Seulement, elle m'a pris au sérieux et j'ai su qu'il fallait que j'arrête les frais, sinon cette pauvre désespérée m'aurait traîné en justice pour rupture de promesse ou quelque chose de ce genre. Ç'a été une vraie corvée. Et puis, ce n'est pas comme si elle avait eu une dot.

– C'est quand vous avez découvert l'absence de dot qu'elle est devenue une corvée ?

– Ne m'infligez pas vos principes de brave travailleur, cher monsieur. Il faut bien se débrouiller dans ce monde cruel. Les factures de mon tailleur à elles seules permettraient à quelqu'un comme vous de vivre dans le luxe.

– Étiez-vous intime avec elle ?

– Je ne passe pas mon temps à séduire des vierges.

– Donc, vous affirmez que vous vous trouviez

dans la tour ouest parce que vous vous étiez perdu ? J'ai du mal à le croire.

– Cher inspecteur, réfléchissez une minute à ce qu'est ce fichu château la nuit. Hedley père n'a pas lésiné sur la dépense pour faire installer le gaz et maintenant, la mode est à l'électricité. Le gaz est éteint la nuit et nous sommes censés prendre des bougies sur la table du hall. J'ai tourné à gauche au premier palier au lieu de tourner à droite, voilà tout. Une simple erreur. Je dois vous informer que je suis connu des têtes couronnées d'Europe et que je ne laisserai pas un vulgaire policier mettre ma parole en doute. »

Kerridge se consola avec une vision soudaine de lui-même, vingt ans et vingt kilos de moins, tenant les barricades tandis que le corps flasque de sir Gerald se balançait à un lampadaire.

« Je vous conseille de coopérer avec la police. Nous considérons désormais la mort de Miss Gore-Desmond comme un meurtre. »

Gerald se leva avec indolence. « Eh bien, faites-moi savoir comment avance l'enquête. Ce sera tout ?

– Pour le moment. »

Gerald sortit en prenant son temps. « Quelle sale petite tique, ragea Kerridge. Je suis sûr que c'est lui qui a fait le coup.

– Il ne me semble pas du genre à faire quoi ce soit avec une femme, railla Judd.

– Oh, ce type serait prêt à courtiser un chat s'il

avait de l'argent. Faites monter la cuisinière, puis le reste du personnel de cuisine. La nuit va être longue. »

Heureusement pour Rose, sa mère avait donné l'ordre au Dr Perriman de l'ausculter après avoir examiné le policier. Le médecin compatissant expliqua à lady Polly qu'il serait néfaste pour la santé de sa fille de la garder confinée dans sa chambre et que cela pourrait entraîner une *crise de nerfs**.

Rose descendit prendre un petit déjeuner tardif. Seuls quelques convives étaient présents. Elle savait que sa mère, comme d'autres, préférait prendre ce repas dans sa chambre.

Elle se servit de rognons, de bacon et de toasts puis s'assit à côté de Harry. Il s'était barricadé derrière le *Times*, mais baissa son journal et dit : « Je vois que l'épreuve de cette nuit ne vous a pas coupé l'appétit.

– Vous pensez que l'on a vraiment essayé de s'en prendre à moi ?

– Je le crains.

– Il s'agissait peut-être d'une farce de ces deux hurluberlus, Freddy et Tristram. »

À ce moment précis, la porte s'ouvrit et Curzon annonça d'un ton grave : « Mr Pomfret et Mr Baker-Willis, Mr Kerridge souhaite vous voir. »

Le duo quitta la pièce en grommelant et en jetant des regards venimeux à Rose.

« J'aimerais que ce soit le cas, dit Harry. Mais

non. Ils ne se risqueraient pas à cela au milieu d'une enquête pour meurtre. Kerridge va recevoir le rapport complet du légiste aujourd'hui. J'espère qu'il me fera savoir s'il contient quoi que ce soit d'intéressant.

– Vous l'avez vu ce matin ?

– Non, hier soir. Il a du sommeil à rattraper. Il voudrait que ce soit Gerald Burke le coupable.

– Pourquoi ?

– Apparemment, il a été vu dans votre tour à peu près au bon moment. Quelqu'un a appelé le valet, qui a posé le plateau avec la théière et qui est revenu sur ses pas. C'est sans doute à ce moment-là que le thé a été trafiqué. Mrs Trumpington prend du laudanum pour dormir, tout comme Margaret Bryce-Cuddlestone. Il y en a aussi une bouteille à l'office. Pauvre Kerridge, tout le monde se plaint de lui, c'est remonté jusqu'à Kensington Palace. Il subit une pression phénoménale. »

Curzon entra à nouveau et s'approcha de Rose. « Lady Hadshire souhaite votre présence, Madame.

– Cela ne peut pas attendre que j'aie fini mon petit déjeuner ?

– Madame a dit que c'était extrêmement urgent. »

Rose soupira et chuchota à Harry : « Retrouvez-moi dans la bibliothèque après le déjeuner. »

Harry acquiesça d'un signe de tête. Rose gagna la chambre de sa mère, où elle trouva également son père.

« Assieds-toi, Rose, intima celui-ci. Sombre histoire.

– Je ne pense pas qu'on réessaiera de s'attaquer à moi, papa, et nous serons bientôt loin d'ici.

– Ce n'est pas le sujet. Nous avons appris que tu discutais avec le capitaine Cathcart au petit déjeuner.

– Oui. Et alors ?

– Cet homme n'est pas convenable, tu ne dois pas frayer avec lui. »

Rose sentit la colère la gagner. « C'est tout ce à quoi vous pensez ? Il semble que l'on ait encore tenté de m'assassiner la nuit dernière et tout ce qui vous préoccupe, c'est de savoir si cet homme est convenable ou non.

– C'est pour ton bien. Le capitaine Cathcart m'a été utile, oui, mais comme un boutiquier, si tu veux. Tu ne lui adresseras plus la parole. »

Rose les regarda fixement et une idée prit forme dans son esprit. Une idée splendide. Le chantage.

« Ce serait tellement dommage que Sa Majesté apprenne que vous l'avez engagé afin d'empêcher une visite royale. Kensington Palace serait horrifié. Pensez-y ! Ma disgrâce en société ne serait rien par rapport à la vôtre. Ma relation avec le capitaine est innocente. Il ne m'intéresse pas le moins du monde sur le plan romantique. Mais c'est le seul avec qui je peux parler des meurtres. Si j'en étais réduite à limiter ma conversation à des bavardages et des commérages avec les autres hommes, Dieu sait ce que je pourrais laisser échapper.

– Tu n'oserais pas ! » hoqueta lady Polly.

Rose se leva. « C'est ce que nous verrons. Maintenant, il faut que je descende finir mon petit déjeuner. »

Daisy était assise dans sa chambre, son nécessaire à couture posé sur une table à côté d'elle et un panier de bas de soie à raccommoder à ses pieds. Mais elle avait trouvé un exemplaire relié de six mois de numéros de *Young England* dans la bibliothèque et, plongée dans un feuilleton sur les Têtes rondes et les Cavaliers, elle sentait qu'elle ne pourrait pas s'arrêter avant la fin.

On frappa à la porte. Elle cacha le volume sous un coussin et ouvrit. Becket se trouvait sur le seuil. « Vous ne devriez pas venir me voir dans ma chambre, Mr Becket. Si on le découvre, on nous tombera dessus à bras raccourcis.

– Personne ne m'a vu. Le capitaine n'a pas besoin de moi ce matin, il m'a dit de prendre l'air.

– Il pleut des cordes !

– Je ne crois pas qu'il l'ait remarqué.

– Eh bien, entrez. Mais si ma maîtresse revient, il faudra que vous disparaissiez en vitesse.

– La rumeur court que sir Gerald Burke serait le coupable.

– Cette chouquette !

– On ne sait jamais. Peut-être qu'il en a l'air mais

pas la chanson. En tout cas, il n'est pas agréable avec les domestiques. D'après Curzon, il passe son temps à récriminer.

– Curzon ! Comment êtes-vous devenu si ami avec cette soupe à la grimace ?

– Il rouspétait contre vous. Il était sur le point d'aller se plaindre auprès de lady Polly. Il a fallu que je trouve un moyen de l'en empêcher.

– Comment avez-vous fait ?

– J'ai dit que vous étiez la fille illégitime de lady Polly.

– Quoi !

– Ce genre de choses arrive souvent. La plupart des aristocrates font des mariages arrangés, alors on leur autorise un peu de licence après la naissance des héritiers. Si Monsieur ou Madame a un enfant illégitime, l'affaire est étouffée. La honte n'atteint que ceux que l'on perce à jour. Ce vieux snob de Curzon a donné en plein dans le panneau. “Je vois. Ça explique ses manières un peu trop libres”, a dit cette vieille andouille. “Les chiens ne font pas des chats.”

– Je ne suis pas sûre d'apprécier d'être prise pour une bâtarde.

– Une bâtarde aristocratique. Pensez à tous les ducs et les comtes qui ont obtenu leur titre du mauvais côté de la couverture. Et puis, il n'en soufflera mot à personne. Il vénère ses supérieurs, comme il les appelle tout le temps. »

Daisy se mit à rire. « Vous êtes unique. Je

vous pardonne. Ma maîtresse est bouleversée, ses parents menacent de l'expédier aux Indes. Et si votre maître l'épousait ?

– Ça ne marcherait pas. Il pense qu'elle est la femme la moins féminine qu'il ait jamais croisée.

– Si nous trouvions un moyen de les rapprocher…

– Ce sera difficile. Quand tout cela sera fini, elle sera sans doute envoyée à l'autre bout du monde et ils ne se reverront jamais. C'est dommage, j'ai le sentiment qu'ils sont faits l'un pour l'autre.

– Elle n'ira pas aux Indes. Nous avons un plan : trouver un moyen d'aller à Londres et travailler. Nous savons toutes les deux taper à la machine.

– Mais cela rabaisserait votre maîtresse au rang de la classe moyenne.

– Qu'est-ce qu'il y a de mal à ça ? Elle dit que la classe moyenne a une morale.

– Mon maître pourrait considérer qu'elle n'est pas convenable.

– Quoi ! Un homme qui fait sauter des gares ! Il pourrait surtout penser qu'elle est trop bien pour lui.

– Je ferais mieux de m'en aller avant de me faire prendre à traîner dans le coin. Je vous laisse à vos travaux de couture.

– Je déteste coudre. Je préférerais cent fois taper à la machine. »

Après le déjeuner, Rose se dépêcha de gagner la bibliothèque, Daisy sur ses talons. Elle attendit patiemment Harry. Les minutes s'égrenaient. Daisy explora les étagères à la recherche d'un autre volume de *Young England.*

Enfin, Harry entra, suivi de Becket. « Des nouvelles ? s'enquit Rose, impatiente.

– Oui, et pas qu'un peu. Mary Gore-Desmond n'était pas enceinte, mais elle avait la syphilis au stade secondaire.

– Alors, tout ce que le Dr Perriman a à faire, c'est de présenter les archives du Dr Jenner, dit Rose, et la police saura si Hedley est atteint.

– Lord Hedley n'est pas traité par Perriman pour quoi que ce soit et les dossiers du Dr Jenner sont confidentiels. La police a contacté le médecin de sir Gerald Burke, à Wimpole Street, et lui aussi a invoqué le secret professionnel.

– L'inspecteur Kerridge ne pourrait-il pas solliciter le ministre de l'Intérieur pour obtenir un mandat l'autorisant à saisir les dossiers ?

– Je pense qu'il essaie. Il dit que s'il demandait le dossier médical d'un pauvre type d'un quartier malfamé de Londres, il l'obtiendrait sur-le-champ. Je commence à comprendre pourquoi il a des tendances bolcheviques.

– Où se trouvent les archives du Dr Jenner ?

– Au cabinet de consultation de Perriman, à Creinton.

– Alors, allons les chercher, dit Rose.

– Et comment procédons-nous ? demanda Harry.

– Eh bien, vous vous introduisez chez lui et vous jetez un œil.

– Chère demoiselle, je ne suis pas un délinquant.

– Alors, vous pourriez me conduire là-bas parce que je ne me sens pas bien et, pendant que le médecin m'examine, vous furetez.

– Je pense que vos parents ne déborderont pas d'enthousiasme à l'idée que vous montiez dans ma voiture.

– Je ne leur demanderai pas la permission. Becket avancera la voiture. Vous pourrez me soutenir, comme si je défaillais, et dire que vous m'emmenez d'urgence chez le médecin.

– Ça aura l'air bizarre. » Harry la regarda, gêné. « Les gens comme nous ne se déplacent pas, c'est toujours le médecin qui vient.

– Oh, essayons ! s'écria Rose, trahissant son jeune âge en sautillant sur place. Posez ce livre, Daisy, et allez chercher mon manteau de fourrure et le chapeau de feutre avec la voilette. »

Quelques hommes étaient partis à la pêche et le reste des invités étaient plongés dans la langueur d'après déjeuner, ils furent donc à même de quitter le château sans affronter quiconque.

Creinton était un petit bourg, et l'arrivée d'une automobile souleva beaucoup d'intérêt. Harry s'arrêta devant le cabinet du médecin, situé sur la place principale, et coupa le moteur. « Si je prévois de cambrioler ce bon docteur Perriman, dit-il, regardant la foule qui s'était massée autour d'eux, je ferais mieux de me garer plus loin. Cet engin attire trop l'attention. »

Ils entrèrent dans la salle d'attente. Trois personnes patientaient, plongées dans la torpeur maussade qu'inspire ce genre d'endroit. Celui-ci était particulièrement sinistre, avec ses fauteuils de cuir noir rembourrés de crin de cheval, sa pendule en marbre noir et ses murs marron.

Une infirmière bâtie comme un cuirassé entra. « Mr Jenkins », appela-t-elle, et ses yeux se posèrent sur les nouveaux arrivants juste au moment où un petit homme à l'air fatigué se levait. Son visage massif se plissa en un sourire tandis qu'elle jaugeait le manteau de zibeline de Rose.

« Voici lady Rose Summer, annonça Harry. Elle s'est sentie étourdie et angoissée pendant que nous nous promenions et je pense que le Dr Perriman devrait l'ausculter.

– Bien sûr. Tout de suite. Rasseyez-vous, Mr Jenkins. Suivez-moi, madame. »

Rose voulut protester, dire qu'elle attendrait, mais Harry, la main sous son bras, la pressa d'avancer.

Tandis que Rose expliquait qu'elle avait des vertiges, Harry parcourut le cabinet des yeux. Le long d'un mur couraient des étagères en bois contenant des boîtes à dossiers. Le Dr Perriman n'avait repris le cabinet que récemment, il y avait donc là toutes les archives des patients du Dr Jenner.

Harry s'en approcha avec nonchalance, puis se rendit compte que le médecin s'adressait à lui. « Pourriez-vous nous laisser, monsieur ? Il faut que j'examine cette jeune femme.

– Bien sûr. »

Il regagna la salle d'attente puis sortit sur la place où Becket montait la garde à côté de l'auto. « Je vais vérifier s'il y a un moyen d'entrer par-derrière, chuchota-t-il au majordome. Pensez-vous pouvoir détourner l'attention de la foule ?

– Envoyez-moi Daisy, Monsieur. J'ai mon concertina dans l'auto. »

Harry alla chercher Daisy pendant que Becket sortait l'instrument de sa boîte.

« Que se passe-t-il ? s'enquit la femme de chambre.

– Je crois que Becket a besoin d'un coup de main. »

Harry découvrit qu'une étroite allée longeait le cabinet. Il s'arrêta et tendit l'oreille, tandis que s'élevait la voix de Daisy, accompagnée du concertina de Becket.

Chez nous, la bière est moins chère,
Chez nous, les chopes sont plus grandes,
Chez nous, le patron est un gai luron,
Chez nous, c'est au pub d'à côté.

Harry sourit, se souvenant que son précepteur lui avait un jour raconté que la fanfare des Royal

Guards avait joué cette chanson un dimanche après-midi sur la terrasse du château de Windsor. La reine Victoria avait trouvé l'air charmant et demandé à sa dame d'honneur d'en trouver les paroles. C'est avec beaucoup de réticence que le chef de musique les lui avait données.

Il y avait une entrée de service sur le côté. Harry examina la porte. La moitié supérieure était constituée de quatre panneaux de verre. Il pourrait casser un carreau et tirer le verrou, s'il y en avait un. Il tourna la poignée avec précaution. La porte n'était pas fermée. Il entra et inspecta l'autre côté. Pas de verrou, seulement une grosse clef dans la serrure. Il retira la clef et s'éclipsa. Maintenant, il s'agissait de trouver un serrurier.

Une foule importante s'était rassemblée autour de l'automobile. Daisy était passée à une ballade sentimentale : « L'organiste aveugle ».

Un dimanche matin, le pasteur du village annonça :
« Notre organiste est malade, qui le remplacera ? »
L'angoisse gagna les visages des bons paroissiens.
Tandis qu'ils se demandaient qui ce siège ferait sien.
Un homme en haillons, titubant, s'avança dans la nef
Un ivrogne en ces lieux, sans même un couvre-chef ?
Mais quand sans un mot il actionna le clavier,
S'éleva la mélodie la plus douce jamais jouée.

Renseignements pris auprès de l'un des rares villageois qui n'écoutaient pas Daisy, Harry trouva le serrurier et prétexta avoir besoin d'un double pour ses écuries.

Pendant qu'il copiait la clef, le serrurier expliqua qu'il avait repris l'atelier de son père, mort seulement deux mois plus tôt. « C'est drôle, j'ai toujours refusé de travailler avec lui, alors qu'il m'a tout appris. Mais il m'a laissé l'atelier, alors voilà.

– Que faisiez-vous avant ?

– J'étais une espèce de charpentier ambulant. Un peu de besogne par-ci. Un peu de besogne par-là. Voilà, monsieur, ça devrait faire l'affaire. »

Tandis qu'il se dépêchait de traverser la place, Harry fut horrifié de voir que Rose avait rejoint Daisy et que, debout dans l'auto, bras autour de la taille, les deux jeunes femmes s'égosillaient.

Des vieux fers, des vieux fers, des vieux fers :
T'es délicieux, un vrai bonbon, une vraie chouquette
T'es tout pimpant, des pieds à la tête…

Harry remonta l'allée d'un pas vif, ouvrit la porte, replaça la clef dans la serrure et revint à l'auto en courant, tandis que Rose et Daisy saluaient sous un tonnerre d'applaudissements.

Les pièces de monnaie se mirent à pleuvoir. Harry grogna et se fraya un passage parmi les badauds. « Le spectacle est terminé », cria-t-il. Daisy se hissa à l'arrière du véhicule à côté de Becket et Rose s'assit à l'avant, tandis que Harry démarrait.

« Rendez-leur l'argent, ordonna-t-il.

– Nous l'avons gagné », protesta Daisy, mais les trois lurons jetèrent des poignées de pièces à la foule tandis que l'auto s'éloignait.

« Bon sang, qu'est-ce qui vous a pris de vous donner en spectacle de cette manière ? cria Harry à Rose par-dessus le bruit du moteur.

– C'était amusant, rétorqua Rose. Vraiment très amusant.

– Je suis sûr que l'infirmière du Dr Perriman l'a appelé pour qu'il jette un coup d'œil à votre petit spectacle et il doit se demander si vos aventures ne vous ont pas dérangé la cervelle.

– Vous avez trouvé un moyen d'entrer ?

– Je vous dirai ça dans une minute. » Harry attendit d'être loin du bourg et se gara. « J'ai fait faire une copie de la clef de l'entrée de service. J'irai ce soir.

– Je vous accompagne, dit Rose, les yeux brillants d'excitation.

– Certainement pas.

– Je serai plus en sécurité avec vous qu'au château, avec ou sans policier devant ma porte.

– Nous pourrions faire le guet, avança Daisy.

– Je ne sais pas ce qui vous a pris, lady Rose, de chanter des chansons de music-hall.

– Le roi Édouard en chante bien. Sa préférée, c'est :

Hé, salut. Garçon ! Garçon ! Du champ' ! Des bulles !

On m'appelle Jack le Vacarme, de l'argent, j'en manque pas,
Et pour faire la fête, je suis votre homme !

– Imaginez que le médecin informe vos parents de votre comportement !

– Raison de plus pour découvrir quelque chose de spectaculaire dans ses dossiers. Comme ça, tout le monde pensera à autre chose. »

Long et pénible, le dîner ne fut égayé que par l'effet que sir Gerald exerçait sur la sévère Américaine, Miss Fairfax. Il était assis à côté d'elle et semblait considérer toutes ses remarques déplacées comme des traits d'esprit des plus fins. Plus il riait, plus Miss Fairfax rayonnait.

Assis de l'autre côté de l'Américaine, Harry fut amusé en entendant Gerald conclure : « Il faut absolument que vous me laissiez vous faire visiter Londres. Je vous vois bien dans un taffetas bleu nuit avec un col haut, très *grande dame**.

– Je ne me suis jamais intéressée aux chiffons.

– Mais vous devriez, ma chère, protesta Gerald. Et votre chevelure. Vous seriez magnifique en rousse.

– Vilain chenapan », fit Miss Fairfax en éclatant d'un rire tonitruant.

Elle était tellement enchantée de la compagnie de Gerald qu'elle ne se tourna qu'une fois vers Harry au cours de l'interminable repas, et ce fut pour lui demander comment était le gibier dans la région. Quand Harry répondit qu'il ne chassait pas, elle lâcha : « J'aurais dû m'en douter », et se tourna de nouveau vers Gerald.

Harry avait informé Rose qu'il quitterait le château à deux heures du matin. Maintenant, il se demandait s'il ne devait pas ruser et partir plus tôt. Il la revit soudain, debout dans l'auto, enlaçant Daisy, chantant de tout son cœur. C'était la première fois depuis qu'il la connaissait qu'il la voyait vraiment jeune et insouciante.

Lady Hedley se plaignit que la police avait occupé le toit du château toute la journée. « C'est la faute de lady Rose, asséna-t-elle d'une voix forte. Les jeunes femmes d'aujourd'hui sont victimes de leur imagination et enclines aux crises de nerfs. »

À l'autre bout de la table, Rose eut envie de hurler, mais garda le silence. Elle avait demandé à Daisy de faire du charme à Becket pour s'assurer que Harry ne renoncerait pas à l'emmener avec lui.

En fouillant dans le panier des costumes destinés aux charades, Daisy avait réussi à dénicher deux tenues de garçon. Gloussant nerveusement, elle et Rose les enfilèrent et remontèrent leurs cheveux sous deux casquettes de tweed. De longs pardessus complétaient leur déguisement. Avant de se changer, Rose avait confié à l'agent de police qui montait la garde devant sa porte qu'elle dormirait dans la chambre de sa mère et suggéré qu'il surveille la porte de lady Hadshire.

Becket avait dit à Rose avec fermeté que si son maître prévoyait de ne pas les emmener, il ne pourrait rien y faire. Ce fut donc avec soulagement qu'elles virent l'auto garée de l'autre côté des douves. Elles se hâtèrent de franchir le pont-levis, Rose, agrippée au bras de Daisy, jetant des regards nerveux autour d'elle.

Lorsqu'elles montèrent en voiture, Harry embraya et descendit le chemin en silence, ne démarrant le moteur que lorsqu'ils furent à bonne distance du château. Une fois sur la route de Creinton, il arrêta l'auto, descendit allumer les phares, remonta dans le véhicule et redémarra.

Rose trouvait que conduire dans le noir était très excitant. Les carrés de lumière que les phares projetaient devant eux la fascinaient.

Arrivé aux alentours de Creinton, Harry se gara sous des arbres et descendit éteindre les phares. « Lady Rose, dit-il, vous et Daisy, vous restez ici avec Becket, qui veillera sur vous. Je vais faire aussi vite que possible.

– Mais je voulais jouer les monte-en-l'air moi aussi, protesta Rose.

– Restez ici et ne vous avisez pas de bouger, souffla Harry.

– Rabat-joie, grommela Rose. Honnêtement, Becket, il n'y avait aucune raison que nous venions. Ce n'est pas une aventure.

– C'est mieux comme ça, lady Rose. Si le capitaine se fait attraper, ce ne sera pas aussi grave que si l'on vous trouvait avec lui. Imaginez les gros titres des journaux. Il y a encore deux journalistes qui logent au pub. »

Harry s'éloigna rapidement, heureux que sa mauvaise jambe soit dans un bon jour et ne le fasse pas souffrir. Quand il atteignit la place, il se retrouva à découvert et rasa les murs, soulagé que ce soit une nuit sans lune.

Lorsqu'il fit tourner la clef dans la serrure de la porte de service, elle produisit un *clic* sonore qui sembla résonner comme un coup de feu dans le bourg silencieux. Il attendit un instant, l'oreille tendue, puis entra et alluma une lanterne sourde. Il se trouvait dans une petite cuisine. Par chance, la porte qui ouvrait sur le cabinet était fermée au verrou de son côté. Il la déverrouilla et déboucha dans un couloir étroit. Devant lui se trouvait la porte d'entrée, ses carreaux de vitrail diffusant une faible clarté. Il se souvenait d'avoir pénétré dans la salle d'attente, sur la droite, puis de l'avoir traversée jusqu'à la salle d'examen. Il y avait une autre porte dans le couloir, qui conduisait probablement aussi à la salle d'examen. Il actionna la poignée. Elle était fermée à clef. Il gagna la salle d'attente. Fermée à clef elle aussi. Les deux portes étaient massives, en acajou. Il essaya une porte de l'autre côté du couloir. Verrouillée, comme les autres.

Un escalier faisait face à l'entrée. Peut-être que de vieux dossiers étaient conservés à l'étage. Harry monta les marches sur la pointe des pieds. Trois portes donnaient sur le palier. Toutes trois fermées à clef.

Il battit en retraite dans la cuisine, découragé. Tout ce qu'il voulait, c'était lire le dossier médical de lord Hedley. Il s'assit un moment à la table de la cuisine pour reposer sa jambe. Rose serait tellement déçue, pensa-t-il avec un sourire désabusé.

Il faudrait qu'il trouve quelque chose pour crocheter la serrure. Mais il n'avait jamais crocheté de serrure et n'avait pas la moindre idée de la façon de s'y prendre.

Il y avait un vaisselier contre un mur. Il posa la lanterne dessus et ouvrit le premier tiroir. Il était plein de couteaux, de fourchettes et de cuillères. Il prit un des couteaux. Il avait été si souvent astiqué à la brique de Bath qu'il était devenu fin et fragile. Il le remit à sa place et ouvrit l'autre tiroir.

D'abord, il n'en crut pas ses yeux. Il leva la lanterne pour mieux voir. Le tiroir contenait un jeu de clefs dûment étiquetées.

Une des étiquettes indiquait : « Porte d'entrée », une autre : « Salle d'attente ». Il y en avait même une qui portait la mention : « Coffre-fort ».

Harry afficha un large sourire et sélectionna la clef portant l'étiquette « Salle d'examen ». Il était sur le point de quitter la cuisine quand il entendit des pas dehors, dans l'allée. Il éteignit sa lanterne, s'approcha de la porte, la verrouilla et s'accroupit. Les pas se rapprochaient. Une main actionna la poignée. Puis les pas reprirent leur route. Levant les yeux, Harry vit un casque de policier passer devant la fenêtre. L'agent faisait sa ronde de nuit.

Il attendit puis ralluma avec précaution la lanterne, gagna la salle d'examen et en ouvrit la porte.

Il fouilla dans les rangées de dossiers, à la recherche d'une chemise portant la mention « LORD HEDLEY », mais ne trouva rien.

Ce dossier était peut-être dans l'une des pièces du haut, pensa Harry. Je n'aurais jamais dû laisser Rose venir. Cela pourrait prendre toute la nuit et elle risque de faire quelque chose de stupide, comme venir me rejoindre.

Il repassa dans la cuisine chercher les autres clefs. La première pièce de l'étage avait autrefois été une chambre, mais le lit était maintenant couvert de bric-à-brac et le reste de la pièce était encombré de vieux meubles.

La suivante était un bureau doté d'un secrétaire à cylindre. Les murs étaient couverts d'étagères pleines de livres médicaux, pour certains très anciens. À côté de la cheminée se trouvait un grand coffre-fort. Harry l'examina. Il fut soulagé de constater que c'était un coffre à l'ancienne, sans combinaison.

Il s'agenouilla et ouvrit le coffre, la lanterne posée sur le sol à côté de lui.

Il y avait plusieurs objets en or dans une boîte :

une montre de gousset, des boutons de chemise, une chaîne de montre et un cure-dents. À sa grande surprise, une autre boîte contenait une pipe et une petite quantité d'opium. Le Dr Perriman était-il un fumeur d'opium ? Ou ce vice était-il celui du défunt Dr Jenner ? Il y avait également plusieurs titres de propriété et divers papiers, ainsi qu'une caisse contenant quelques centaines de livres sterling.

Il tomba enfin sur un épais dossier qu'il étala sur le sol. Il s'agissait du dossier médical de lord Hedley et d'une correspondance entre le Dr Jenner et un certain Dr Palverston, à Londres. Harry réprima un sifflement. Dans leurs lettres, les deux médecins débattaient de l'utilisation de l'arsenic pour contrer les effets de la syphilis. Le Dr Jenner avait commencé à traiter lord Hedley pour ce mal l'été précédent.

Harry remit tout en place avec soin et referma le coffre. S'il voulait faire part de ces informations à Kerridge, il devrait cacher le fait qu'il était entré par effraction dans le cabinet.

Il descendit l'escalier et remit les clefs dans le tiroir, prenant garde de les replacer dans l'ordre exact où il les avait trouvées.

Il poussa un soupir de soulagement quand il eut verrouillé la porte de la cuisine derrière lui et se hâta de rejoindre les autres.

Daisy et Becket furent enthousiasmés par les informations qu'il leur donna, mais Rose avait l'air un tantinet déçue.

« Tout cela semble trop facile, se lamenta-t-elle. J'avais imaginé que vous agiriez comme un vrai cambrioleur. »

L'image joyeuse de Rose chantant dans l'auto qu'il avait à l'esprit éclata comme un ballon. Cette gamine était décidément très sotte.

Harry rendit visite à Kerridge tôt le lendemain matin.

« Comment avez-vous appris ça ? demanda l'inspecteur divisionnaire.

– Je ne peux pas vous le dire.

– Vous n'avez pas le choix, pourtant.

– Inspecteur, il vous arrive de payer des informateurs, n'est-ce pas ? Et vous ne leur demandez pas comment ils ont obtenu leurs informations en vue de les traîner devant les tribunaux ? »

Les doigts de Kerridge tambourinaient sur le bureau. « Je peux interroger Hedley. Même s'il admet être atteint de syphilis, il niera avoir quoi que ce soit à voir avec Mary Gore-Desmond. Nous devrons ensuite parler à ses parents pour obtenir plus de preuves – couchait-elle avec quelqu'un d'autre ? Ça les secouera. Mais ça montre que Hedley a de l'arsenic à sa disposition. De toute façon, il faudra que je l'interroge. Vous serez peut-être contraint de me dire comment vous avez obtenu ces informations.

– Espérons que nous n'en arriverons pas là », dit Harry.

11

« J'étais fatigué de son souffle, de lui ;
Ses mains, ses traits, je les trouvais d'un mortel ennui.
Chaque jour, la même voix, les mêmes pas, leur insipide fadeur ;
Je ne le détestais pas : mais je voulais qu'il meure. »

G.K. Chesterton

Rose dut endurer la fureur de sa mère. Pourquoi avait-elle renvoyé l'agent qui montait la garde devant sa chambre ? Se compromettait-elle avec l'un des invités ? La jeune femme protesta que le policier devait avoir mal compris.

Lady Polly lui apprit qu'ils étaient libres de partir dès le lendemain. « Je suis soulagée de quitter cet endroit. Hedley n'est pas ce que nous avions été amenés à croire. Je n'aime pas son château, il est extrêmement vulgaire, et je n'aime pas ses invités. Cette Miss Fairfax est épouvantable. Aucun des jeunes gens n'est convenable. Nous ouvrons la maison de Londres et avons demandé aux domestiques de préparer notre arrivée. Il y aura quelques bals et réceptions avant Noël, avec un peu de chance, tu rencontreras un parti décent.

– J'ai pris la décision de ne pas me marier, dit Rose.

– Et quel autre choix as-tu ?

– Je sais taper à la machine. Je pourrais travailler.

– As-tu perdu la tête ? Travailler ? Tu serais la risée de la bonne société. Les gens comme nous ne travaillent pas ! »

Sur quoi, lady Polly, dans une colère noire, sortit de la chambre de sa fille en claquant la porte.

Rose sentit les larmes lui monter aux yeux et les essuya avec colère. Les effets de la tentative de meurtre dont elle avait fait l'objet finissaient par se manifester. Bouleversée, elle se sentait faible et inutile. Demain, ils partiraient et elle ne saurait jamais ce qui s'était réellement passé.

Daisy entra. « Je n'ai pu m'empêcher d'entendre votre mère s'en prendre à vous. Alors comme ça, nous allons à Londres.

– On le dirait. Si seulement je savais qui a tué Mary.

– Peut-être que Miss Bryce-Cuddleston sait quelque chose.

– Elle ne me dira rien.

– Ça vaudrait le coup d'essayer. C'est mieux que de rester les bras croisés. »

Rose se mit à faire les cent pas, puis s'arrêta devant la fenêtre. « C'est une belle journée. Je pourrais lui proposer de se promener. Transmettez-lui le message, voulez-vous ? Si elle est d'accord, je la retrouverai dans le hall dans, disons, une demi-heure. »

Rose avait peu d'espoir que Margaret accepte son invitation, à sa grande surprise, c'est pourtant ce qu'elle fit.

Kerridge avait convoqué Harry. « Je n'ai pas tiré grand-chose du marquis, dit-il. Il a eu l'amabilité de menacer de me faire perdre mon emploi.

– A-t-il reconnu être atteint de syphilis et être en possession d'arsenic ?

– Loin de là. "Prouvez-le, espèce de sale petit avorton", voilà les derniers mots qu'il m'a adressés.

– Il vous faut un mandat de perquisition.

– Je sais, dit Kerridge, amer. Mais j'ai reçu l'ordre de laisser partir les invités. J'ai envoyé un agent inspecter le cabinet du Dr Perriman. Aucun signe d'effraction. Comment avez-vous fait ?

– J'avais des informations.

– Vous êtes allé là-bas hier avec lady Rose. Tout le bourg en parle. Lady Rose et sa bonne s'égosillaient comme des saltimbanques.

– Rien qu'un peu d'amusement.

– Rien qu'une petite diversion pour détourner

l'attention des villageois pendant que vous trafiquiez Dieu sait quoi. Si seulement un élément faisait surface. J'ai plus ou moins reçu l'ordre de vider les lieux et de tourner la page. La presse a jeté l'éponge, nous ne sommes plus sous pression.

– Donc, retour au point de départ : étouffer l'affaire.

– Exactement. Au moins, lord Hedley n'a pas abandonné les réparations des cottages du village.

– Pas encore, dit Harry, cynique. Je me demande ce qu'il fera quand nous serons partis. »

Rose et Margaret marchaient dans les jardins, situés à gauche du château, du côté opposé à l'entrée de service.

Elles parlaient de mode, tandis que Daisy et John, le valet, les suivaient discrètement à quelques pas.

Le petit disque pâle du soleil brillait au-dessus de la roseraie. Dans les coins d'ombre, la terre était encore couverte de gelée blanche. Rose adressa à Daisy le signe dont elles avaient convenu pour lui indiquer de rester à bonne distance, puis dit à voix basse : « Miss Bryce-Cuddlestone, avez-vous la moindre idée de qui a pu commettre ce meurtre ?

– Je ne pense pas qu'il s'agisse d'un meurtre, lady Rose. Je pense que Mary était idiote et qu'elle a pris trop d'arsenic.

– Alors, pourquoi votre bonne a-t-elle fini dans les douves ?

– Comment le saurais-je ?

– Miss Bryce-Cuddlestone – puis-je vous appeler Margaret ?

– Non.

– Bon, eh bien, quand vous avez couché avec lord Hedley, saviez-vous qu'il avait la syphilis ?

– Espèce de petite garce ! Espèce de sale petite garce qui fourre son nez partout.

– Je voudrais vous aider. Pourquoi ? Pourquoi avoir accordé vos faveurs à un tel homme ?

– Mes faveurs. Comme c'est vieux jeu. »

Margaret éclata en sanglots. Rose passa le bras autour de ses épaules et la guida vers un banc. Derrière elles, une statue de Niobé les fixait en versant des larmes de marbre.

Rose sortit un mouchoir de sa poche et le donna à Margaret. Elle attendit patiemment que celle-ci ait épuisé ses pleurs.

« Je ne pouvais supporter l'idée de subir une saison de plus, gémit Margaret, à voix si basse que Rose dut se pencher pour l'entendre. Ma mère me ridiculise constamment. Elle s'imagine qu'elle n'a rien perdu de sa beauté. Elle m'en veut d'avoir décliné plusieurs demandes en mariage. Hedley était amusant, pas comme ces épouvantables foutriquets. Il m'a fait la cour. Il a prétendu que lady Hedley était très malade, qu'elle n'en avait plus pour longtemps, qu'il m'épouserait et que je deviendrais marquise, un rang supérieur à celui de ma mère. C'est arrivé une nuit, c'est tout. Et puis, lady Hedley est venue dans ma chambre. Elle m'a parlé de la syphilis. Je lui ai témoigné ma sympathie pour sa maladie, me disant que ça lui avait dérangé l'esprit, mais elle m'a ri au nez et a expliqué qu'elle était en pleine forme et que son mari devrait vraiment arrêter de coucher avec des vierges en pensant que ça le guérirait. À ce moment-là, je l'ai détesté. J'aurais voulu qu'il meure. J'ai répondu que j'allais tout révéler, mais elle a éclaté de rire ! Elle s'est esclaffée que ça reviendrait à clamer que je n'étais plus vierge et que mes parents finiraient par l'apprendre.

– Qu'a dit le Dr Perriman ?

– Que je ne montrais aucun signe d'infection. Il a refusé de parler de lord Hedley mais, selon lui, les personnes au stade latent ne sont pas contagieuses. On ne l'est qu'au premier et au deuxième stade. Donc, je suppose que je n'ai pas à craindre d'être malade.

– Dieu soit loué. Peut-être Mary Gore-Desmond était-elle déterminée à ce qu'il honore sa promesse. Peut-être est-ce la raison pour laquelle elle est morte.

– Mais Colette !

– Il est possible qu'elle ait découvert cette histoire et qu'elle l'ait fait chanter. Vous devriez en parler à Kerridge.

– Non, et si vous le faites, je nierai tout. Lady Hedley fait courir le bruit que vous êtes une affabulatrice qui passe son temps à inventer des histoires.

– Évidemment », dit lentement Rose.

Après le déjeuner, Harry fit irruption dans le bureau de Kerridge. « Nous sommes idiots ! s'exclama-t-il.

– Éclairez ma lanterne, répondit l'inspecteur.

– Le Dr Jenner correspondait avec un certain Dr Palverston, de Londres, à propos de l'usage médical de l'arsenic. Il vous suffit de prétendre que nous sommes au courant pour la syphilis et l'arsenic, et le Dr Perriman supposera que le Dr Palverston a parlé. Accusez-le de détenir des preuves importantes et menacez de le jeter en prison.

– Ce n'est pas bête, ce que vous dites. Je me rends de ce pas à son cabinet. »

Harry regagna sa chambre et sonna Becket. « Restez auprès de lady Rose, lui ordonna-t-il. Je ne veux pas qu'il lui arrive quoi que ce soit avant que nous ne quittions cet endroit. Je pense que Hedley pourrait être dangereux et que sa maladie commence à affecter son cerveau. »

Becket monta et toqua à la porte de Daisy. « Le capitaine veut que je garde un œil sur lady Rose. Où est-elle ?

– Partie voir lady Hedley. À l'instant.

– Les ordres sont les ordres. Je ferais mieux de descendre et d'attendre devant la porte du boudoir de la marquise.

– Je viens avec vous. »

Lady Hedley leva la tête quand Rose entra. « Vous êtes censée frapper », dit-elle avec humeur.

Elle travaillait toujours à sa tapisserie. « Asseyez-vous. »

Rose s'exécuta, prenant place de l'autre côté de la cheminée. Lady Hedley brodait, imperturbable, l'aiguille jetant des éclats de lumière.

« Je voudrais vous demander quelque chose, commença Rose, nerveuse.

– Je vous écoute. »

Rose commençait à regretter d'être venue. La marquise paraissait si chétive, si fragile.

« J'ai cru comprendre que votre mari prenait de l'arsenic pour soigner une… maladie. »

Silence. L'aiguille continuait de lancer des éclairs.

« Je crois, poursuivit Rose, s'armant de courage, qu'il a séduit Mary Gore-Desmond à la fin de la saison parce qu'il est persuadé que coucher avec une vierge le guérira. Colette le savait et a tenté de le faire chanter. Et c'est lui qui m'a poussée du toit.

– Vous êtes une menteuse dangereuse et malveillante. J'aime mon mari, et personne ne me l'enlèvera. Tout ça n'est qu'un ramassis d'idioties. Que savez-vous de l'amour ? »

Rose la fixait du regard, les idées se bousculant dans son cerveau. Une des manches en dentelle de la marquise se releva tandis qu'elle piquait son aiguille, révélant un bras étonnamment musclé.

« C'est moi qui ai l'argent, voyez-vous, reprit lady Hedley. Une chaîne d'épiceries. Vous avez entendu parler de Crumleys ?

– Oui. Il y a des boutiques dans tout le pays, je crois.

– Mon père. Il faisait de la concurrence à Lipton. Mais ça restait du commerce. J'étais classée dans la catégorie des filles de boutiquiers, peu importaient les millions que nous possédions. Ma première saison a été un cauchemar. Tout le monde m'a prise de haut. Alors, en homme d'affaires avisé, mon père, paix à son âme, a décidé de m'obtenir un titre. Ses espions l'ont informé que Hedley était endetté. Il a accepté le mariage et les affreuses bonnes femmes qui m'avaient snobée n'ont eu d'autre choix que de me regarder avoir la préséance sur elles. Je n'aimais pas le côté intime du mariage et j'ai demandé à Hedley de prendre son plaisir ailleurs, pourvu qu'il soit discret.

» Je crois qu'il fréquentait les maisons closes. Mais quand il a contracté la syphilis, il est devenu imprudent. Quelqu'un devait veiller sur lui », conclut-elle dans un soupir. Elle se remit à l'ouvrage.

Rose la scrutait. Était-ce possible ? Lady Hedley, qui semblait si inoffensive, pouvait-elle être le pilier de ce mariage ? Si c'était le cas, alors…

Elle tenta le tout pour le tout. « C'est vous. C'est vous qui avez assassiné Mary Gore-Desmond, éliminé Colette et essayé de me tuer.

– Vous n'avez aucune preuve, ma chère, et personne ne vous croira. » Lady Hedley continuait de broder comme si Rose avait évoqué le temps qu'il faisait.

« Des preuves, j'en trouverai.

– Vous partez demain matin.

– Comment avez-vous réussi à aller et venir sans que personne ne vous voie ? Comment êtes-vous parvenue à verser le somnifère dans le thé du policier ? La voix que John a entendue venait de plus bas. Comment avez-vous pu passer devant lui pour droguer la théière ?

– C'est on ne peut plus simple. L'escalier de service est étroit et raide. Après qu'un de nos domestiques s'y est rompu le cou, nous leur avons donné pour instructions d'utiliser l'escalier principal, sauf pour vider les pots de chambre. J'ai appelé John, monté l'escalier de service en courant et je suis arrivée là où il avait posé le plateau. Une question de minutes. Je suis pleine de ressources, vous savez.

» Colette était la pire. Quelle écervelée ! Elle a essayé de me faire chanter. Elle m'a vue dans l'escalier, la nuit où Mary a été empoisonnée. Je lui ai dit que je la paierais en diamants, mais qu'elle devait faire sa valise et me retrouver dehors, à l'arrière du château, pour qu'il n'y ait pas de témoins. Cette petite idiote a marché. Je n'ai eu qu'à la pousser dans les douves. Par chance, elle ne savait pas nager, mais elle a fait un tel boucan en se noyant que j'ai eu peur qu'elle réveille quelqu'un. La soi-disant boîte de diamants ne contenait que des briques. Je les ai mises dans sa valise et j'ai jeté le tout dans les douves.

» Hedley n'est au courant de rien. C'est un enfant. Il avait pris langue avec un charlatan de Londres et lui avait commandé une quantité astronomique d'arsenic. Il ne s'est même pas aperçu qu'il en manquait. »

Rose se leva. « Vous êtes un monstre. Je vais de ce pas voir Kerridge. »

La marquise sortit alors de son panier à ouvrage un revolver qu'elle pointa sur Rose.

« Assise, ordonna-t-elle. Vous n'irez nulle part avant que j'aie décidé quoi faire de vous. »

Rose s'immobilisa. La lumière du feu rougeoyait sur le canon de l'arme maléfique.

Les genoux tremblants, elle articula : « Je vais sortir de cette pièce et vous ne m'en empêcherez pas. Vous ne pouvez pas me tirer dessus. »

La marquise se leva à son tour, contourna le métier à tisser et se planta devant Rose. « Je peux vous abattre, vous mettre le revolver dans la main et prétendre que vous vous êtes suicidée. Tout le monde me croira, vous passez pour bizarre. »

Soudain, la porte s'ouvrit à toute volée, Daisy fit irruption dans la pièce et se jeta devant Rose au moment même où lady Hedley faisait feu.

La balle atteignit Daisy au côté. Mais elle avait hérité des corsets aux baleines d'acier de sa maîtresse et la balle ricocha, rebondit avec un bruit métallique sur un buste en bronze de lord Hedley et toucha la marquise en plein front.

Becket hurla : « Police ! »

Valets et policiers montèrent les marches quatre à quatre. La marquise était étendue devant la cheminée, un trou au front, sa cervelle coulant sur le tapis par l'arrière de sa tête.

Daisy s'était évanouie. Tandis que Becket se hâtait d'expliquer qu'ils avaient entendu la confession de lady Hedley, Rose déchira le corsage en mousseline de sa jeune bonne. « Apportez-moi des ciseaux », cria-t-elle.

Un agent de police tira une paire de ciseaux du panier à ouvrage et la lui tendit. Rose découpa les lacets et écarta le corset. Il n'y avait pas de sang. Sous le choc, elle se mit à pleurer de soulagement.

Bientôt, Harry fut à ses côtés. Il la prit dans ses bras et l'aida à se relever.

« Je me fiche qu'on tente d'étouffer l'affaire », dit Kerridge avec lassitude ce soir-là. Lui et Harry s'étaient cloîtrés dans le bureau. « La coupable est morte, ça m'est égal de céder aux pressions. Voilà la version officielle : lady Hedley s'est donné la mort dans un accès de folie et le décès de Mary Gore-Desmond est accidentel. Quant à Colette, qui se soucie d'une domestique française qui semble n'avoir aucune famille et qui, par-dessus le marché, faisait chanter les hôtes de sa maîtresse ?

– Qui connaît la vérité ?

– Vous, Becket, Daisy et Rose. Oh, et les parents de Rose. Un ou deux valets. Vous savez comment lady Polly a réagi ? Elle s'est écriée : "Vous voulez dire que cette femme de chambre a sauvé la vie de ma fille ? Oh, juste ciel, maintenant nous allons être obligés de la garder. Elle en sait trop, sans compter qu'elle est au courant de l'autre affaire." Capitaine Cathcart, de quelle autre affaire parlait-elle ?

– Je n'en ai pas la moindre idée, mentit Harry. Comment se porte lady Rose ? Je n'ai pas été autorisé à la voir.

– Comme un charme, compte tenu de ce qu'elle a traversé. C'est une fille courageuse. Sans elle, nous n'aurions probablement rien découvert.

– Et sans Daisy, elle serait probablement morte. Elle va bien d'ailleurs ?

– Elle est gaie comme un pinson à l'accent cockney. D'après le médecin, elle a une énorme contusion à l'endroit où la balle a ricoché sur la baleine. Oh, et lady Polly a encore trouvé à se plaindre. Elle a reproché à lady Rose d'avoir donné un corset hors de prix à sa femme de chambre, sur quoi lady Rose a rétorqué qu'elle ne supportait pas ce genre de sous-vêtements trop serrés et elles ont fini par se disputer pour des chiffons.

– Et Hedley, comment va-t-il ?

– Il fait de son mieux pour paraître sous le choc mais, à l'évidence, le fait que la fortune de sa femme lui revienne ne le laisse pas indifférent.

Il pourra se payer ses vierges maintenant. Quel monde ! Finalement, vous ne lui aurez été d'aucune utilité.

– Au contraire. Il m'a confié la mission sordide de m'assurer que les valets témoins de la scène tiennent leur langue. Je lui ai suggéré de soudoyer Daisy. Personne à part Rose ne l'a remerciée et j'ai le sentiment qu'elle mérite une récompense.

– Qu'allez-vous faire maintenant ?

– Je ne sais pas, répondit Harry en se penchant pour masser sa mauvaise jambe. Mais la prochaine fois, je m'assurerai que mes employeurs sont honnêtes et respectables.

– Capitaine, s'ils sont honnêtes et respectables, ils n'auront pas besoin de vos services. Vous avez entendu parler de l'agence de détectives Pinkerton ?

– Bien sûr.

– Vous pourriez essayer de créer quelque chose de ce genre. Décrocher des missions un peu plus gratifiantes que faire sauter un pont juste parce qu'un comte ne veut pas recevoir le roi.

– Je n'ai pas la moindre idée de ce dont vous parlez. Ah le gong, il faut que j'aille m'habiller pour le dîner. » Harry tendit la main. « Ça a été un plaisir de vous rencontrer. Je ne pense pas que nous nous reverrons. »

Kerridge lui serra la main. « Je suis persuadé du contraire, capitaine. »

Harry avait supposé que lord Hedley ne se montrerait pas au dîner, mais il était bien là et présidait, selon son habitude. Il arborait un brassard noir, comme les autres hommes. Les femmes, quant à elles, avaient toutes réussi à trouver un vêtement sombre.

Il fut surpris de voir que Rose était là, elle aussi, le visage blême, rendu presque translucide par le noir de sa robe.

La conversation se faisait en sourdine mais, à mesure que le vin circulait, on parla plus fort. « Tellement affreux », souffla Maisie Chatterton à Harry, qui nota avec amusement qu'avec toutes ces émotions, elle en oubliait de zézayer. « J'ai toujours pensé qu'elle n'était pas tout à fait saine d'esprit. Je ne remettrai jamais les pieds ici.

– Je crois que nous serons tous contents de quitter cet endroit demain matin », répondit Harry.

La voix de Miss Fairfax retentit : « Tout cela est louche. Personne ne veut me dire ce qui s'est passé exactement. Je discutais avec lady Hedley l'autre jour et elle semblait tout à fait heureuse et en bonne santé. »

Un silence choqué s'abattit sur l'assemblée. Puis sir Gerald lança : « Voyons, ma douce, un peu de délicatesse. Le manque de tact vous brouille le teint et ce n'est pas ce que nous voulons, n'est-ce pas ? »

Harry fut sidéré de voir Miss Fairfax pousser un gloussement et donner une petite tape sur le bras de Gerald avec son éventail. « Vilain, *vilain* garçon. »

Elle doit vraiment avoir beaucoup d'argent, pensa Harry avec cynisme. Il jeta de nouveau un coup d'œil à Rose, qui picorait sans grande conviction dans son assiette. Se sentait-elle, comme lui, inadaptée à son milieu ? Il était plus à l'aise en compagnie de Kerridge qu'avec ses pairs.

À l'étage, Becket toqua à la porte de la chambre de Daisy et se glissa à l'intérieur. Il regarda en direction de la chambre de Rose et murmura : « Est-ce qu'elle est là ?

– Partie dîner. » Daisy était calée sur ses oreillers, un exemplaire relié de *Young England* sur les genoux et une boîte de chocolats sur la table de chevet.

Becket tira une chaise et s'assit à côté d'elle. « Vous avez reçu votre pot-de-vin ?

– Cent guinées. Vous aussi ? »

Becket acquiesça d'un signe de tête.

« Vous allez quitter le capitaine ?

– Jamais. Et vous ? Vous pourriez acheter une boutique.

– Non, je reste avec lady Rose. Elle a besoin de moi. Si nous nous enfuyons à Londres, il nous faudra de l'argent.

– Dieu merci, vous portiez ce corset.

– Lady Rose venait de me le donner. Elle les déteste, mais quand je les porte, j'ai l'impression d'être une reine, même si c'est très inconfortable. Chocolat ?

– Avec plaisir. J'entends quelqu'un dans le couloir… qui vient de s'arrêter devant la porte.

– Cachez-vous dans le lit », dit Daisy en rabattant les couvertures.

On frappa. « Entrez. »

Curzon, le majordome, apparut sur le seuil. « Je connais la vérité sur la façon dont vous avez sauvé la vie de votre maîtresse. Bon sang ne saurait mentir, c'est bien connu. Je vous prie d'accepter ceci en gage de mon estime. » Il lui tendit une boîte à cigarettes sculptée.

« Merci, articula Daisy d'une voix faible, car sous les couvertures, le corps de Becket était collé au sien et elle n'avait qu'une hâte, que Curzon s'en aille.

À son grand soulagement, le majordome dit : « Je vois que vous êtes encore sous le choc. Soyez sûre que votre secret sera bien gardé.

– Je vous remercie. »

Daisy attendit d'entendre Curzon s'éloigner dans le couloir et descendre l'escalier avant de rabattre brusquement les couvertures. « Sors de là !

– Je ne faisais rien de mal, protesta Becket. J'étouffais là-dessous. Il y a des cigarettes dans cette boîte ? »

Daisy souleva le couvercle et en huma le contenu. « Des turques. Les meilleures.

– On s'en grille une ? Tu fumes ?

– Ça m'arrive. »

Il alluma deux cigarettes. « Tu m'écriras ? demanda-t-il.

– Oui, je sais écrire maintenant, dit Daisy avec fierté.

– Tu ne comptes pas donner un peu de cet argent à ta famille ?

– Ah ça, non ! P'pa le boirait. Et m'man aussi, quand j'y pense. Peut-être que je passerai les voir pour essayer de glisser quelque chose aux petits.

– Daisy, tu penses qu'un jour, nous deux… »

La porte de communication s'ouvrit et Rose entra. « Vous ne devriez pas être ici, Becket. Daisy mérite le plaisir de votre compagnie, mais si ma mère vous surprend, je serai encore plus dans le pétrin que je ne le suis déjà. Et en plus vous fumez ! »

Becket s'en alla. Daisy voulut se lever. « Non, ne bougez pas, l'arrêta Rose. Je peux me mettre au lit toute seule. Les domestiques de mes parents ont empaqueté la plupart de nos affaires, vous n'avez pas besoin de vous y employer.

– Vous serez contente de quitter cet endroit.

– Oui, bien sûr, très contente. Bonne nuit, Daisy. »

Rose regagna sa chambre et s'assit à la coiffeuse. Elle serait à Londres le lendemain. Plus de frayeurs ni d'inquiétudes, plus de Kerridge ni de policiers et plus de capitaine Cathcart. Pourquoi la vie lui semblait-elle soudain si fade ?

Épilogue

« Nul doute qu'avoir grand air est profitable,
Savoir sourire et regarder, toujours aimable,
Les bonnes manières ne sont pas rien,
mais bien élevé ou non
Au bout du compte, la question, c'est de
combien dispose-t-on.
C'est si indispensable d'avoir de l'argent,
hey ho !
C'est si indispensable d'avoir de l'argent.

» Et les anges en rose et les anges en bleu,
En mousselines et moirés, si neufs, si
fabuleux,
Que veulent-ils ? On souhaiterait le savoir,
quelle ineptie,
Car avec de l'argent, la réponse est toujours
Oui.
C'est si indispensable, vous dit-on, l'argent,
hey ho !
C'est si indispensable d'avoir de l'argent. »

A. H. Clough

Le matin suivant, la maisonnée se leva de bonne heure. Tout le monde semblait heureux de pouvoir enfin quitter le château.

Lady Polly s'affairait autour de sa fille, tandis qu'un valet aidait cette dernière à monter dans la calèche. Rose savait que ses parents se sentaient extrêmement coupables de l'avoir jetée dans la gueule du loup et espérait tirer profit de cette culpabilité une fois à Londres.

Elle regarda par la fenêtre de la calèche. Harry émergeait du château en enfilant ses gants de conduite. Quel homme exaspérant ! Peut-être le croiserait-elle si elle se rendait à des soirées ? Comme ce serait plaisant de lui faire savoir à quel point il l'exaspérait.

« Ce qui me déplaît, grommela le comte tandis que l'attelage se mettait en branle, c'est que Hedley se réjouisse autant de mettre la main sur la fortune de sa femme.

– Il ne vivra pas assez vieux pour en profiter, dit Rose. La syphilis commence déjà à le ronger.

– Assez avec cette histoire. Une jeune fille ne devrait pas être au courant de ce genre de choses.

– Peut-être que si Mary Gore-Desmond l'avait été, elle serait toujours en vie.

– Ne parle pas à ton père sur ce ton, intervint lady Polly. Je sais que tes pauvres nerfs sont éprouvés par l'expérience terrifiante que tu viens de traverser, mais tu n'as pas besoin d'être si… crue. »

Les sœurs Peterson partirent en auto, tandis que Miss Fairfax les suivait en calèche, accompagnée de sir Gerald.

« Plus vite, enjoignit Harriet au chauffeur. Je veux la semer. Debs, il faut absolument que nous écrivions à Mère pour ne plus l'avoir sur le dos. Elle était déjà nuisible avant, mais maintenant, elle réduira nos chances à néant, à pérorer et à guigner les gens avec cette affreuse créature au bras.

– Adieu, château de misère, s'exclama Deborah quand l'auto passa le pont-levis. Je t'avais dit qu'il y avait quelque chose de louche dans le suicide de lady Hedley. Rose était présente. J'ai essayé de lui poser des questions ce matin, mais sa mère nous a interrompues et l'a emmenée. Et puis, tu te souviens que j'avais envoyé ma bonne chercher des rubans à Creinton ? Selon elle, le capitaine Harry, Rose et leurs domestiques chantaient dans la rue ! Pour de l'argent !

– Ça ne pouvait pas être eux. Le comte de Hadshire est diablement riche.

– Oui, mais d'après la rumeur, la pension que verse l'armée au capitaine n'est pas élevée. Comme ce doit être avilissant d'être pauvre. Il devrait épouser Rose. Après tout ce qui s'est passé, ses parents pourront s'estimer heureux si elle arrive à harponner quelqu'un.

– Le scandale avec Blandon tombera bientôt aux oubliettes. Elle a de l'argent, un titre et la beauté. Elle ne restera pas vieille fille.

– Tu sais ce que je pense ? » Deborah agrippa son chapeau quand la voiture braqua pour s'engager sur la grand-route. « Je pense que Rose n'est pas du genre à rester les bras croisés. Tu peux me croire, elle sera empêtrée dans un autre scandale d'ici Noël.

– J'ai entendu dire que ses parents l'envoyaient aux Indes.

– Eh bien, pauvres Indiens ! s'exclama Deborah. Tu verras qu'elle déclenchera une mutinerie ou quelque chose de ce genre. »

Un des attelages du marquis déposa Freddy Pomfret et Tristram Baker-Willis, accompagnés de leurs valets, à la gare de Creinton.

« Quelle visite absolument empoisonnante, se plaignit Freddy, tisonnant mollement le feu de la salle d'attente de première classe. Des morts et des coups de feu. Un mélodrame assommant. Comme être coincé dans un roman à sensation de Mrs Henry Wood.

– Et cette créature, Rose, renchérit Tristram. Elle nous a fourrés dans de beaux draps, c'est le cas de le dire ! Cette vieille bique de Trumpington nous reluquait d'une façon atroce. J'ai la nausée rien que d'y penser. »

Freddy sortit une flasque en argent. « Tiens, goûte ça, tu m'en diras des nouvelles. Je me suis servi dans les réserves de Hedley. »

Tristram prit la flasque et avala une lampée de

cognac. « Ça va mieux. Après ça, impossible de tenter notre chance auprès des sœurs Peterson. Tu sais quoi ? Lady Rose va à Londres. Trouvons un moyen de lui rendre la monnaie de sa pièce. »

La salle d'attente se mit à trembler à l'approche tonitruante du train. « C'est parti ! s'exclama Freddy. Londres, nous voilà ! »

Margaret Bryce-Cuddlestone, accompagnée des Trumpington, regardait d'un air sombre par la fenêtre du train. Une épaisse couche de givre blanchissait le paysage.

Elle pouvait s'estimer heureuse de s'en tirer avec une réputation intacte. Elle ne croyait pas un seul instant que lady Hedley s'était donné la mort. Lorsqu'elle repensait à leur conversation, elle était sûre que Rose avait découvert la culpabilité de la marquise et qu'elle l'avait confrontée à ses actes. Dieu merci, ces fâcheux événements passeraient à la trappe, sans quoi elle aurait pu être obligée de témoigner au tribunal. Cette histoire l'avait ébranlée. Ses menstrues ne devaient pas arriver avant la semaine suivante. Il ne lui restait qu'à prier pour ne pas être enceinte.

Elle prit une décision : si elle s'en tirait, elle cesserait de chercher l'amour et épouserait le premier homme qui lui demanderait sa main.

Mrs Trumpington tira son mari du sommeil. « Je me demande si je dois aller aux Indes avec la fille des Hadshire. Elle est un peu instable, non ? Au début, j'ai pensé, "Splendide, un séjour à l'étranger tous frais payés". Voyager un peu. Mais plus j'y songe, moins j'aime cette idée. La chaleur, les mouches et Rose qui se trouvera probablement mêlée à quelque chose d'affreux. Cette histoire avec les suffragettes ! Elle est le genre de personne à faire campagne pour les droits des Indiens et à faire ami-ami avec les intouchables. Et puis, il faut penser à la distance. Sans compter que l'idée même de fréquenter toutes ces femmes d'officiers britanniques, les *memsahibs*, c'est bien comme ça qu'on les appelle ? Elles sont réputées affreusement ennuyeuses. Non, décidément, je n'irai pas. Et puis, je vous manquerais, n'est-ce pas mon cher ?

– Hein ? Quoi ?

– Je disais que je vous manquerais.

– Oui, oui, grommela Mr Trumpington. Je peux dormir maintenant ? »

Miss Fairfax et Gerald se tenaient par la main. « Je suis si heureuse de vous avoir rencontré, susurra-t-elle.

– Je suis stupéfait qu'une femme aussi charmante que vous ne se soit jamais mariée, répondit Gerald, les yeux dans les yeux, tout en payant mentalement les factures de son tailleur.

– Oh, ce n'est pas les occasions qui ont manqué. Mais le croirez-vous ? Les hommes en Virginie sont tout aussi vénaux qu'ici. Pas vous, bien sûr, cher cœur.

– Vous avez dû repousser des aventuriers ?

– Avec ma pauvre petite dot ?

– Mon ange, tout le monde sait que votre famille est fabuleusement riche.

– C'est ma sœur, Clarrie, qui n'est pas à plaindre. Elle a bien réussi en épousant Burton. Il s'est enrichi grâce au chemin de fer. C'est elle qui paie mon voyage à Londres et toutes mes dépenses. »

Gerald sentit comme une pierre noire et froide se former au creux de son estomac. Il essaya de dégager sa main, mais l'Américaine s'y agrippait fermement.

Clive Fraser, Bertram Brookes, Harry Trenton et Neddie Fremantle n'allèrent pas plus loin que le pub du village. Réunis par un sentiment d'échec, ils entreprirent de se soûler. Ils avaient tous espéré se fiancer avec une des Américaines et mettaient sur le compte des étranges événements qui s'étaient déroulés au château le manque d'intérêt évident qu'elles avaient manifesté pour eux.

Ils burent tellement et se montrèrent si odieux que le patron fut obligé d'envoyer un message au marquis, le priant de venir l'en débarrasser.

Les autres femmes, tout aussi déçues, se mirent à leur tour en chemin pour Londres. Peut-être que, chacune à sa manière, elles étaient plus bouleversées par les événements que ne l'était Rose. Pendant un bref instant leurs vies, aussi protégées par l'argent et leur classe sociale que leurs silhouettes étaient rembourrées et corsetées, avaient été confrontées à la noirceur du monde. Il tardait à Maisie Chatterton et lady Sarah Trenton de retrouver les boutiques et les lumières de la ville.

Maisie Chatterton décida de ne jamais plus zézayer. Sa mère lui avait expliqué qu'un charmant zézaiement fascinerait les hommes, mais tout ce qu'ils faisaient, c'était ouvrir des yeux ronds et la faire répéter.

Lady Sarah s'était promis, lors du prochain bal, de faire allusion aux événements épouvantables du château et de se pâmer dans les bras du plus beau gentleman présent.

Frederica Sutherland avait, quant à elle, prévu de ne passer que deux jours à Londres avant de rentrer chez elle, en Écosse. Elle était décidée à convaincre ses parents qu'il n'y avait aucune raison qu'elle retourne jamais dans le Sud, aucune raison qu'elle quitte ses chiens et ses chevaux adorés.

Dans la calèche, elle se retourna et contempla Telby Castle qui se dressait, massif et sinistre, contre le ciel d'automne. Elle se considérait comme une fille sacrément douée, autant pour la chasse à courre que pour le maniement du fusil, meilleure que les hommes, même. Elle n'avait qu'une hâte, se débarrasser de ces nippes frivoles et retrouver ses bons vieux vêtements en tweed.

Harry se sentait abattu quand Becket ouvrit la porte de la maison de Water Street. Sa jambe le faisait souffrir et c'est à cela qu'il attribua son moral en berne. Le majordome monta à l'étage pour défaire les bagages, tandis que Harry allumait le feu dans le salon et se servait un verre de sherry.

Il se sentait presque en colère contre Rose parce qu'elle avait résolu les meurtres et manqué de se faire tuer. C'était lui, le détective. C'était lui qui aurait dû résoudre l'enquête.

Il se leva, ramassa son courrier et le passa en revue. Il y avait une lettre d'une certaine Mrs Debenham le priant de retrouver son caniche. Était-ce tout ce dont son intelligence était capable, alors qu'une jeune sotte dénuée des qualités seyant à une femme résolvait des crimes ?

Becket entra, les pantoufles de son maître à la main.

« Prenez un sherry et asseyez-vous. J'ai envie de compagnie. » Le majordome se servit un verre et s'installa de l'autre côté de la cheminée.

« Continuer cette stupide activité de détective ne me semble pas une bonne idée, qu'en pensez-vous ?

– Ce n'est pas mon rôle de le dire, Monsieur.

– Juste cette fois, faites comme si.

– Si je peux me permettre, Monsieur, vous vous en sortiez très bien et nous avons gagné en confort. Pensez à l'automobile, nous n'en avions pas les moyens avant.

– Je pourrais voyager. Trouver du travail dans les colonies. »

Et je ne reverrais plus Daisy, songea Becket.

« L'inspecteur divisionnaire Kerridge vous a suggéré de créer votre propre agence de détectives. Ce faisant, vous obtiendriez peut-être des missions plus intéressantes. Les compagnies d'assurances, par exemple, sont toujours à la recherche d'enquêteurs.

– J'ai le sentiment que j'aurais dû découvrir ce qui se passait au château. C'était à moi de résoudre l'enquête, pas à lady Rose.

– Elle a eu de la chance, c'est tout. Réfléchissez ! Si vous ne m'aviez pas demandé de garder un œil sur elle, elle serait morte. »

Harry s'égaya un peu. « C'est vrai.

– Je pourrais me mettre en quête de locaux adaptés dès demain, suggéra Becket.

– Il faut que je réfléchisse. »

Juste avant Noël, Rose finit par accepter d'accompagner sa mère à un bal chez les Cummings. Lady Polly était inquiète pour sa fille. Depuis leur arrivée à Londres, elle était fatiguée et apathique.

« Réjouissez-vous, dit Daisy tandis qu'elle agrémentait de roses en soie la coiffure de sa maîtresse. Le capitaine Cathcart sera peut-être là et vous pourrez parler du bon vieux temps.

– Ce temps n'est ni assez vieux, ni assez bon pour qu'il soit agréable de l'évoquer. Je voudrais oublier toute cette histoire. Ce jaune ne m'avantage pas, qu'en pensez-vous ? »

Rose portait une robe du soir en satinette jaune brodée de minuscules primevères et ornée d'empiècements de dentelle blanche.

« C'est une jolie toilette, mais vous êtes un peu pâle. Peut-être qu'une touche de rouge... ?

– Non.

– Et notre projet de travail ? Je lis les petites annonces tous les jours.

– C'était une idée stupide, Daisy. On ne me laisserait jamais faire. Voilà ce que sera ma vie désormais. Autant me contenter d'un gentil mari, au moins, j'aurais mon propre toit. »

Daisy retint un soupir. Une vie remplie de bals, de réceptions et de belles toilettes lui aurait semblé merveilleuse. Elle ouvrit les rideaux et regarda dehors. « Il va y avoir un brouillard à couper au couteau. Je ferais mieux de mettre cette robe à l'abri dès notre retour. Un smog pareil, ça s'infiltre partout. »

Quand lady Polly eut fini d'ergoter sur l'apparence de sa fille, lui ayant fait changer de réticule et de gants plusieurs fois, elles étaient en retard, et une véritable purée de pois, pour reprendre les mots de Dickens, s'était abattue sur la ville.

« Dieu merci, nous n'allons pas loin », observa lady Polly tandis que la calèche parcourait la courte distance jusqu'à Belgravia Square. On n'y voit goutte.

– Je hais les hauts-de-chausses, grommela le comte. Ridicule. Ils devraient être réservés aux apparitions à la Cour. Avec ma silhouette, je ressemble à Humpty Dumpty.

– Vous êtes très bien, mon cher, le rassura lady Polly. »

Nul doute qu'ils se sont mariés par amour, songea Rose. Lady Polly ne trouvait jamais aucun défaut à son mari. Rose avait vu des photographies de leur mariage. Son père était alors mince et séduisant, et elle était certaine que sa mère le voyait encore ainsi.

La calèche s'arrêta dans un soubresaut. Les valets de pied engagés pour la soirée se tenaient en rangs d'oignons de chaque côté de l'allée qui menait à l'entrée. Comment retire-t-on les traces de smog sur ces galons dorés ? s'interrogea Daisy. Il faudra que je demande à Becket. Puis elle se souvint qu'il n'y avait plus de Becket à qui demander et se sentit abattue.

Dans une antichambre réservée aux femmes, Daisy délesta Rose de son manteau de fourrure, s'assura que sa coiffure était en ordre et qu'aucune des petites primevères n'était mal fixée. Des rubans de brume avaient pénétré jusque dans la pièce.

Rose monta l'escalier qui menait à la salle de bal. Les hôtes se tenaient en haut des marches, entourés d'épais nuages de brouillard.

« C'est tellement aimable à vous de vous être

aventurés dehors par un temps pareil », murmura Mrs Cummings.

Lady Polly fut soulagée de voir le carnet de bal de sa fille se remplir rapidement. Le scandale semblait bel et bien avoir été oublié.

Rose, qui avait renoncé à tenter d'entraîner ses partenaires dans une conversation intelligente, eut beaucoup de succès.

Harry avait décidé d'assister au bal, mais ne se résolvait pas à admettre qu'il espérait y croiser Rose. Son plastron de chemise soigneusement protégé contre le brouillard suffocant, il gagna Belgravia Square seul au volant de son auto. Il n'avait pas remarqué la déception de Becket lorsqu'il lui avait dit qu'il n'aurait pas besoin de lui.

Il monta les marches qui menaient à la salle de bal avec un sentiment d'impatience inhabituel. Il était en retard et les Cummings avaient déjà rejoint leurs invités. Il balaya du regard la pièce où les danseurs valsaient, faisant virevolter des volutes de brouillard autour d'eux.

« Capitaine Cathcart ! »

Il baissa les yeux et vit lady Polly à côté de lui.

« Bonsoir, lança-t-il gaiement. J'espère que votre fille va bien.

– Elle va très bien. Son carnet de bal est complet. Elle n'est pas d'humeur très joyeuse depuis les événements tragiques du château. Je vous prierais de garder vos distances.

– Certainement », répondit Harry avec froideur.

Rose passa devant eux en dansant, dans les bras d'un séduisant soldat de la garde royale. Elle aperçut le capitaine et ses yeux s'écarquillèrent.

Harry tourna les talons et descendit l'escalier. Il n'aurait jamais dû venir. Sa jambe l'élançait. L'hiver promettait d'être rude. Il irait dans un endroit chaud et déciderait quoi faire de sa vie.

Un valet l'aidait à enfiler sa pelisse de fourrure quand Daisy fit son apparition. « Eh bien, Daisy, comment allez-vous ?

– Pas mal, mais ce n'est pas le cas de ma maîtresse. Elle est tellement triste et silencieuse. Où est Becket ?

– Resté à Chelsea. Je lui dirai que je vous ai vue.

– Vous continuez à jouer les détectives, Monsieur ?

– Non. En fait, je viens de décider que le brouillard londonien me sortait par les yeux. J'ai grand besoin de soleil. Je pense partir à Nice.

– Où est-ce ?

– Dans le sud de la France.

– Et vous emmènerez Becket ?

– Bien sûr. Le beau temps nous fera du bien à tous les deux.

– Dites à Mr Becket que mes vœux l'accompagnent », lâcha Daisy avant de s'éloigner.

Le bal se termina tôt à cause du temps exécrable. Comme Rose et ses parents attendaient en haut des marches que leur attelage soit avancé, de gros flocons pareils à de la dentelle se mirent à tomber dans le brouillard sale.

Le comte laissa échapper une toux qui ressemblait à un râle. « Mon cher, vos poumons ! s'exclama lady Polly. Mettez votre écharpe. Dieu merci, voilà notre calèche. »

Durant le trajet, Rose se mura dans le silence. Pourquoi Harry ne lui avait-il pas adressé la parole ? Au moins par politesse. Ils avaient traversé tellement de choses ensemble. Elle se sentait lasse et une grosse larme roula sur sa joue.

Lady Polly, avisant la larme à la faible lueur de la lampe de la calèche, poussa un cri de désarroi : « Tu ne pleures pas tout de même ! Tu as eu beaucoup de succès.

– Un léger malaise, rien de plus », mentit Rose.

Lady Polly dorlota sa fille, tandis que Daisy la préparait pour qu'elle se mette au lit. Puis elle intima à la femme de chambre de venir avec elle.

Daisy suivit la robuste petite silhouette de lady Polly jusqu'à son boudoir.

« Ma fille est-elle réellement malade ? Devrions-nous faire chercher le médecin ?

– Je pense que lady Rose souffre d'un choc à retardement. » Une idée lumineuse naquit dans l'esprit de Daisy. « Il me semble que ce dont lady Rose et, si je peux être assez audacieuse, le maître ont besoin, c'est d'un peu de soleil.

– Nous avons prévu de partir pour Stacey la semaine prochaine. La région est très ensoleillée.

– Je pensais plutôt à Nice, Madame. C'est dans le sud de la France.

– Je sais parfaitement où se trouve Nice. Ma vieille amie Gertie Robbald a établi sa résidence à l'Hôtel Impérial.

– L'air de la mer et les rayons du soleil feraient le plus grand bien à lady Rose, roucoula Daisy.

– Vous avez peut-être raison. Mais nous passons toujours les fêtes de Noël à Stacey. »

Sur ces entrefaites, le comte entra, pris d'une quinte de toux. « C'est trop bête, articula-t-il. Brum vient de m'apprendre que le facteur avait téléphoné et que deux canalisations ont éclaté à Stacey. Le salon est inondé.

– Ouste », dit lady Polly à Daisy.

Une fois sortie, celle-ci colla l'oreille contre la porte.

« J'ai une idée, déclara lady Polly. Nous n'avons aucune envie de nous retrouver dans une maison glacée et inondée. Vos poumons m'inquiètent et Rose également, elle est fragile. Pourquoi ne pas descendre à Nice ? Gertie est là-bas, à l'Impérial. Nous profiterions du soleil et de l'air de la mer.

– Ne pas fêter Noël en Angleterre sera étrange.

– Avec ce temps affreux, ce serait on ne peut plus désagréable. Oh, dites oui. Pensez à notre pauvre Rose.

– J'imagine qu'un changement d'air ne nous

ferait pas de mal. Je vais demander à mon secrétaire de s'occuper des préparatifs. »

Daisy se précipita dans la chambre de Rose. Elle trouva sa maîtresse au lit, en train de lire.

« Nous allons à Nice ! s'écria la femme de chambre entre deux pirouettes.

– Quoi ? Quand ?

– Aussi vite que possible. Imaginez ! Du soleil et des aventures ! »

Rose sourit devant tant d'enthousiasme. « Je suis ravie que cela vous fasse plaisir. Pourquoi ont-ils choisi Nice ? »

Daisy hésita. Si elle parlait à Rose du capitaine Cathcart, elle risquait de le répéter à sa mère et le voyage serait annulé.

« Aucune idée », répondit-elle avec un sourire en coin.

Bientôt en librairie,
les deux dernières enquêtes de lady Rose.

RAISON ET CHÂTIMENTS

Malgré sa beauté, lady Rose Summer a fait fuir tous ses prétendants avec ses idées radicales. Pour lui éviter d'être envoyée aux Indes avec les autres débutantes qui ont raté leur saison mondaine, le capitaine Harry Cathcart a accepté de simuler des fiançailles. Et tout cela à l'insu des parents de Rose, qui ne sont guère ravis que leur fille unique épouse un détective privé. Harry vient néanmoins d'une bonne famille et devrait pouvoir la protéger. Hélas, même un mariage arrangé ne peut empêcher Rose de s'attirer des ennuis !

Au cours d'un bal interminable, elle se lie d'amitié avec Dolly Tremaine, une débutante. Rose est ravie de la prendre sous son aile mais sa protégée est bientôt retrouvée morte dans un parc.

Le capitaine Harry est aussitôt chargé d'enquêter sur ce crime et d'empêcher sa « fiancée » d'être la prochaine victime…

Les enquêtes de LADY ROSE 4

PASSIONS ET TRAHISONS

Lady Rose aime dire à qui veut l'entendre qu'elle n'est pas une femme jalouse. Après tout, ses fiançailles avec le capitaine Harry Cathcart ne sont qu'un stratagème pour empêcher ses parents de l'envoyer aux Indes se trouver un mari. Mais quand la nouvelle cliente de Harry, la très voluptueuse et très française Dolores Duval, commence à apparaître partout à ses côtés, son sang ne fait qu'un tour.

Dans un accès de colère, Rose menace Dolores... pour être découverte le lendemain près de son cadavre, l'arme du crime à la main. Harry pourra-t-il disculper Rose et mettre le vrai meurtrier derrière les barreaux ?

DU MÊME AUTEUR
AUX ÉDITIONS ALBIN MICHEL

Les enquêtes de lady Rose

1. MEURTRE ET SÉDUCTION
2. SOUPÇONS ET PRÉJUGÉS

Agatha Raisin enquête

1. LA QUICHE FATALE
2. REMÈDE DE CHEVAL
3. PAS DE POT POUR LA JARDINIÈRE
4. RANDONNÉE MORTELLE
5. POUR LE MEILLEUR ET POUR LE PIRE
6. VACANCES TOUS RISQUES
7. À LA CLAIRE FONTAINE
8. COIFFEUR POUR DAMES
9. SALE TEMPS POUR LES SORCIÈRES
10. PANIQUE AU MANOIR
11. L'ENFER DE L'AMOUR
12. CRIME ET DÉLUGE
13. CHANTAGE AU PRESBYTÈRE
14. GARE AUX FANTÔMES
15. BAL FATAL

16. JAMAIS DEUX SANS TROIS
17. CACHE-CACHE À L'HÔTEL
18. UN NOËL PRESQUE PARFAIT
19. LA KERMESSE FATALE
20. VOICI VENIR LA MARIÉE
21. TROUBLE-FÊTE
22. DU LARD OU DU COCHON
23. SERPENT ET SÉDUCTION
24. GARE AUX EMPOISONNEUSES
25. AU THÉÂTRE CE SOIR
26. SECRETS SUR CANAPÉ
27. LES PISSENLITS PAR LA RACINE

Les enquêtes de Hamish Macbeth

1. QUI PREND LA MOUCHE
2. QUI VA À LA CHASSE
3. QUI S'Y FROTTE S'Y PIQUE
4. QUI A UNE TAILLE DE GUÊPE
5. QUI FRANCHIT LA LIGNE JAUNE
6. QUI SÈME LE VENT
7. RIRA BIEN QUI RIRA LE DERNIER
8. LES FLÈCHES DE CUPIDON
9. PETITS CRIMES ENTRE VOISINS
10. BOURREAU DES CŒURS

Composition : Nord Compo
Impression : CPI Bussière en mai 2021
Éditions Albin Michel
22, rue Huyghens, 75014 Paris
www.albin-michel.fr
ISBN : 978-2-226-45009-8
N° d'édition : 23940/01 – N° d'impression : 2055792
Dépôt légal : juin 2021
Imprimé en France